Peter Høeg

Der Plan von der Abschaffung des Dunkels

ROMAN

Aus dem Dänischen von
Angelika Gundlach

Rowohlt Taschenbuch Verlag

Einmalige Sonderausgabe
November 2001
Veröffentlicht im Rowohlt Taschenbuch Verlag
GmbH, Reinbek bei Hamburg, Mai 1998
Lizenzausgabe mit Genehmigung des
Carl Hanser Verlags München Wien

Die Originalausgabe erschien unter dem Titel
«De Måske Egnede» 1993 bei
Munksgaard / Rosinante, Kopenhagen

Umschlaggestaltung any.way,
Barbara Hanke / Cathrin Günther
unter Verwendung eines Ausschnitts aus dem Gemälde
«Edward VI.» von Hans Holbein d. J.
Satz Garamond PostScript (PageOne)
Gesamtherstellung Clausen & Bosse, Leck
Printed in Germany
ISBN 3 499 23189 1

ERSTER TEIL ZWEITER TEIL DRITTER

Was ist Zeit?

1

Wir stiegen fünf Etagen dem Licht entgegen, verteilten uns in dreizehn Reihen und wandten uns dem Gott zu, der das Tor des Morgens aufschließt. Dann gab es eine Pause. Und dann kam Biehl.

Warum die Pause?

Von einem der tüchtigen Mädchen auf seine Pausen direkt angesprochen, war Biehl zunächst ganz still geworden. Und dann hatte er, der sonst von sich selbst nie «ich» sagte, dann hatte er gesagt, langsam und mit großem Gewicht, als sei er überrascht von der Frage, und vielleicht von seiner eigenen Antwort: «Wenn ich spreche, sollt ihr zuallererst auf die Pausen hören, die ich mache. Sie sagen mehr als meine Worte.»

So auch der kurze Zeitraum, nachdem es im Saal ganz still geworden war, bis er hereinkam und das Rednerpult bestieg. Eine vielsagende Pause. Seinen eigenen Worten entsprechend.

Es wurde nun ein Morgenlied gesungen, gefolgt von einer Pause, Biehl betete das Vaterunser, Pause, ein kurzer Choral, Pause, ein Vaterlandslied, Pause und Schluß, und er verließ den Saal, wie er gekommen war, flink, fast im Laufschritt.

Welche Gefühle gab es im Saal, während das geschah?

Wahrscheinlich keine besonderen Gefühle, sagte ich, es war früh am Morgen, und die Leute waren müde, und könnten wir jetzt aufhören, ich bekam langsam Kopfschmerzen, und es war spät, es hatte schon geläutet. Ich erinnerte an die Uhrzeit.

Noch nicht, sagte sie, auf einen Zusammenhang wolle sie mich noch aufmerksam machen, und zwar auf den Zusammenhang mit dem Schmerz. Meldete sich während eines Experimentes ein Schmerz, wie jetzt diese Kopfschmerzen, solle man nie unterbrechen und sich von ihm entfernen. Sondern statt dessen solle man das Licht der Aufmerksamkeit auf ihn richten.

So redete sie. Das Licht der Aufmerksamkeit.

Dann wandten wir uns der Furcht zu.

Biehl hatte seine Erinnerungen geschrieben. *Auf Grundtvigs Spuren.* Darin waren die Namen all der Lehrer aufgeführt, die eine Stellung an der Schule gehabt hatten, all die Umzüge in größere und bessere Räumlichkeiten, eine lange Reihe von Leistungen und deren Belohnungen.

Doch nicht ein Wort vom Verhältnis zu den Schülern, und darum auch nichts von der Furcht. Nicht ein Wort, auch nicht in den Pausen oder in den Zwischenräumen zwischen den Zeilen.

Zunächst war das nicht zu verstehen. Denn *sie* war das Bedeutungsvolle. Nicht der Respekt oder die Bewunderung. Sondern die Furcht.

Später wurde klar, daß dieses Verschweigen zu einem umfassenderen Plan gehörte. Und da verstand ich.

Wir standen absolut still bei der Morgenandacht, das war das erste, was ich ihr begreiflich zu machen versuchte.

Zu einem bestimmten Zeitpunkt an jedem Tag wurde man in die Aula gelassen, zweihundertvierzig Leute mit sechsundzwanzig Lehrern und Biehl, und dann wurden die Türen geschlossen, und man wußte, von jetzt an mußte man eine Viertelstunde lang totenstill sein.

Es war ein allumfassendes Verbot, und darum bewirkte es eine Spannung im Raum. Als ob die Regel, die alles umfaßte und nichts tolerierte, nach ihrer eigenen Übertretung schrie. Als ob die Spannung im Raum ein Teil des Plans sei.

Es hatte sich durch eine Reihe von Jahren als unmöglich erwiesen, eine totale Befolgung des Verbots zu erreichen. Die wenigen Übertretungen, die stattgefunden hatten, hatten jedoch nur dazu gedient, das Verbot zu bestätigen und zu verstärken.

Die wenigen Male, wo das geschehen war, hatte unter den Schülern eine leichte Unruhe geherrscht, ein Räuspern und ein Scharren, das ansteckte und sich eine Zeitlang nicht abstellen ließ. Eine kritische Situation, und etwas vom Schlimmsten für einen Mann in Biehls Stellung. Der passive Widerstand vieler kleiner Menschen.

Bei diesen Gelegenheiten war er souverän. Er versuchte nicht, so zu tun, als sei nichts passiert. Er neigte den Kopf und nahm die Unruhe auf sich. So blieb er stehen, mit geneigtem Kopf, während die Spannung im Raum stieg und die Furcht schließlich die Unruhe erstickte.

Zu keinem Zeitpunkt hatte er jemanden direkt angesehen, und dann leitete er die Morgenandacht wie gewöhnlich. Dennoch wußte man, daß er wußte, wer angefangen hatte. Daß er die Quelle lokalisiert hatte und wußte, wie man sie abstellte.

Ein anderer Lehrer hätte kommen sollen, aber er kam nie. Statt dessen stand die Tür in die Klasse offen, und wir warteten in einer Pause so lang, daß uns zur Gewißheit wurde, was wir die ganze Zeit gewußt hatten. Dann kam Biehl, sehr schnell und flink.

«Setzt euch», sagte er, «Jes bleibt stehen.»

Er brauchte eine gewisse Zeit, um sich warmzureden. Nicht viel, obwohl es mir so vorkam, nachdem ich krank geworden war, sicher nur ein paar Minuten. Doch genug, um durchzugehen, was geschehen war, daß Jes seinen Kameraden die Morgenandacht gestört hatte, den Zeitplan der Schule gestört hatte, der ohnehin eng war, das Vertrauen mißbraucht hatte, das ihm erwiesen worden war, und plötzlich kam der Schlag.

Sehr schnell, und dennoch mit einer Wucht, die den Körper vom Tisch weg und hinaus in den Gang riß.

Nachdem er ihn getroffen hatte, gab es eine kurze Pause, und selbst wenn darin der Schlüssel zur Furcht lag, war sie so kurz, daß man sie nicht bemerktc, sagte ich, und jetzt sprechen wir nicht mehr davon.

«Im Gegenteil», sagte sie. «Genau davon sprechen wir.»

Also versuchte ich es: Als der Schlag gefallen war, gab es zunächst einen Augenblick der Erstarrung, da der Schock alles zum Stillstand gebracht hatte. Dann kamen zwei Dinge gleichzeitig. Die Erleichterung darüber, daß nun alles wieder in Ordnung war, und etwas anderes, Tieferes, Weitreichendes, das geschieht, wenn ein Erwachsener ein Kind gewaltsam schlägt, etwas, das nicht mehr viel mit dem Schmerz durch den Schlag zu tun hat.

An der Tafel brachte Biehl seine Kleidung in Ordnung. Wie ein Mann, der auf der Toilette gewesen ist. Oder bei einer Hure. Und jetzt etwas überstanden hat, das lästig war, aber notwendig.

Sie verstand mich nicht, wir redeten weiter.

«Wic oft kommt das vor», fragte sie.

Vor der Krankheit hatte es keinen Grund gegeben, darüber nachzudenken, wie oft. Jetzt aber, wo es notwendig war, die ganze Zeit auf die Zeit zu achten, hatte sich herausgestellt, daß es recht selten geschah, in einer Klasse weniger als einmal pro Woche. Ganz genau dosiert.

«Wie denn das?»

Es war fast noch zu früh, sie zu den inneren Wahrheiten hinzuführen, doch ich tat es trotzdem. Es ging um ein Gesetz, Karin Ærø hatte es uns verraten, es stammte aus der Antike. Wollte man eine Fläche vergolden, war es nicht zweckmäßig, sie zu hundert Prozent mit Gold zu bedecken, im Gegenteil, den besten Effekt erzielte man, wenn man nur gut sechzig Prozent damit bedeckte. Eine Variation des Gesetzes vom Goldenen Schnitt.

So war es auch mit dem Verhältnis zwischen Zeit und Strafe. Von den Übertretungen, die festgestellt wurden, zogen nur gut die Hälfte Strafen nach sich.

Also eine Art Goldener Schnitt der Gewalt.

War ich selbst geschlagen worden?

Darauf konnte ich bezüglich der Zeit, die ich hier an der Schule verbracht hatte, zwei Jahre und zwei Monate, verneinend antworten. In dieser ganzen Zeit war ich bis auf neulich kein einziges Mal geschlagen worden und hatte auch nicht nachsitzen müssen, und bis ich krank wurde, auch keinen Tadel bekommen oder ein *zs* für zu spät.

«Nein», sagte sie, «wenn man genug Angst hat, ist es vielleicht auch eine Art Freiheit, keine Strafe zu bekommen.»

Sie sagte das nicht in böser Absicht, es entschlüpfte ihr, es war wie an sie selbst gerichtet. Doch es verriet, daß sie einen natürlichen Widerwillen gegen mich empfand. Da ich also nichts zu verlieren hatte, warf ich ein, daß ich vor Biehls Zeit, in meiner Vergangenheit, besonders im Himmelbjerghaus und an der Brotkantenschule, mehr eingesteckt und ausgeteilt hatte als die meisten. Vielleicht hätte sie hier an der Schule bei niemandem größere Sachkenntnis finden können, wenn es darum ging, eins auf den Schädel zu kriegen. Es war beinahe, als wäre sie zu Biehl selber gegangen.

Sie fragte, was er wohl dazu gesagt hätte.

Ein Jahr zuvor war an der Schule etwas vorgefallen. Bei einem Schüler, es war Jes Jessen, mit dem ich das Zimmer geteilt hatte und der später der Schule verwiesen wurde, hatte angeblich das Gehör gelitten, nachdem Biehl ihn bestraft hatte.

Es wurde nie bewiesen, daß beide Dinge etwas miteinander zu tun hatten, doch bei dieser Gelegenheit wäre Biehl beinahe zu einer Erklärung genötigt worden. Er hatte gesagt, die Schule respektiere in weitestmöglichem Umfang das Verbot körperlicher Strafen, das in der dänischen Volksschule allgemein galt, doch seiner Erfahrung zufolge habe noch nie jemand Schaden genommen, wenn er seitlich am Kopf getroffen wurde.

Das war so ernst gesagt, daß es alle beruhigte. Er hatte ja die Erfahrung, er hatte ja vierzig Jahre hindurch Kinder geschlagen.

Und zugleich war es nicht unwahr. Das Wesentliche war nicht der Schlag. Es war das, was drumherum geschah, kurz davor und kurz danach. Was aber normalerweise nicht sichtbar war, nicht fürs bloße Auge. Denn es dauerte nur sehr kurz. Und dann trotzdem noch sehr lange Zeit danach.

Zur Beschreibung dieser kurzen Tiefenwirkung schlug sie das Wort «Erniedrigung» vor, das ich akzeptierte. Also hatte sie doch verstanden.

2

Die äußeren Fakten, das heißt, diejenigen außerhalb des Laboratoriums, waren eine Zeitlang jedem frei zugänglich.

Im Mai 1971, nach fast zwei Jahren an der Schule, zwei Jahren, in denen an mir nichts auszusetzen gewesen war, wo man in die Akte eingetragen hatte, daß ich gut funktionierte und normal begabt sei, fiel es mir ganz plötzlich schwer, morgens rechtzeitig dazusein. Samstags und sonntags, wenn die anderen zu Hause waren und ich allein in der Schule, schlief ich am Tag oder gar nicht und war in der Nacht wach, und das färbte ab auf den Rest der Woche.

Ich wandte mich an den Schularzt, damit nicht der Verdacht der Taubheit oder mangelnden guten Willens entstand, sondern weil festgestellt werden sollte, daß es eine Krankheit war, gegen die man selber nichts ausrichten konnte, nicht einmal mit zwei Weckern, von denen der eine sehr groß war.

Ich war bei dem Amtsarzt, der für die Schule zuständig war, und er verordnete, daß ich jeden Morgen von Flakkedam geweckt werden sollte, und eine Zeitlang war ich da, wenn ich dasein sollte, jedoch sehr müde. Zu diesem Zeitpunkt hatte ich den großen Plan gesehen, und ich begann, eine Katastrophe zu befürchten.

Darum schrieb ich den Brief. Es war der erste Brief meines Lebens, es hatte nie jemanden gegeben, an den ich hätte schreiben können.

Ich hatte sie auf dem Hof gesehen, mit Biehl, unter dem Soli Deo Gloria.

Biehl stand morgens immer unter der Inschrift über dem Rundbogen, um diejenigen zu begrüßen, die rechtzeitig da waren, und um die zu identifizieren, die zu spät kamen. Sobald man wach zu werden begann, dachte man daran, daß er dort stehen würde. So daß er in gewisser Weise schon zwischen Träumen und Aufwachen anwesend war.

Man hatte keine Verbindung zu den anderen Klassen, vor allem die höheren Klassen waren weit weg, und sie war zwei Klassen über mir. Eine Zeitlang war sie nicht dagewesen, vielleicht ein halbes Jahr. Als sie zurückkam, war sie Internatsschülerin, keiner wußte, warum. Zu diesem Zeitpunkt hatte ich sie gesehen, immer noch aus großer Entfernung.

Eines Morgens sah ich sie auf dem Hof, sie war zu spät gekommen, es wirkte verkehrt, sie war nicht der Typ.

Als sie ein paar Tage später wieder auf dem Hof war, begann ich zu zählen, an vierzehn Schultagen zählte ich sie sechsmal. Da wußte ich, daß etwas nicht stimmte.

Das sechste Mal hatte Biehl sie beiseite gezogen.

Er hatte sie zur Mauer geschoben und alle anderen vorbeigelassen. Er war über sie gebeugt, er war sehr konzentriert. Dadurch gab es die Möglichkeit, dicht heranzukommen, so daß man ihre Gesichter sehen konnte. Sie neigte sich ein wenig zu ihm hin, und sie sah ihn direkt an. Ich war nahe genug, um ihre Augen zu sehen, es war, als suche sie nach etwas.

Da kam mir der Gedanke, wir könnten vielleicht von Vorteil füreinander sein.

Es verging eine lange Zeit, in der ich nichts hörte, und schließlich war ich nahe daran aufzugeben. Ich hatte sie auf den Klassenbildern in den Jahresberichten der Schule gefunden, sie hieß Katarina. Eines Tages, auf dem Weg zur Morgenandacht, war sie direkt hinter mir auf der Treppe.

«Bibliothek», sagte sie.

Es war das erste Mal, daß ich ihre Stimme hörte. Sie sagte nur das eine Wort.

Es war verboten, nicht unten auf dem Hof zu sein, nachdem es geläutet hatte, die einzige Ausnahme war die Bibliothek, die ans Lehrerzimmer grenzte, dort konnte man in der großen Pause sitzen, wenn man sich bilden wollte.

Jetzt war sie leer, abgesehen von Katarina und mir.

Sie saß lange Zeit da, bis sie soweit war, etwas zu sagen.

«Ich mach es mit Absicht», sagte sie. «Ich komme mit Absicht zu spät.»

Das war schon auf dem Hof deutlich gewesen. Wenn Biehl jemandem nahe kam, versuchte der, sich wegzudrehen, das kam wie von selbst, es war eine Art Regel. Sie hatte sich zu ihm geneigt und ihm in die Augen gesehen. Als wollte sie von dem Augenblick soviel wie möglich haben.

Sie las etwas von einem Blatt Papier vor. Es sah aus wie ein Brief.

«Über die Sache mit dem Schlaf und mit der Konzentration hinaus gibt es auch andere Dinge, die niemandem gegenüber erwähnt wurden. Ganze Tage, die wegfallen, und kurze Augenblicke, die werden wie die Ewigkeit.»

«Erzähl», sagte sie.

Nun konnte keine Rede davon sein, daß ich etwas hätte abstreiten wollen, aber wer diesen Brief auch immer geschrieben hat, sagte ich, ging ohne Zweifel ein großes Risiko ein, indem er zugab, so krank zu sein. Was konnten wir tun, um dieses Risiko zu verringern, konnte er vielleicht als Gegenleistung etwas von ihr erfahren?

«Ich bin dabei, ein Experiment vorzunehmen», sagte sie.

So redete sie. Ein Experiment vornehmen.

«Kann man sicher sein, daß man danach rechtzeitig da ist?» sagte ich.

Das verneinte sie.

Wenn sie etwas versprochen hätte, ich hätte ihr nicht geglaubt, und es wäre nicht möglich gewesen, weiterzumachen. Nun sagte sie aber die Wahrheit, also versuchte ich es.

Das erste, was ich ihr zu erklären versuchte, war die Morgenandacht, und zwar aufgrund eines Gesetzes, das uns Karin Ærø verraten hatte.

Es war nicht normal, daß Karin Ærø sprach, das Normale war, daß sie die Leute zum Singen brachte, und dann ging sie die Reihen entlang, um zu hören, wer richtig sang und wer falsch, und auf diese Weise zu bestimmen, wer im Chor sang und wer nicht und wer auf der Kippe war. Während sie zuhörte, redete sie jedoch auch, und dann war das, was sie sagte, oft sehr wichtig, eines der grundlegenden Gesetze, wie das vom Goldenen Schnitt.

Bei einer solchen Gelegenheit hatte sie gesagt, daß der Anfang eines Musikstücks, wenn es ein intelligentes und genaues Stück war, in sehr kurzer Form unausweichlich den Rest festlegte, was er enthielt und wie er verlief.

Wie bei der Morgenandacht. In kurzer Form enthielt sie den Rest des Tages. Den Rest der Schulzeit. Vielleicht den Rest des Lebens.

Darum begann ich damit, aber zuerst war es nicht möglich. Es schien undenkbar, daß sie es je verstehen könnte, weil sie ein Mädchen war, vor allem aber, weil sie *innerhalb* war und die Zeit immer als gegeben akzeptiert hatte.

Da läutete die Glocke.

Sie hatte keine Armbanduhr, das konnte einem nicht entgehen. Doch das war nicht das Wichtigste. Das Wichtigste war, daß sie die Glocke nicht hörte, wenn sie läutete.

Mich überraschte sie, aber ich hörte sie.

Sie hörte sie nicht. Weil sie mir zuhörte. Also wußte sie nicht alle Antworten im voraus.

Also erzählte ich ihr von der Morgenandacht und von der Furcht. Während die Zeit verging und das Risiko, daß wir entdeckt würden, zunahm.

3

Biehls Privatschule war eine Belohnung nach dem dritten Vergewaltigungsversuch, wobei nicht ich die Vergewaltigung versucht hatte, sondern sie an mir versucht worden war.

Ich war damals an der Königlichen Erziehungsanstalt, die auch Die Thorupsche Stiftung heißt, aber von den Schülern Die Brotkantenschule genannt wird, am Strandvejen 109.

Weil Valsang, der es getan hatte, ein Lehrer der Schule war, und weil dem soviel vorausgegangen war, war die Schulleitung sehr bekümmert über den Zwischenfall, und ich beschloß, einen gewissen Druck auf sie auszuüben.

Zu diesem Zeitpunkt war bereits klar, daß es nicht gut war, an der Schule zu bleiben. Oscar Humlum – der mich in der Telefonzelle gerettet hatte und der mein einziger Freund war, auch er kam aus einem Kinderheim – war ein Jahr länger dort als ich, und er kam nur zurecht, indem er Geld dafür nahm, verschiedene Dinge zu essen, eine Krone für einen Regenwurm und einen Fünfer für einen Frosch, es war offensichtlich, wo das hinführte.

Zu diesem Zeitpunkt hatte ich die ersten Schwierigkeiten mit der Zeit, und am Abend des Tages, an dem er mich gerettet hatte, versuchte ich ihm zu erzählen, daß sich die Zeit an der Schule spiralförmig nach unten wand. Da wir nun beide Zeugen waren, sollten wir versuchen, einen Handel mit ihnen zu machen, um beide wegzukommen.

Es war, als ob er mich nicht verstünde, er träumte davon,

Koch auf den Schwedenfähren zu werden, ich dachte, daß er vielleicht glaubte, er sei kurz davor, eine Lehrstelle zu finden. Er antwortete mir nicht, er schüttelte nur den Kopf, und später, im Büro, sagte er auch nichts, übte aber allein durch seine Anwesenheit einen gewissen Druck auf sie aus. Sie versprachen, sie würden versuchen, mich an Biehls Privatschule unterzubringen, die in den letzten Jahren ab und zu verhaltensgestörte Heimkinder aufgenommen hatte und einen guten Ruf besaß.

Dies erzählte ich Katarina während unseres zweiten Gesprächs in der Bibliothek, dem, bei dem man uns fand und trennte.

«Ich kann mich erinnern, als du kamst», sagte sie. «Du warst ziemlich klein.»

Dazu erklärte ich, daß ich bei der Umschulung in die 5. Klasse von Biehls Privatschule, also eine Klasse tiefer als zuvor, 23 Kilo wog, angezogen, aber ohne Schuhe. Ich war 128 Zentimeter groß, und der Amtsarzt stellte fest, daß dies keine Mißbildung war, sondern damit zusammenhing, daß man an der Brotkantenschule am Essen gespart hatte. Außerdem hatte es dort eine Rangordnung gegeben, derzufolge die, die zuletzt gekommen und Heimkinder waren, unter allen anderen standen, sogar unter den Tagesschülern, und mittags, wenn es warmes Essen gab, als letzte zu essen bekamen, was einem mit der Zeit Probleme machte, weil man mit dieser Hauptmahlzeit auch die Nacht überstehen mußte.

An Biehls Privatschule wuchs ich darum im ersten Jahr fünfundzwanzig Zentimeter und nahm siebzehn Kilo zu. Obwohl dies einige Schmerzen im Skelett und auch Fieber hervorrief, habe ich damals nie gefehlt.

Sie las aus dem Brief vor, den sie in der Hand hatte: «‹Kurze Augenblicke, die werden wie die Ewigkeit.›» Sie bat mich, es zu erklären.

Warum stand das so da?

Man hatte wohl selbst keine Sprache, wenn man an die Brotkantenschule kam. Im Himmelbjerghaus und in den Heimen davor war man mit sehr wenigen Worten ausgekommen.

Das erste halbe Jahr sagte man in den Stunden kein Wort, dann hatte man das Wesentliche gelernt. Bei Biehl wurde dann alles ganz genau festgelegt.

Man übernahm ihre Sprachen, die der Lehrer und der Schulen, man selbst hatte keine. Zunächst war sie wie eine Befreiung, wie ein Schlüssel, wie ein Weg. Der einzige Weg, der hineinführte.

Viel später entdeckte man, daß das, in das man damals hineingelassen wurde, ein Tunnel war. Aus dem man nie mehr im Leben ganz entlassen werden würde.

«‹Kurze Augenblicke, die werden wie die Ewigkeit.› – Was kann er gemeint haben?» sagte sie. «Der, der den Brief geschrieben hat.»

Was gemeint war, war, daß die Zeit etwas ist, das man festhalten muß, und der Ort, wo wir das zum ersten Mal untersuchten, war dort, wo die Hornbækbahn durch das Schulgelände führte.

Oscar Humlum hatte es entdeckt; damals glaubte ich, es sei ein Spiel, später verstand ich, daß er krank war, daß wir beide krank waren.

Er spielte Sich-fallen-Lassen.

Die Brotkantenschule war eine Schule für intellektuell

begabte Kinder, die in Schwierigkeiten geraten waren, weil ihnen der feste Rahmen fehlte. Weil sie aus Scheidungsfamilien kamen oder vielleicht Familien mit Alkoholismus. Die Schule sorgte nun für den Rahmen, zum Beispiel durch die Art, wie man im Schlafsaal schlief, zwischen zwei Laken und einer Decke, die unter die Matratze gesteckt wurde, mit zwei offenen Fenstern rund ums Jahr, und einer Extradecke nur im Winter.

Die meisten konnten nach einer gewissen Zeit die unglaublichsten Dinge ertragen, und wenn es mir lange Zeit immer noch schwerfiel, dann deshalb, weil am Essen gespart wurde.

Man kam darauf, daß man sich hinausschleichen konnte auf die Toilette, wo ein Heizkörper aufgedreht war. Man wartete, bis die Aufsicht und die anderen schliefen, dann ging man hinaus und setzte sich an die Heizung und schlief ein. In einer Nacht saß Humlum dort, als ich hinauskam, er hatte seine Decke mitgenommen und saß schlafend da, es war das erste Mal, daß er mir wirklich auffiel.

Ab und zu sprach man ein bißchen miteinander, bevor man einschlief. Jeder saß auf seiner Toilette mit einer Trennwand dazwischen. Dennoch konnte man den anderen hören, auch wenn man leise sprach. Da erzählte er mir, daß er spielte, sich fallen zu lassen.

Wir befestigten in einem Baum direkt an der Bahnlinie ein Tau, so daß wir, wenn der Zug kam, vor die Lokomotive schwingen, einen Augenblick vor der Scheibe hängen und zum Lokomotivführer hineinsehen und so spät von dort verschwinden konnten, daß klar war, daß man gerade noch überlebt hatte.

Normalerweise würde man beim Schwingen ununterbrochen daran denken, wie man rechtzeitig wieder wegkäme.

Wir versuchten jedoch statt dessen, uns fallen zu lassen, das heißt, abzuschalten und den Zug und das Seil zwischen den Händen zu spüren, denn dabei entstand ein sehr reicher Augenblick. Die Zeit fing an, sich auszudehnen, so daß man nachher nicht hätte sagen können, wie lange es gedauert hatte. In den längsten Augenblicken, die beiden Male, wo ich vom Zug gestreift worden war, hatte es keine Zeit mehr gegeben.

Sogar da spürte man, daß es eine Regel gab. Daß die Zeit nicht etwas sein konnte, das von selbst ablief, sondern etwas, das man festhalten mußte. Und wenn man sie losließ – dann wurde der Augenblick sehr bedeutungsvoll.

In gewisser Weise war diese Entdeckung eine Hilfe. Gleichzeitig war *sie* die Krankheit.

Dies erzählte ich Katarina, und sie hörte zu.

An der Brotkantenschule hatte nie jemand zugehört, jedenfalls kein Erwachsener.

Damit will ich der Schule nichts Böses nachsagen, sie sorgte für den festen Rahmen, der den Leuten gefehlt hatte. Anker Jørgensen war auch dort gewesen, die Schule hatte einen Ministerpräsidenten hervorgebracht.

Obwohl das nicht die Norm war. Die Norm war, daß von den fünfzehn, die in eine neue Klasse kamen, zirka die Hälfte innerhalb der ersten vier Jahre abgehen mußte, weil sie das Theoretische oder weil sie es insgesamt nicht schafften.

Obwohl ich erst zwölf war, als ich umgeschult wurde, war mir dennoch klar, daß es mit den meisten von denen, die zurückblieben, nicht klappen würde, die meisten von ihnen hatten keine Chance.

Es kamen Leute von der Hornbækbahn, die zusammen mit Falck den Baum fällten. Ich wurde verdächtigt, doch es war an dem Tag, bevor ich die Schule verlassen sollte, und sie wollten Aufsehen vermeiden, darum verfolgten sie die Sache nicht.

An dieser Stelle hielt ich inne, ich fühlte mich sehr leer, es war notwendig, daß sie als Gegenleistung auch etwas sagte.

An der Brotkantenschule hatten wir drei Kronen im Monat ausbezahlt bekommen und drei gespart, dennoch bezahlte man, was man schuldig war, das war eine Grundregel, sogar bei Gummi, der sehr lange Zeit verzichten konnte, Süßigkeiten bis zum Ende des Monats aufsparte und sie dann sehr teuer verkaufte. Die wenigen Male, wo es vorkam, daß jemand versuchte, sich zu drücken, mußte er von der Weide in die See springen, das waren zehn Meter mit nur einem Meter Wasser darunter, man brach sich nichts, aber man sank bis zur Brust in den Schlamm, und dann wurde man langsam nach unten gesogen und erst gerettet, wenn auch die Haare einige Zeit unter Wasser gewesen waren.

So erbrachte jeder seine Gegenleistung und bezahlte, was er schuldig war. Es war eine Grundregel.

Katarina muß sie gekannt haben. Zunächst wartete sie, ob ich noch etwas sagen würde, ich aber schwieg, ich konnte nicht mehr, da sagte sie:

«Letztes Jahr sind übrigens meine Mutter und mein Vater gestorben.»

An der Brotkantenschule hatte ich versucht, mir vorzustellen, wie es ist, in einer Familie zu sein. Man stellte sich vor, den Strandvejen entlangzugehen und eines der Küchenmädchen käme angefahren; sie hielt an und nahm einen hinten aufs Fahrrad, man sprach frei und ungezwungen miteinander und fuhr nach Hause, dorthin, wo sie wohnte. Es war ein Haus, und ihr Vater und ihre Mutter waren da, und man setzte sich an den Eßtisch, und es gab Essen in Massen. Vor allem so stellte man sich eine Familie vor. Daß es genug zu essen gab.

Als Katarina ihre Mutter und ihren Vater zum ersten Mal erwähnte, war herauszuhören, daß etwas anderes hinzukam, zunächst verstand man nicht, was.

Sie sagte nie, wie es bei ihnen zu Hause ausgesehen hatte, mit keinem Wort. Dennoch konnte ich es mir genau vorstellen. Es gab dort Bücher und Lampen und Parkettboden, sehr empfindlich, aber niemand schrie einen an, selbst wenn man etwas verschüttete, es wurde einfach aufgewischt, denn das kann jedem mal passieren.

«Sie sprachen oft über die Zeit», sagte sie.

Sie hatten über die Zeit gesprochen, daran war nichts Besonderes gewesen, es war vollkommen normal. Jedoch nicht so sehr über die Zeit auf einer Uhr, sondern mehr über die Zeit draußen im Weltraum. Katarina hatte sie darüber sprechen hören, ob diese Zeit vorwärts ging oder rückwärts.

Dann war ihre Mutter ernstlich krank geworden, die Ärzte hatten gesagt, sie habe nicht einmal mehr drei Monate zu leben, und da hatte sie sich plötzlich für die gewöhnliche Zeit interessiert.

«Sie entwickelte eine wissenschaftliche Theorie», sagte Katarina.

Wieso wissenschaftlich?

Zum ersten Mal hörte ich dieses Wort im Zusammenhang mit einem Gedanken, den sich ein gewöhnlicher Mensch gemacht hatte. Wieso war es wichtig – für ihre Mutter, und nachher für Katarina und nachher für mich und August –, daß die Theorie wissenschaftlich war?

Vielleicht gibt es auf der Welt nur zwei Arten von Fragen.

Die einen, die sie in der Schule stellen, auf die die Antwort im voraus bekannt ist und die nicht gestellt werden, damit irgend jemand klüger wird, sondern aus anderen Gründen.

Und dann die anderen, die im Laboratorium. Auf die man die Antworten nicht kennt, und oft nicht einmal die Frage, bevor man sie stellt.

Fragen wie die, was die Zeit ist, und warum Oscar Humlum sagte: rette dich, und warum sich Axel Fredhøj neben die Bewicklung gelegt hatte.

Fragen, die zu stellen ziemlich weh tut. Und die erst gestellt werden, wenn jemand unter Druck ist. Wie damals, als sie ihrer Mutter noch drei Monate gaben.

Das eben haben wir mit Wissenschaft gemeint. Daß das Fragen wie das Antworten mit Ungewißheit verbunden ist und daß beides weh tut. Doch daß es keinen Weg drumherum gibt. Und daß man nichts verbirgt, sondern daß alles offen ans Licht kommt.

«Sie meinte plötzlich, daß die Zeit nur vergeht, wenn man unaufmerksam ist», sagte Katarina.

Ihre Mutter war plötzlich der Meinung gewesen, daß sich die Zeit gewissermaßen ruckweise bewegte, wenn man nicht aufpaßte. Daß das mit den drei Monaten, die sie noch hätte, nur unter der Voraussetzung galt, daß sie unkonzentriert war. So begann sie, sehr aufmerksam zu sein.

Das wurde ziemlich rasch anstrengend. Sie hörte auf, nachts zu schlafen, und Katarina und ihr Vater schliefen auch nicht viel, und wenn sie endlich schliefen, wachten sie auf, und die Mutter saß da und guckte sie an, damit ihr keine einzige Sekunde entging.

Als die drei Monate um waren, hatte sie das sichere Gefühl, jetzt ein Leben voller Aufmerksamkeit zu leben und, so gesehen, die Zeit angehalten zu haben, und sie nahm Katarina zu einigen der Termine im Krankenhaus mit.

«Die Ärzte saßen da», sagte Katarina, «und sie ging auf und ab und erzählte ihnen, der Lauf der Zeit sei ein Versehen. Sie wog weniger als vierzig Kilo und hatte kein Haar mehr auf dem Kopf.»

Anderthalb Jahre später war sie tot. Sie hatte sich geweigert, Tabletten zu nehmen, gesagt, sie schläferten sie ein, man solle statt dessen das Licht der Aufmerksamkeit auf den Schmerz richten.

Katarina hatte angefangen, vor den Fenstern auf und ab zu gehen. Vielleicht hatte sie vorgehabt, auch von ihrem Vater zu erzählen, war dazu aber jetzt nicht mehr imstande.

«Ich habe sie beide danach gesehen», sagte sie, «es lag nur ein halbes Jahr dazwischen. Das waren nicht sie. Sie waren es, aber es war kein Leben mehr in ihnen. Es war fortgegangen. Darüber denkt man ja normalerweise nicht nach, daß in einem Menschen Leben ist. Wenn man ihn aber kennt und weiß, wie er sein müßte, dann versteht man etwas. Daß das Leben nicht einfach weggehen kann. Daß es irgendwo hingegangen sein muß. Dazu habe ich eine Hypothese aufgestellt.»

Sie kam auf mich zu.

«Sie versuchte, die Sekunden auszudehnen, indem sie sie gewissermaßen anstarrte. Und er versuchte danach, sie zu verkürzen, damit sie schneller vergingen. Sie lebten bestimmt nicht in derselben Zeit. Sie müssen jeder ihre eigene gehabt haben, anders als die, die für den Rest der Welt galt. Danach wurde die Zeit auch für mich anders, oft dachte ich, jetzt ist es so schlimm, wie es schlimmer nicht sein kann, und das wird für immer so bleiben. Wie du geschrieben hast: ‹Augenblicke, die werden wie die Ewigkeit.› Als ich sie so daliegen sah, wußte ich es. Daß es nicht nur eine Zeit gibt, daß es verschiedene Zeiten geben muß, die zugleich existieren.

Sie sprach jetzt so leise, daß ich mich vorbeugen mußte. Nicht aus Furcht – ich glaube, sie hatte vergessen, wie nahe wir am Lehrerzimmer waren –, sondern weil es ihr so wichtig war, daß es ihr schwerfiel, es auszusprechen.

«Ich will es wissenschaftlich untersuchen», sagte sie. «Wir wollen versuchen, die Zeit zu berühren.»

Die Zeit zu berühren. Das ist es wohl, worum sich mein Leben seither gedreht hat.

Dies hier ist das Laboratorium. Es grenzt ans Schlafzimmer, darin schlafen das Kind und die Frau. Ich habe Angst.

Früher glaubte ich, was ich fürchtete, sei, jemand werde mich von dem Kind trennen. Doch das ist es nicht. Wovor ich Angst habe, ist, daß die Welt und das Kind aneinander nicht teilhaben werden, das heißt, daß das Kind sterben wird. Oder die Welt. Um das zu verhindern, würde ich alles tun, egal was.

Das ist sehr unzulänglich gesagt. Doch besser kann ich es nicht ausdrücken.

Mit der Furcht um einen selbst kann man etwas machen, auf die kann man das Licht der Aufmerksamkeit richten. Doch wenn man sich um sich selbst keine Sorgen mehr macht, kommt die Furcht für andere, und dann für die Welt.

Es gibt keine furchtlosen Menschen, nur furchtlose Augenblicke. Wie diese hier, im Laboratorium. Während und nach der Arbeit gibt es eine Art Ruhe.

Katarina hatte mir auch von ihrem Vater erzählen wollen, doch sie kam nicht mehr dazu.

Wir müssen beide die Glocke überhört haben, und diesmal war die Weisung ergangen, nach uns zu suchen.

Es war Fredhøj, der kam. Er blieb eine Zeitlang in der Tür stehen, ganz still, und sah uns an. Dann trat er beiseite, und wir gingen hinaus.

4

Biehls Privatschule hatte einen guten Ruf. Es wurde immer gesagt, die Schule habe ein hohes fachliches Niveau. Dennoch nahm man mitunter auch einzelne schwierigere Schüler auf, die zum Beispiel Nachhilfeunterricht brauchten, und so wurden mit der Zeit diese Schüler auf das Niveau der anderen gebracht.

Dies war allgemein bekannt, es gehörte zu den Gedanken, die hinter der Schule steckten.

Die letzten Jahre hindurch hatte man außerdem Schüler aufgenommen, bei denen besondere Umstände mitspielten. Dafür gab es keine Erklärung.

Auf diese Weise kam ich hinein. Und auch August.

Er kam am 3. Oktober. Zu diesem Zeitpunkt hatten Katarina und ich aus Gründen der Vorsicht eine Woche und zwei Tage lang nicht miteinander gesprochen.

Ich sah ihn am Morgen, in der ersten Stunde, in Biehls Büro. Ich wurde hinaufgerufen, Biehl war da, und Fredhøj und Flakkedam. August stand vor Flakkedam, er war einen Kopf kleiner als ich.

«Das ist August», sagte Biehl.

Danach führte ihn Flakkedam hinaus.

Biehl stand da, seine Akte in der Hand.

«Er hatte einen Unfall», sagte er, «seitdem hat er ein schlechtes Gedächtnis. Er wird in eure Klasse gehen. Du sitzt neben ihm.» Etwas war im Anzug, ihre Gesichter waren sehr aufmerksam.

«Er hat seinen Vater verloren», sagte Biehl, «seine Mutter liegt noch im Krankenhaus. Ihr sollt nicht darüber sprechen.»

Im selben Augenblick, als ich zur Tür hinausging, legte er die Akte zurück.

Man wußte, daß es die Akten gab, und zwar eine für jeden Schüler. Man wußte aber nicht, wo sie aufbewahrt wurden, ich wollte es auch jetzt nicht wissen, doch man konnte gar nicht vermeiden, es zu sehen.

Es war eine Holztruhe, in den Deckel war das Zeichen der Schule eingraviert, Hugin und Munin, die Raben Odins, die jeden Morgen aus Valhalla fliegen, am Abend zurückkehren, sich auf Odins Schultern setzen und ihm in die Ohren flüstern, was sie gesehen haben.

Als ich aus der Tür ging, blickte ich genau auf den geöffneten Deckel der Truhe. Es war unvermeidlich zu sehen, daß er nur ein einfaches Möbelschloß mit drei oder vier Zuhaltungen hatte.

Auch die Raben mußten einem auffallen. Sie sahen plötzlich aus wie Raubvögel.

Das war nicht beabsichtigt. Beabsichtigt war, daß man an die Ähnlichkeit der Raben mit Kindern und Jugendlichen im Schulalter dachte, die Wissen und Erfahrung sammelten und diese dann in der Beziehung zu ihren Vorgesetzten loyal nutzten. Hinzu kamen der Vogelflug und die nordische Mythologie, es war ein souveränes Bild.

Dennoch konnte man in dem Augenblick, als Biehl Augusts Papiere zurück in die Truhe legte, nicht umhin zu denken, daß die beiden Raben auch für Überwachung und Kontrolle standen. Und je nachdem für Strafe oder Belohnung.

Am selben Tag bekam ich Kontakt mit Katarina.

Es gab zweihundertundvierzig Schüler an der Schule, nicht mehr, und zwar, um das fachliche Niveau zu halten, und damit zwischen Lehrern und Schülern ein enger Kontakt bestehen konnte.

Das bedeutete, daß die meisten Lehrer fast alle Schüler kannten, es war sehr schwierig, der Kontrolle zu entgehen. Selbst ein Ort wie das Himmelbjerghaus, wo es einen Vorsteher und einen Vizevorsteher und sechs Assistenten und einen Pädagogen und eine Krankenschwester und einen Hausmeister für vierundzwanzig Schüler gegeben hatte, weil wir so gestört waren, selbst dort war die Aufsicht nicht so gut gewesen wie bei Biehl. Es war sehr schwierig, allein zu sein.

Der einzige Zeitpunkt, wo sie Schwierigkeiten hatten, eine Auflösung der Ordnung zu verhindern, war der, wenn man von einem Ort zu einem anderen mußte. Wie etwa, wenn es gerade geläutet hatte.

Zwei Lehrer überwachten den Aufgang zu den Klassenzimmern, einer unter dem Rundbogen und einer im Treppenhaus auf halbem Wege zwischen dem ersten und dem zweiten Stock. Von dort aus konnten sie das meiste sehen, jedoch nicht die Treppe zwischen dem Erdgeschoß und dem ersten Stock. Dort traf ich mich mit Katarina.

In der einen Ecke auf dem Absatz war ein Sitz, dreieckig, an die Wand geschraubt. Stellte man sich darauf, war man unsichtbar für die Wächter und wurde nicht mitgerissen vom Strom der Schüler auf dem Weg nach oben.

«Ich muß mit dir reden», sagte sie. «Du warst dabei, von der Erziehungsanstalt zu erzählen.»

Sie redete, als seien wir gerade eben unterbrochen worden. Wir standen dicht beieinander, es gab nichts Besonderes zu erzählen von damals, ich schüttelte nur den Kopf.

Sie lehnte sich an mich, um uns waren Leute auf dem Weg nach oben, gegen den Lärm war nicht anzukommen, sie ließ sich nicht stören.

«Das mit meinem Vater», sagte sie.

Ich wollte es nicht hören, doch sie sagte es trotzdem.

«Er konnte nicht ertragen, daß sie nicht mehr da war, er hat sich aufgehängt. Was sagst du dazu?»

Dazu hätte ich keine Meinung, sagte ich, aber was war mit denen, die man verläßt, was war mit ihnen, wie sollen sie zurechtkommen, wer denkt an sie?

«Hast du nie jemanden verlassen?» sagte sie. «Deinen Freund von damals, siehst du ihn je, warum ist er nicht mit hierhergekommen?»

Sie meinte Humlum. Wir waren jetzt allein auf der Treppe, bald würde man uns vermissen.

Ich hätte es ihr nicht erzählt, und wenn ich es trotzdem tat, dann aus keinem besonderen Grund. Nur weil sie zuhörte und weil es von selbst kam, da war nichts zu machen.

An der Erziehungsanstalt hatte es nach der Schulzeit feste Pflichten gegeben, das heißt Küchendienst, Müll ausleeren, anfallende Arbeit in Haus und Garten, außerdem besondere Dienste; einer der besonderen Dienste war, Valsangs Rasen zu mähen.

In der Regel wurde einem das erst angeboten, wenn man in die sechste Klasse kam, mich hatte er in der Mitte der fünften gefragt, also ein halbes Jahr, bevor ich umgeschult wurde.

Wenn man oben bei ihm war, durfte man sich etwas aus seinem Kühlschrank nehmen, das war ganz legal. Man kam nach der Schulzeit herauf und mähte das Gras und aß aus dem Kühlschrank.

Was dann weiter geschah, war, daß er sagte, man könne bleiben und dort schlafen, was man annahm.

Es wurde nie davon gesprochen, auch nicht unter den Schülern, daß man dort schlief, es hatte nie jemand Schaden genommen.

Zunächst wollte ich nicht, aber da mußten alle durch.

Er war Dänischlehrer, am Abend spielte er mir Musik auf dem Grammophon vor, dann ging ich ins Gästezimmer, wo er das Bett gerichtet hatte.

Während ich dalag und darauf wartete, daß er kam, begannen die Krämpfe. Ich hatte schon vorher welche gehabt, nur nicht so sehr.

Dann begann die Zeit wegzutreiben, ich wußte nicht, war eine Minute vergangen oder eine Stunde, und da wurde mir klar, ich war krank.

Schließlich ging ich, bevor er gekommen war. Er hatte mich eingeschlossen, doch es war nur ein Zimmertürschloß, die kann man mit einem Stück gebogenem Stahldraht öffnen.

Von da an wußte ich, daß ich zu schwach war, um an der Schule durchzuhalten.

Danach war er sehr aufmerksam, nicht böse, nur sehr oft in der Nähe. Zweimal, in den Duschen, war er nahe daran, mich zu kriegen.

Man konnte mit niemandem darüber reden, es war unmöglich, es zu erwähnen, die anderen waren dortgewesen, auch Humlum, und keiner hatte Schaden genommen.

Ich rede gleich davon.

Ich ging an der Telefonzelle vorbei, sie lag im ersten Stock, es war Nachmittag, er öffnete die Tür und zog mich hinein und schob mich gegen das Brett mit den Telefonbüchern. Er bat mich, eine Nummer nachzuschlagen, er hatte seine Lesebrille vergessen.

Ich kann nicht weitererzählen, auch bei Katarina konnte ich es nicht. Ich kann es nicht sagen, jetzt nicht, ich muß erst etwas anderes sagen.

Wir kämpften, um eine Dreizehn in Ordnung zu bekommen, das war das höchste Ziel, höher, als in die Schulmannschaft zu kommen, höher, als mit einem der Küchenmädchen gesehen zu werden.

Für die meisten war die Schule die letzte Chance, sie wußten, sie waren beinahe verloren. Sie hatten keine Familie, oder sie waren Schlüsselkinder gewesen, seit sie fünf waren, oder sie waren wie unser Mitschüler Gummi, der nicht einmal einen Schlüssel bekommen hatte, sondern auf der Fußmatte hatte schlafen müssen und so oft Lungenentzündung gehabt hatte, daß Sport und sich selber zu verteidigen für ihn ausgeschlossen waren, das heißt, er kam nur zurecht, weil er seine Süßigkeiten bis zum Monatsende aufbewahren und dann teuer verkaufen konnte. Die Brotkantenschule war die letzte Hoffnung, danach kam die Jugendanstalt und fertig.

Sie hatten die Chance bekommen, weil sie intellektuell geeignet waren, jetzt ging es darum, sich dort zu halten, darum saß man da mit Millimeterpapier und zwei Kladden und Abschrift in Schönschrift, selbst wenn es nur Schönschreiberechnen war. Was man aufs Papier brachte, war der Rahmen, der nicht fest genug gewesen war und innerhalb dessen man sich jetzt halten wollte. Mit Präzision und Genauigkeit. Es war die letzte und einzige Möglichkeit.

So wie genau nachschlagen. Wir hatten Übungen in Telefonbuch-Nachschlagen gehabt, und zwar in Valsangs Stunden.

Ich versuchte, im Telefonbuch nachzuschlagen, ich versuchte es wirklich. Obwohl ich wußte, daß er das nur so gesagt hatte, ich versuchte es wirklich. Obwohl er seine Hose geöffnet und den Prügel schon draußen hatte und die Spannung im Raum stieg und die Krämpfe anfingen.

Man kann nicht immer nur fliehen. Es schien keine andere Möglichkeit zu geben, als zu versuchen, ihn sich vom Leib zu halten und gleichzeitig mit der anderen Hand die Nummer nachzuschlagen und zu tun, worum man gebeten worden war.

Die Tür der Zelle war ein Stahlrahmen mit mattem Glas. Valsang hielt sie mit seiner freien Hand geschlossen. Humlum zerschlug sie mit einem der Feuerlöscher. Sie wurden einmal im Jahr mit Wasser gefüllt, sie hielten vierzig Liter plus das Gewicht des Stahls.

Es war Sicherheitsglas, das sich gewissermaßen auflöste und uns bedeckte wie grober Staub.

Draußen standen etliche Schüler, vielleicht dreißig bis vierzig. Ein paar von den Großen waren verletzt, sie hatten sich geweigert zu kommen, weil es etwas mit Valsang war. Humlum hatte sie dann gezwungen, er wollte, daß es Zeugen gab. Sie wollten nicht gucken, sie versuchten wegzusehen. Dennoch waren sie gezwungen, uns anzusehen.

Sie standen ganz still. Es gab eine schmale Öffnung zwischen ihnen und der Zelle, dort gingen wir hinaus, zuerst Valsang und ich, danach Humlum mit dem Feuerlöscher. Sie folgten uns langsam, wir gingen ins Büro.

In der gewöhnlichen Zeit, der auf der Uhr, gibt es einige bestimmte Dinge, die man versteht. Wenn man die Zeit losläßt, versteht man einige andere.

Das war die Möglichkeit, die in der Krankheit lag. Wenn gerade etwas Wichtiges geschah, konnte man loslassen und kam zu einem reichen Augenblick, voller Verstehen. Es ist, als nähere man sich einem schwarzen Loch. Kommt man zu dicht heran, wird man eingesogen. Doch kommt man nur in die Nähe, ist da Verstehen.

Schon während wir auf dem Weg ins Büro waren, entstand der Gedanke, wir könnten diese Angelegenheit vielleicht dazu benutzen, sie zu einer Gegenleistung zu bringen. Wir könnten Druck auf sie ausüben und von hier wegkommen.

Dies erzählte ich Katarina. Während wir ganz allein waren auf der Treppe.

«Und warum ist er nicht mitgekommen», fragte sie.

«Er wollte nicht», sagte ich. «Als es soweit war, sagte er nur: Rette dich.»

Sie fragte, ob ich ihn noch immer sähe.

«Er kommt mich besuchen», sagte ich. «Aber heimlich.»

Man saß in der Klasse, verteilt auf drei Reihen, zum Katheder gewandt. Ganz außen, in der Fensterreihe, im Licht, saßen nur Mädchen. In der Mittelreihe Mädchen und Jungen, in der Türreihe nur Jungen.

5 Dort hatten sie drei Tische geräumt. Der mittlere war für August und mich.

Vor und hinter uns hatten wir also einen leeren Tisch. An den leeren Tisch hinter uns setzte sich Flakkedam.

Sie hatten August einige Regeln auferlegt, es dauerte geraume Zeit, bis ich sie erriet. So war ihm verboten, ohne Erlaubnis aufzustehen und plötzliche Bewegungen zu machen. Die Male, wo er es trotzdem tat, war Flakkedam sehr schnell dicht hinter ihm.

Wir saßen also ziemlich allein, mit einem leeren Tisch vor uns und einem hinter uns, ganz außen an der Wand. Außerdem war ihm verboten worden, sich zu bewegen. Man konnte nicht umhin zu denken, daß er zugleich weniger und mehr Platz hatte als irgendein anderer an der Schule.

Es wurde keine Erklärung gegeben.

An Biehls Privatschule wurde Schulgeld verlangt.

Es war allgemein bekannt, daß man bei der Einstellung neuer Lehrer sehr genau war. Es gab immer eine große Anzahl Bewerber, jeder einzelne wurde zu einem eingehenden Gespräch bestellt. Jedoch hatte uns Fredhøj, der Konrektor war, in einer Stunde erzählt, daß gewisse Bewerber vor dem Gespräch abgewiesen worden waren, schon im Vorzimmer, weil sie ungepflegt waren oder nicht zum verabredeten Zeitpunkt kamen. Nach einer Reihe von Gesprächen wurde einer für die freie Stellung ausgewählt. Dies war wichtig für die Schule. Daß die Lehrer hochqualifiziert und sorgsam ausgewählt waren.

Ganz ähnlich war es mit den Schülern. Etwas, was recht oft erwähnt wurde, waren die Wartelisten.

Für jede einzelne Klasse hatte die Schule eine Warteliste. Sie war so lang, daß man die Anzahl der Schüler jederzeit hätte verdoppeln können. Dies geschah nicht. Es war einer von Grundtvigs Gedanken, daß Schulen recht klein sein sollten. Außerdem war es eine Voraussetzung für das hohe fachliche Niveau.

Was mit den Wartelisten passierte, war, daß sie einfach vorhanden waren. Und wenn es dann nötig wurde, die Eltern eines Schülers zu bitten, den betreffenden von der Schule zu nehmen, oder wenn etwas anderes passierte, wurde aus der Liste aufgefüllt.

Bis zu achtzehn. Wo in der öffentlichen Volksschule nicht weniger als sechsunddreißig Schüler in jeder Klasse waren, waren es bei Biehl nur achtzehn. Das war eine Voraussetzung für das Niveau.

Die Wartelisten bedeuteten, daß die Schule keinen Schüler halten mußte, das wußten alle, daß die Schule keinen Grund hatte, jemanden zu halten. Über die Sache mit dem Schulgeld hatte Fredhøj gesagt, es stelle sicher, daß nur Eltern mit einem besonderen und tieferen Interesse für ihre Kinder diese an die Schule schickten. Um gleichzeitig sicherzustellen, daß auch arme Familien mit intellektuell geeigneten Kindern Zugang hatten, gab es die Möglichkeit, sich um einen ganzen oder teilweisen Freiplatz zu bewerben.

Also wurden die Schüler durch die Sorgsamkeit ihrer Eltern ausgewählt. Und außerhalb jeder Klasse, auf den Listen, warteten mindestens achtzehn andere darauf, ihren Platz zu übernehmen, das wußten alle.

Darum war es nicht zu verstehen, daß sie August aufnahmen.

Es war wie ein Zeichen.

Warum nahmen sie ihn auf?

Es war schwer genug, das bei einem Typen wie Carsten Sutton zu verstehen. Oder bei mir, wo ich nur normal begabt war oder etwas darunter und auf einem Freiplatz, und wo ich angefangen hatte, oft zu spät zu kommen, auch wenn sie noch nicht wußten, wie schlimm es stand.

Doch daß sie August aufnahmen, war unerklärlich. Wenn sie schon Wartelisten hatten und niemanden zu halten brauchten. Warum nahmen sie dann einen wie ihn?

Diese Frage war es, die mich überzeugte, da gab es einen Plan. Doch schon lange vorher, mehr als einmal, hatte man etwas gemerkt.

Das erste Zeichen kam nach einem Jahr an der Schule, da fiel das Wort vom verborgenen Darwinismus. Als es fiel, das Wort, war einem dadurch das frühere Leben völlig klar.

Oscar Humlum und ich hatten einander lange begleitet, bevor wir uns trafen, wenn auch ohne es zu wissen.

Dies war nicht ungewöhnlich, sondern ganz normal, es beruhte darauf, daß alles ziemlich genau festlag, wenn man in Dänemark Waise war. Durch das Land liefen einige Tunnel, die unsichtbar waren, sie verliefen nebeneinander, völlig parallel. Als Humlum und ich uns begegneten, sprachen wir deshalb nicht viel über die Vergangenheit. Dieses Schweigen war da, um einander nicht zu nahe zu treten, aber auch weil wir wußten, daß wir einander in gewisser Weise begleitet hatten, wenn auch ohne einander zu sehen.

Man kam als erstes ins Säuglingsheim, dort war man so klein, daß man sich an nichts erinnerte, aus der Akte aber ging hervor, daß ich in zwei verschiedenen gewesen war.

Danach kam man ins Kinderheim. Humlum und ich hatten zum Diakonissenhaus gehört, ich war im Heim am Peter Bangs Vej, zwischen KB's Sportplatz und der Flintholm-Kirche, Humlum war in Esbjerg. Man spürt, man hätte sich an so vieles von dort erinnern müssen, doch alles, woran man sich erinnerte, waren die Predigt und die Strafe dafür, daß man seinen Mund mit Flüchen beschmutzt hatte. Die Vorsteherin, Schwester Ragna, drückte einem den Kopf in die Toilette, nachdem sie sie benutzt hatte.

Man hätte sich an mehr erinnern müssen. Doch das war das einzige, was geblieben war.

Im Kinderheim behielten sie einen, so lange sie konnten, nur wenn sie fanden, daß es keine andere Möglichkeit gab, wurde man verlegt. Es gab nur eine Art von Ort, wo man von dort aus hinkommen konnte, und zwar ins Sonderschulheim zur vorübergehenden Beobachtung. Ich kam ins Brogårdsvænge in Gentofte, das war 66, ich erinnere mich nicht, warum. In die Akte hat die Vorsteherin, Schwester Ragna, geschrieben: «Störrisch, weigert sich, Knickerbokkers zu tragen.»

Das steht eben da, selber erinnert man sich an nichts.

Einmal zeigte ich es Humlum. Es war im Winter, in der Nacht, wir saßen auf der Toilette, an der Heizung. «Ich erinnere mich genau», sagte er, «Pluderhosen und lange karierte Strümpfe. Die anderen in der Schule trugen Wüstenstiefel und Isländerpullover. Man hatte nichts anderes, es war wie die eigene Haut, schließlich wollte man es abreißen, sich die Haut abreißen oder so.»

Er sagte nicht, ob auch er sich geweigert hatte.

Vom Beobachtungsheim ging es abwärts. Weil man älter geworden war, gab es jetzt mehrere Orte, wo sie einen unterbringen konnten. Ich kam in ein Internat für Kinder, deren Entwicklung mit der normalen nicht Schritt hält, und von dort in die Jugendanstalt Nødebogård.

Das passierte 1967, ich muß zehn gewesen sein. Zu diesem Zeitpunkt hatte es schon verschiedene Verstöße gegeben, vor allem Herumtreiben und Einbrüche, doch auch andere Dinge, von denen ich nicht reden will, auch Überfälle.

Zu diesem Zeitpunkt durfte man einen Blick in seine Akte werfen, das gehörte zu den neuen pädagogischen Strömungen der Zeit. Mir zeigte sie der Vertreter der Ministerialabteilung für die Volksschule, es war das erste Mal, daß ich sie sah. Da stand klipp und klar, was los war, «Verhaltensstörungen», «schlechte schulische Anpassung», «Erziehungsprobleme», «asozial», «Herumtreiben». «Was sollen wir machen», sagte er, «du kommst an den Nødebogård, bis ein Platz frei ist in einem Erziehungsheim in Jütland.»

Erziehungsheim war keine offizielle Bezeichnung, inoffiziell lag die Sache jedoch ganz klar. Das waren die Schulen und Jugendanstalten, deren Personal eine feste Hand hatte, die genügend Erfahrung und die Ausstattung hatten, auch ganz junge Gesetzesbrecher aufzunehmen. Als ich zwei Monate am Nødebogård gewesen war, gab es einen freien Platz im Himmelbjerghaus, und ich wurde verlegt. Humlum und ich sprachen ein paarmal darüber, wie es gewesen wäre, wenn man ihn gleichzeitig verlegt hätte, so daß wir uns also am Himmelbjerghaus begegnet wären und nicht erst im Jahr darauf an der Brotkantenschule.

Dies geschah jedoch nicht, da er zwei Jahre zuvor aufgehört hatte zu sprechen.

Bei mir waren sie sich die ganze Zeit darüber klar, daß ich nicht schwachsinnig war. Es hatte zwar niemand den Verdacht, ich könnte intellektuell geeignet sein, doch war auch niemand direkt der Meinung, ich sei minderbegabt. Bei Humlum waren sie sich offenbar unsicher gewesen. Hinzu kam, daß er nicht mehr sprach, anderthalb Jahre lang sagte er nichts, nicht ein Wort.

Er sagte nie besonders viel, auch später nicht, auch nicht, warum er aufgehört hatte zu sprechen, er erklärte mir nur, daß ihm der Mund weh tat.

Das war wahr, man sah es ihm an. Etwas mehr zu sprechen tat weh. An einem bestimmten Zeitpunkt hatte er darum ganz damit aufgehört.

Sie schickten ihn zunächst in ein Sonderschulheim und anschließend nach Kopenhagen, wo die kinderpsychologischen Kliniken waren. Als erstes kam er in die Jugendklinik in der Læssøesgade, in die Tagesobservation, wo sie die allerschwersten Fälle hatten, da wurde er gerade drei.

Wenn man Heimkind war, konnte man viererlei sein, etwas anderes war nicht möglich. Man konnte «normalbegabt» sein, das war 1, oder «minderbegabt», das war 2; sowohl 1 als auch 2 konnte mit oder ohne «allgemeine Anpassungsschwierigkeiten» sein. Dann konnte man 3 sein wie Humlum, das war «schwer erziehbar mit neurotischen oder anderen krankhaften Störungen»; 4 war «debil oder unterhalb der Schwachsinnsgrenze».

3 war sehr gefährlich. Wenn man im Erziehungsheim und in der Jugendanstalt für Minderbegabte gewesen war und sie fanden, man sei an der unteren Grenze von 3 oder dar-

unter, gab es nur eine Möglichkeit, das war die Schwachsinnigenfürsorge. Am unteren Ende der Schwachsinnigenfürsorge lag die Unterbringung in einer psychiatrischen Anstalt, geschlossene Abteilung, festgeschnallt und drei Spritzen am Tag.

Trotzdem ging Humlum freiwillig darauf ein und ließ sich als 3 einstufen. Er erzählte mir, es sei eine gute Zeit gewesen, sie hatten ihn montags und mittwochs untersucht, sonst hatte er seine Ruhe gehabt. Er ging nur zwei Tage pro Woche zur Schule und bekam eine besondere Kost, Nachtisch nach dem Essen und eine Extraportion, wenn er darum bat.

Ich wurde mir nicht ganz klar darüber, wie lange das so ging, auf jeden Fall anderthalb Jahre. Er war an der kinderpsychologischen Poliklinik von «Rettet die Kinder» und zuletzt an der kinderpsychologischen Klinik der Kopenhagener Universität. Dort testeten sie ihn mit dem Ergebnis «unterhalb der Grenze von debil», also 4, und darum bekam er Angst und fing wieder an zu sprechen. Er war dazu vorgesehen, an das Sammelheim für schwachsinnige Kinder überstellt zu werden, das die Zentralmission am Gersonsvej in Hellerup hatte. Um dem zu entgehen, tat er sein Äußerstes, dabei entdeckten sie, daß er intellektuell geeignet war, und er wurde statt dessen zur Aufnahmeprüfung an der Königlichen Erziehungsanstalt geschickt. – Ich war gezwungen, mein Bestes zu tun, sagte er. Er bestand und wurde aufgenommen, ein Jahr vor mir.

Dadurch daß er so lange Zeit nicht gesprochen hatte, hatte er das mit dem Sich-fallen-Lassen entdeckt. Er erzählte mir, dies sei die einzige Periode gewesen, wo er nachts richtig hatte schlafen können, die Welt war anders geworden. – «Die Zeit», sagte er, «die fing an wegzutreiben, wie wenn man sich fallen läßt.»

Er war der erste, der auf die Idee kam, es müsse einen Plan geben. In gewisser Weise waren alle Heime gleich. Manche waren geschlossen, und manche hatten eine bestimmte Art Werkstätten, während andere andere hatten. Dennoch war die Empfindung die gleiche. Alle miteinander waren gleichsam durchdrungen von straffer, straffer Zeit.

Dies hatte ich gespürt, aber selber nicht ausdrücken können. Bis Humlum es sagte.

«Es muß einen Plan geben», sagte er, «warum sollte es sonst so wichtig sein, daß man genau ist, oder so?»

Ich hörte nur zu, ich hatte nichts zu sagen.

«Wenn man sich fallen läßt», sagte er, «oder wenn man lange Zeit aufhört zu reden, dann passiert etwas, die Zeit wird anders, sie geht weg, sie kommt erst zurück, wenn man wieder anfängt, etwas zu sagen.»

Nachdem er das gesagt hatte, vergingen drei Jahre, bis wieder jemand von der Zeit sprach. Dann, im Laboratorium, sagte Katarina, wir sollten sie untersuchen.

Da war es ein Jahr her, daß Biehl das Zeichen gegeben und den Plan verraten hatte, wie man denen helfen könnte, die nur vielleicht geeignet waren.

Dies geschah zu einem Zeitpunkt, wo es schwer geworden war, einen Ausweg zu sehen.

An der Brotkantenschule hatte es jedes dritte Wochenende eine obligatorische Heimfahrt gegeben, da hatten sie mich nach Høve ins Erholungslager geschickt. Das ging nicht sehr gut, die Kolonie wurde zur Beobachtung von Kindern benutzt, die in Kopenhagen in Banden gewesen waren, die jetzt aufgelöst waren. Im Lager bildeten sie neue Banden, sie waren es gewöhnt, auf die Weise zu arbeiten. Als ich zum letzten Mal von dort zurückkam, hatten sie mir im Unterkiefer vier Zähne ausgeschlagen, und ich war sexuell mißbraucht worden. Ich bekam silberne Zähne, ich wollte nie mehr zurück.

Bei Biehl sah ich eine Möglichkeit, dem zu entgehen. In einer großen Pause riskierte ich es und schrieb einen Brief von meinem Vormund an mich selbst, auf einer der Schreibmaschinen, die sie im Unterricht ab der ersten Klasse der Realabteilung und aufwärts benutzten. Darin stand, ich sei eingeladen, sie privat zu besuchen. Ich zeigte ihn vor und bekam die Erlaubnis. Ich zog los am Freitagabend, nachdem wir gegessen hatten, rein nach Kopenhagen. Man konnte machen, wozu man Lust hatte, hinter Leuten hergehen oder einfach nur in den Straßen herumlaufen, es war souverän. Nachts konnte man dann zur Schule zurückfahren.

Trotzdem konnte ich nicht schlafen, ich weiß nicht, warum, ich konnte einfach nicht. Ein paarmal verging ein ganzes Wochenende, ohne daß man ein Auge zugetan hätte. Am Montagmorgen war man dann sehr müde, und das färbte ab auf den Rest der Woche.

Es ist nicht wahr, was ich von den Wochenenden sage. Oft kam man gar nicht in die Stadt. Oft blieb man unten am Tor stehen und sah die Autos vorbeifahren. Die Schule und der Annex waren leer, die Leute waren zu Hause, nur ich war noch da. Das war nicht so gut. In der Woche darauf war man innerlich so unvorbereitet und empfindungslos.

Da kam das Zeichen.

Es kam in einer Biologiestunde. Biehl nahm den Darwinismus durch, das Überleben der am besten Geeigneten. «Er gilt noch immer», sagte er, «auch in der Gesellschaft, doch wird er dadurch gemildert, daß wir die Folgen abwenden.»

Es gab eine Pause, nachdem er das gesagt hatte. Es war ein reicher Augenblick.

Er hatte niemand bestimmten angesehen, er wandte sich, so gesehen, nie an Einzelpersonen. Vielleicht war ich trotzdem in diesem Augenblick derjenige, der ihn am besten verstand.

Für die, die innerhalb waren, also die meisten, für die war es schwer zu begreifen, was er meinte, für die war da vor allem die Freude darüber, daß sie innerhalb waren und die am besten Geeigneten.

Bei denen, die außerhalb sind, füllt die Furcht und die Resignation beinahe alles aus, das weiß man ja.

Verstehen kann man am besten, wenn man auf der Grenze ist.

Es war ein Gesetz, das verstand man. Es erwählte den einen, den anderen verdammte es. Für die auf der Grenze aber bemühte man sich, die Folgen abzuwenden. Für sie gab es eine Chance. Biehls Privatschule war diese Chance.

Dies kann man am besten verstehen, wenn man erklärtermaßen nur vielleicht geeignet ist zum Überleben.

Es kam sehr selten vor, daß Biehl steckenblieb. Doch als er dies gesagt hatte, war er steckengeblieben. Er hatte es nicht beabsichtigt, es war eine unfreiwillige Stockung. Wir waren nahe an etwas Entscheidendem.

«Hört auf die Pausen. Sie sagen mehr als meine Worte.»

Der verborgene Darwinismus. Der Plan hinter der Zeit hieß Auswahl. Die Zeit war ein Werkzeug, das auswählte. Man empfand eine große Erleichterung, denn jetzt war alles klargestellt.

Erst lange später, als ich Katarina begegnete, kam mir der Gedanke, daß es etwas gab, was nicht erklärt worden war.

Was ist Zeit? Ich werde versuchen, es zu sagen, aber noch nicht jetzt, dazu ist sie zu gewaltig. Man muß einfacher anfangen.

Was heißt, die Zeit messen, was ist eine Uhr?

6

Fredhøj hatte eine Uhr und sah oft darauf. Biehl hatte eine Taschenuhr, ich sah ihn nie darauf sehen, nicht einmal.

Katarina hatte keine Uhr, auch August nicht, ich bekam auch nie eine. Zunächst, weil es niemanden gab, der sie mir hätte schenken können, später, weil ich keine Lust hatte.

Ich habe gelesen, daß man noch nie eine Uhr gemacht hat, die ganz präzise geht. Nicht daß ich der Wissenschaft etwas Böses nachsagen will. Aber es wurde noch nie eine völlig genaue Uhr gemacht.

Im Laufe dieses Jahrhunderts hat man entdeckt, daß die Bewegungen der Himmelskörper nicht regelmäßig sind, wie man bis dahin geglaubt hatte. Daß die Bahn der Erde um die Sonne von Jahr zu Jahr verschieden ist.

So war man gezwungen, ein bestimmtes Jahr zu wählen, um zumindest einen Ausgangspunkt zu haben. Man wählte das Jahr 1900. 1956 wurde die Zeiteinheit eine Sekunde umdefiniert, auf 1/31556925,9747 des tropischen Jahrs 1900.

Leider kommt dieses Jahr ja nicht wieder, genau so, wie sich die Erde in diesem Jahr bewegt hat, bewegt sie sich nie mehr, aufgrund von Erdbeben und anderen Unregelmäßigkeiten, die ihre Bahn beeinflußt haben. Das macht es so schwer, die Uhr der Welt zu synchronisieren, es ist schwer, die Uhr nach einer Begebenheit im vorigen Jahrhundert zu stellen.

Darum hat man 1967 diese Definition durch die Atomzeit ergänzt, in der eine Sekunde 9 192 631 770 Strahlungsperioden einer bestimmten Cäsium-133-Schwingung in einer sogenannten Cäsiumuhr entspricht. Fredhøj erzählte davon in Physik. Es gab jetzt zwei Methoden zur genauen Zeitbestimmung, sagte er, die eine ergänze die andere.

Später habe ich gelesen, diese beiden Systeme seien leider immer aus dem Takt, ausgenommen, gleich nachdem man sie synchronisiert hat, was man darum ständig tun muß.

Nicht daß ich kleinlich sein will. Die präzisesten atomaren Zeitmesser, die man bis jetzt konstruiert hat, haben eine tägliche Unsicherheit von weniger als 10^{-8} Sekunden, in 300 000 Jahren würden sie einen Fehler aufweisen, der nicht größer wäre als eine Sekunde, niemand kann bestreiten, daß das sehr genau ist, alle haben ihr Bestes getan.

Doch es ist eben nicht ganz präzise.

Das hätte nicht viel ausgemacht, hätten sie auf die Sache mit der Zeit nicht so großes Gewicht gelegt.

Nicht daß davon geredet worden wäre, nie, Humlum und Katarina waren die ersten Menschen, die ich von der Zeit sprechen hörte. Doch sie lag allem zugrunde. Sie legte das Leben fest. Wie eine Art Werkzeug.

Es waren nicht nur die Stunden und die Morgenandacht, die präzise anfingen. Auch das obligatorische Schulaufgabenmachen und die Mahlzeiten und die Hausarbeit und der freiwillige Sport und wann das Licht ausgemacht wurde und wann man aufstehen mußte, um sich sauber waschen zu können und zu welchem Zeitpunkt alle drei Wochen grüne Vitamintabletten für die nächsten drei Wochen verteilt wurden und um welche Zeit am Sonntagabend man sich bei

Flakkedam melden mußte, wenn man aus dem Heimfahrtswochenende kam, all das lag auf den Glockenschlag fest, der sehr sorgfältig eingehalten wurde. Ungenauigkeit hieß weniger als plus oder minus zwei Minuten.

Man bekam die Zeit nie erklärt. Doch man wußte, sie war kolossal, größer als etwas Menschliches oder Irdisches. Wenn man rechtzeitig dasein sollte, dann nicht nur aus Rücksicht auf die Kameraden und sich selbst und die Schule. Sondern auch um der Zeit selber willen. Für Gott.

Für Gott.

Es wurde immer viel gebetet und gesungen. Jedoch hatten wir nie versucht, Gott selbst zu erreichen. Dazu war er immer zu nahe an Biehl oder dem Rektor der Erziehungsanstalt oder dem Vorsteher des Himmelbjerghauses gewesen, viel zu nahe, als daß wir hätten beten können.

Beten heißt etwas gestehen, einräumen, daß man Hilfe braucht. Wir fürchteten, jedes Geständnis, auch gegenüber Gott, könnte die eigene Situation verschlimmern und gegen einen verwendet werden.

Grundtvig hat geschrieben, der Tag sei zur Tat geschaffen und die Dämmerung zur Ruhe, und daher solle man präzise sein.

Weil die Zeit selbst so genau war, sollten die Leute es auch sein, so war das gemeint, Genauigkeit war eine Eigenschaft, vielleicht die wichtigste, des Universums. Zur Morgenandacht sollte man ganz präzise dasein, und ganz still. Vollkommene Zeit und vollkommene Stille. Das war das Ziel. Um sich diesem Ziel zu nähern, gab es die Leistung. Und um zur Leistung anzuspornen, gab es die Strafe.

Man versuchte, absolut genau zu sein, weil die Zeit und die Welt selbst es waren. Man versuchte und versuchte es seine ganze Jugend lang, und man konnte es nicht, und man war sehr nahe am Aufgeben. Und dabei hatten sie selber nie eine ganz genaue Uhr konstruieren können. Sie hatten nie beweisen können, daß die Zeit selbst ganz regelmäßig war.

Im Grunde konnten sie selber nicht ganz präzise sein. Und sie konnten auch nicht beweisen, daß die Welt es war.

Die erste Woche schlief August im Krankenzimmer, dann wurde er in mein Zimmer verlegt. Seit Jes Jessen von der Schule verwiesen worden war, hatte ich allein gewohnt.

7 An der Brotkantenschule hatten sie ein paar Monate einen Fuchs gehabt. Als Teil des Naturkundeunterrichts, ausgeliehen vom Svinninge-Tierpark. Humlum und ich standen ein paarmal vor dem Käfig, er sah uns nicht. Während er unaufhörlich das Gitter entlangstreifte, sah er durch uns hindurch in die Welt. Man verstand ihn gut. Wie seine tödliche Verzweiflung über seine Gefangenschaft erstarrt war zu einer unendlichen, regelmäßigen, rhythmischen Monotonie.

August war wie dieser Fuchs.

Er bekam um neun Uhr seine Medizin. Flakkedam kam mit zwei Mogadon und achtete darauf, daß er sie mit einem Glas Wasser schluckte, und kontrollierte anschließend mit einem Finger, daß er sie nicht unter der Zunge versteckt hatte.

Es verging in der Regel eine Dreiviertelstunde, bis sie wirkten. In dieser Zeit war er sehr unruhig. Er streifte an den Wänden entlang, und wenn man ihn ansprach, hörte er es nicht. Nach und nach wurde er dann langsamer, schließlich war er gezwungen, sich hinzulegen, und er schlief ein, ohne daß er etwas gesagt hatte.

Ich kam an ihn heran, weil ich entdeckte, daß der Schlüssel zu ihm seine Bewegungen waren.

Am dritten Tag fing ich an, neben ihm am Bett und an der Tür und am anderen Bett und unter dem Waschbecken und am Fenster und am Schrank entlangzustreifen, und dann wieder von vorn, und ich machte auch noch weiter, nachdem er versucht hatte, mich abzuschütteln, und obwohl er an mir vorbeisah, wie der Fuchs es getan hatte. Zu einem bestimmten Zeitpunkt, kurz bevor er umfiel, kam ich an ihn heran. Da hatte ich seine Unruhe aufgesaugt, und er hatte sich an mich gewöhnt, und die Medizin hatte seinen Nerven die Spitze genommen.

Es war von meiner Seite nichts Persönliches dabei, ich schuldete ihm nichts. Doch er war meiner Obhut anvertraut, es wurde nicht direkt gesagt, doch er war mit mir verbunden. Wenn er es schaffte und an der Schule bleiben konnte, zumindest einige Zeit, wäre das zu unser beider Vorteil.

Zu Beginn der sechsten Nacht, in den letzten Minuten, bevor er einschlief, zeigte er mir die Zeichnung. Er trug sie zusammengefaltet auf dem Bauch. Das zu sehen war unvermeidlich gewesen, aber ich hatte nicht danach gefragt. Jetzt zeigte er sie mir von sich aus.

Er zog sie hervor und faltete sie auseinander, es war eine Zeichnung auf einem großen weißen Bogen von der Sorte, die aus dem Zeichensaal nicht entfernt werden durften.

Sie war mit Bleistift gemacht. Es gab eine Handlung, zwei Männchen bewegten sich von Bild zu Bild wie in einem Comic. Es war eine Kette von Gewalt.

Auf der Zeichnung waren eine Menge Leute, die erschossen wurden, unter anderem ein Mann und eine Frau in einem Raum, vielleicht war es ein Krankenzimmer, vielleicht ein Klassenraum.

Abgesehen davon, daß es hart war, das anzusehen, war es, so unglaublich das schien, besser als die Wirklichkeit, also war er nicht auf allen Gebieten unfähig.

Er wollte dann wieder weiter die Wände entlang, doch allmählich kamen die Mogadons bei ihm an.

«Ich hab null Sterne gekriegt», sagte er.

Es waren Sterne aus Goldpapier, die Karin Ærø je nach Qualität an die Kunstarbeiten klebte. Einige bekamen null Sterne. Viele bekamen einen, ein paar bekamen zwei. Ein paar ganz wenige schafften drei. Bekam man dreimal drei, erhielt man außer der Ehre eine braune Papiertüte mit Obst. In den beiden Jahren, in denen das so funktioniert hatte, hatte nur Regnar Grasten, der später Filmproduzent und sehr bekannt wurde, Obst bekommen, und nur einmal.

August lag jetzt auf dem Bett, er zitterte, ich versuchte zu verstehen, warum ihm das so wichtig war, doch es war unerklärlich.

«Ich bin ein hartnäckiger Leugner», sagte er, «hat die Polizei gesagt.»

«Das sagen die immer», sagte ich, «das ist ganz normal, das haben sie auch von mir gesagt.»

Ich ging nicht darauf ein, was er wohl geleugnet hatte.

«Aber die Psychologen sagen, ich kann mich nicht erinnern», sagte er.

Ich fragte, was er selber meine, darauf antwortete er nicht.

«Versuch, den Hintergrund auszufüllen», sagte ich. «Karin Ærø hält nichts von einem leeren Hintergrund, es darf nicht zuviel weißes Papier zu sehen sein, wenn man fertig ist.»

8

Die Schule war so, daß das Gebäude selbst fünf Etagen und ein Dachgeschoß hatte und zwischen zwei asphaltierten Höfen lag. Der Nordhof war der, wo man sich in den Pausen aufhielt, jenseits von ihm lag der Annex. Zum südlichen Hof hatten die Schüler keinen Zutritt, dort parkten Lehrer, Gäste und Lieferanten.

Rundherum lag der Park, an dessen Rand waren die Lehrerwohnungen. Im Süden, jenseits des Tors, begann Kopenhagen.

Der nördliche Hof hatte zwei rote Linien, eine, die eine Zehn-Meter-Zone vor der Ausgangstür markierte, und eine, die den Hof in der Mitte teilte.

Letztere gehörte zur Markierung der Spielfelder und diente außerdem dazu, die Schüler, die Gesprächsverbot hatten, zu trennen. Um zu verhindern, daß sie sich in der Pause trafen, wurde ihnen jeweils eine Hofhälfte zugeteilt, das machte es der Hofaufsicht leicht, darauf zu achten, daß sie getrennt blieben.

Die Zehn-Meter-Zone stellte sicher, daß sich vor dem einzigen Ausgang des Hofes ein Streifen ohne Schüler befand. Es war verboten, den Hof in der Pause zu verlassen. Jeder der es trotzdem versuchte, mußte ein menschenleeres Gebiet durchqueren und würde unweigerlich von der Hofaufsicht bemerkt werden. Das Schulgebäude trennte die beiden Höfe. Es war verboten, sich in den Pausen im Gebäude aufzuhalten. Außerdem war es während dieser Zeit auch verboten, den Nordhof zu verlassen.

Am Tag nachdem mir August die Zeichnung gezeigt hatte, kam Katarina in der großen Pause zu mir. Bis dahin waren wir einander auf dem Hof, wo uns so viele sehen konnten, ausgewichen, jetzt kam sie ganz einfach zu mir. «Kommst du um halb», sagte sie, «runter in die Turnhalle, ich will dir etwas auf dem Südhof zeigen.»

«Das ist mitten in der Stunde», sagte ich.

«Die Halle ist leer.»

Sie stand seitlich zu mir, damit man nicht sah, daß wir miteinander sprachen.

«Die Tür im Parterre», sagte ich, «ist abgeschlossen.»

«Sie kommen in der nächsten Stunde mit Milch, sie ist offen.»

Es läutete. Flage Biehl hatte Hofaufsicht, er war Biehls Bruder. Er sah sich um, wir waren gezwungen, uns voneinander zu entfernen.

Sie hatte einen blauen Pullover angehabt. Ihr Haar verschwand in dessen Halsausschnitt. Man muß sich vorstellen, daß sie ihn über den Kopf gezogen hatte, und die Wolle hatte das Haar festgehalten. Sie hat es nicht herausgezogen, nur gelockert. Zwischen Wolle und Haar war ihr Hals. Sehr weiß. Es war kalt.

In den zwei Wochen, wo ich sie nur von weitem gesehen hatte, abgesehen von dem einen Mal auf der Treppe, hatte ich einen Traum gehabt, nachts, aber während ich wach war.

Er kam, gleich nachdem August ruhig geworden war und bevor ich selber einschlief. Da war ein Wald, recht dunkel, sehr kalt, öde, nichts zu essen. Dennoch wußte ich, es würde gutgehen. Ich hatte einen Schlafsack und eine wasserdichte Unterlage, eher eine Regenhaut. Es wurde langsam spät, ich breitete die Regenhaut aus.

Dann kam ein Mädchen. Sie war allein, sie fror. Ich winkte ihr von weitem zu, damit sie sich nicht erschreckte.

Sie war ganz deutlich zu erkennen, dennoch war sie niemand Bestimmtes. Das wäre zuviel gewesen, wenn sie jemand Bestimmtes gewesen wäre.

Ich bot ihr an, sic könne im Schlafsack schlafen, während ich Wache hielt. Ich sagte es geradeheraus, damit sie verstand, daß ich ihr nichts Böses wollte. Sie legte sich hin. Und dann bat sie mich darum, mich neben sie zu legen. Damit wir uns wärmen konnten. Und das tat ich. Ich legte mich neben sie und band den Schlafsack über unseren Schultern zu. Draußen war die Nacht kalt und sehr dunkel. Wir aber froren nicht.

Der Traum endete hier. Er war nicht länger. Mehr passierte nicht. Er tauchte auf, als ich von ihr getrennt war, ich hatte ihn vorher nie gehabt. Er ist seitdem nie mehr verschwunden. Bis jetzt habe ich ihn noch nie einem Menschen erzählt.

Unter normalen Umständen hätte ich den Unterricht nicht verlassen können. Von der dritten Klasse an aufwärts wurde nicht akzeptiert, daß man die Klasse während der Stunden verließ. Doch durch Augusts Kommen war die Situation etwas anders, das berührte selbst die Lehrer. Wir hatten Flage Biehl in Rechnen, ich hob die Hand und bat, auf die Toilette gehen zu dürfen, und bekam die Erlaubnis ohne weiteres.

Es kam sonst nie vor, daß man in den Stunden anderswo war als in der Klasse. Man kannte das Gebäude zu diesem Zeitpunkt nicht, es wirkte verlassen, das Geräusch auf der Treppe war ein anderes, man hätte von weither gehört werden können.

Die Türen vom Treppenhaus zu den Fluren mit den Klassenzimmern waren immer verschlossen, im Parterre aber war sie offen. Sie hatte recht gehabt. Vom Parterre führten drei Stufen hinunter zum Milchkeller, dort stand der Kühlschrank mit der Milch, die in der Essenspause ausgeteilt wurde.

Die Turnhalle war leer, wie sie gesagt hatte. Sie wartete hinter den Geräten, wo eine Tür zum Südhof war, die hatte sie angelehnt.

Sie war unruhig, zunächst glaubte ich, aus Furcht, entdeckt zu werden. Doch das war es nicht. Sie hatte etwas im Sinn.

Ich fragte sie nach der Milch und der leeren Halle – woher hatte sie das gewußt?

Sie zeigte mir ein Blatt Papier, es war ein Bogen von der Sorte, die auch August genommen hatte, aus dem Zeichensaal.

«Ich habe die Stundenpläne aller Klassen abgeschrieben», sagte sie. «Das ist ein Zeitplan für alle Schüler.»

Sie sah zur Tür hinaus.

«Wem gehört der Wagen?» sagte sie.

Auf dem Hof parkten Fredhøjs Rover und Biehls Volvo und einige andere Lehrerautos. Neben dem roten Mascot der Sekretärin parkte ein grauer Taunus – kein Lehrerauto –, den meinte sie.

«Unsere Klasse hat Fenster hier raus», sagte sie, «er kommt jeden Mittwoch. Ich hab ihn auf dem Flur gesehen, mit Biehl, sie gehen nebeneinander.»

Biehl hatte eine besondere Art zu gehen, er ließ die Leute vorausgehen, Schüler weit vor ihm, Lehrer näher. Flakkedam noch näher. Der einzige, an dessen Seite er ging, war Fredhøj. Und dennoch nicht ganz mit ihm auf einer Linie.

«Bestimmt einer von der Fachaufsicht», sagte ich.

Die kamen ab und zu und setzten sich in eine Stunde und hörten zu. Danach erwähnte Fredhøj, sie hätten sich wie immer über das fachliche Niveau gefreut.

«Das ist der siebte Mittwoch hintereinander», sagte sie.

«Ich hab ihn aus der Klinik kommen sehen, er redet jedesmal mit Biehl und auch mit Hessen.»

Im selben Augenblick kam er aus dem südlichen Treppenhaus. Er stieg in den Taunus und fuhr sofort weg. Wir hatten ihn nur von hinten gesehen.

Ich versuchte mich zu drücken, doch sie beugte sich zu mir, es gab kein Entkommen.

«Ich hab ihn einmal gesehen», sagte ich, «im Gladsaxe Stadion, als wir die Katholische Hauptschule 3:2 geschlagen hatten, ich hab das Siegestor geschossen. Er hat den Pokal überreicht. Er heißt Baunsbak-Kold. Er ist der Stadtschulrat von Kopenhagen.»

Sie sah mich an, ohne etwas zu sehen.

«Könnte man ins Auto kommen ohne den Schlüssel?»

Ich antwortete zunächst nicht, mein Mund war trocken. Ein Mensch, der so fragen konnte, riskierte, sich jeden Augenblick ins Verderben zu stürzen.

«Nein», sagte ich.

Das war nicht wahr. Das Auto war ein Taunus, Lamellen im Tür- wie im Zündschloß. Ich sagte nein, um sie zu beschützen, es war zu ihrem eigenen Besten.

«Der neue Junge», sagte sie, «warum haben sie ihn aufgenommen?»

Beim ersten Mal, als August eine Zeichnung zurückbekam, war ich nicht dagewesen. Beim zweiten Mal aber passierte es mitten in der Stunde. Ich hatte gemerkt, daß etwas im Anzug war, und mich in seiner Nähe gehalten.

Er hatte wohl zugehört, was ich gesagt hatte, er hatte den Hintergrund ausgefüllt. Karin Ærø reichte ihm die Zeichnung. In die untere linke Ecke war ein Stern geklebt, sie sagte, er habe Fortschritte gemacht.

Er ging einen Schritt auf sie zu.

«Es hat etwas Farbe bekommen», sagte er, «das ist das einzige.»

Ich war direkt hinter ihm. Es war erst zwei Tage, daß Flakkedam in den Stunden nicht mehr hinter uns saß, und es war der erste Tag, an dem er August nicht treppauf, treppab gefolgt und in den Pausen auf dem Hof gewesen war.

August und ich hatten nicht über seine Situation geredet, dennoch war zwischen uns alles klar. Eines Abends, nachdem ich mit ihm herumgestreift war, kurz bevor er umfiel, hatte er mich nach mir gefragt, und ich hatte geantwortet, wie es war: keine Eltern und Freiplatz, bestellter Vormund und mein Fall vor dem Sozialausschuß des Stadtrats, der mich auf unbestimmte Zeit ins Himmelbjerghaus geschickt hatte, mit der Bestätigung eines Richters.

«Also darum haben sie *dich* in den Käfig gesperrt», sagte er. «Du hast nicht mehr viel zu verlieren.»

Während er das sagte, war er vornübergesunken und hatte den Kopf auf die Knie gelegt. Und dann hatte er gelächelt.

Es war das erste Mal, daß ich ihn lächeln sah. Dadurch wirkte er plötzlich so klein.

Karin Ærø war stehengeblieben, als er nach vorn ging. Sie muß wohl gewarnt gewesen sein, doch sie fand vielleicht, er sah so ungefährlich aus, und auf alle Fälle war sie niemals ängstlich gewesen, das mußte man ihr lassen. Ich hatte gesehen, wie sie Carsten Sutton schlug, bevor er von der Schule verwiesen wurde, hart ins Gesicht mit einem großen Pinsel, draußen auf dem Flur, wo andere Schüler und Lehrer waren.

August war schon sehr nahe bei ihr. Ich packte seine Oberarme, sie waren dünn, aber wie Metall. Er zitterte wie im Fieber, war aber sonst kalt.

Ich zog ihn in den Raum, wo die Töpferarbeiten getrocknet wurden. Er hörte auf zu zittern und wurde dann ruhiger als sonst.

Er hatte angefangen, mich morgens zu wecken. Wir hatten nicht darüber gesprochen, aber er mußte gesehen haben, wie schwer es mir fiel, morgens aufzuwachen, wenn ich nachts nicht geschlafen hatte. Und da hatte er angefangen, sich auf mein Bett zu setzen und mich zu schütteln, so gelang es mir, mich aufzusetzen, bevor Flakkedam kam.

Flakkedam weckte mit der Tubenmethode. Er schlug mit der Handkante zuerst auf die Füße und dann den Körper hinauf, bis man stand. Nun aber war ich halbwegs auf, wenn er kam, dank August.

Bis jetzt hatte ich geglaubt, der August, der mich morgens weckte, sei der einzige. Nun sah man, es gab noch einen. Als er vor Karin Ærø stand und ich ihn nahm und wegtrug, war er ein anderer Mensch. In ihm, gleichzeitig und dennoch abwechselnd, mußten zwei Personen leben. Man konnte nicht umhin zu denken, daß wegen dem zweiten, dem, den ich weggetragen hatte, beide verloren waren.

Oft komme ich an das Kind nicht heran. Ich sehe sie spielen – es ist ein Mädchen –, ich höre sie rufen. Aber ich komme nicht an sie heran.

Ich habe Angst, daß meine eigene Furcht sich auf sie
9 übertragen wird, daß sie ebensoviel Angst haben wird
wie ich. Zwischen uns schiebe ich dann die Frau, als
schützenden Filter.

Kann man ein Kind vor der Welt beschützen?

Man kann es jedenfalls nicht lehren, was es mit dem Laboratorium auf sich hat.

Das mit dem Laboratorium lernen nur die, die dort hineingesogen werden.

Wenn die Frau dem Kind etwas vorsingt, wird man ruhig. Manchmal gibt es Augenblicke beinah ohne Furcht. Ich war schon im Begriff, es ihr zu sagen, ich wünschte mir, es zu sagen, und beugte mich vor.

Karin Ærø beugte sich manchmal vor, dicht hinter denen, die sangen, auf ihrem Weg rund um die Singenden. Und dann sagte sie ganz leise, so daß nur der, an den es gerichtet war, es hörte:

«Ausgezeichnet.»

Das nennt man Lob. Es ist angeblich eine kleine Wohltat.

Wenn sie das nächste Mal vorbeikam und direkt hinter einem war, da spürte man die Furcht bei dem, den sie gelobt hatte. Keine große Furcht, es hatte nichts mit körperlicher Strafe zu tun. Sondern eine kleine, feine Furcht, die vielleicht nur dem ganz deutlich werden konnte, der selbst nie besonders gelobt worden war. Die Furcht, nicht ebenso gut zu sein wie beim letzten Mal, sich nicht auch diesmal verdient zu machen.

Man wußte, wenn Karin Ærø kam, hinter einen, kam immer auch ein Richter.

Hinter der Frau fiel mir Karin Ærø ein. Darum sagte ich nichts.

Richten und bewerten. In dem großen Plan war das sehr wichtig. Darum konnte man nicht umhin, sich zu fragen, ob Karin Ærø wußte, was sie tat. Wußte sie es? Wenn man lobt, dann richtet man auch. Und dann tut man etwas, das eine tiefe Wirkung hat.

Wieviel haben sie selbst gewußt? Was wußte Biehl?

Das lebendige Wort war eines von Grundtvigs Prinzipien. Das bedeutete, daß man nicht viele Bücher bekam, erst ab der sechsten Klasse, statt dessen erzählten die Lehrer: dänische Geschichte, nordische Geschichte, Weltgeschichte, griechische und nordische Mythologie, biblische Geschichte, *Ilias* und *Odyssee*, jeden Tag, fünf Tage die Woche.

Das war eine große Menge von Worten, es verlangte die äußerste Aufmerksamkeit. Oft war es am Ende des Tages nicht möglich, sich an mehr zu erinnern, als daß zu einem gesprochen worden war.

Seit ich an die Schule gekommen war, hatte ich nach der Regel hinter den Worten gesucht, und schließlich fand ich sie. Das geschah, als August zwei Wochen an der Schule war.

Biehl unterrichtete Weltgeschichte, er konnte sie auswendig. Normalerweise verhielt man sich ruhig; das lebendige Wort war normalerweise ein Strom, der vom Katheder hinunter in die Klasse floß. Bis er plötzlich etwas fragte.

Das geschah ohne Vorwarnung, ein paar wenige, kurze Fragen, und dann war es sehr wichtig, daß man antworten konnte. Wenn er fragte, war es, als nähere man sich zusammen mit ihm etwas Entscheidendem.

Die Fragen galten immer einer Begebenheit und einer Jahreszahl. Diejenigen, die innerhalb waren, wußten diese oft; die, die außerhalb waren, streckten vor Angst die Hand in die Höhe, ohne etwas zu wissen, und sanken tiefer in die Dunkelheit.

Ich selbst war nahe daran aufzugeben. Ich hatte versucht, die Jahreszahlen, die er nannte, aufzuschreiben, doch das war schwierig. Man konnte nicht wissen, welche wichtig sein würden, und es war verboten, in seinen Stunden Notizen zu machen.

Nicht ich hatte es entdeckt, sondern Katarina. Auch wenn wir recht wenig miteinander gesprochen hatten, besonders die letzten Wochen. Doch sie hatte etwas gesucht. Wenn man einem Menschen begegnet, der sucht, verschiebt man das Aufgeben.

Da war auch noch August, er hatte ein sehr schlechtes Gedächtnis. In den ersten beiden Wochen hatte er sich nicht einmal melden können. Man empfand es als notwendig, ihn zu stützen. Wenn man andere stützen will, muß man sich selbst aufrecht halten.

Ich fand die Regel, indem ich Biehl spürte. Ich hatte es schon vorher versucht, in der Zeit gleich nach meiner Ankunft an der Schule, doch es war mir nicht gelungen. Ihn spüren konnte man nur, indem man ein klein wenig die Zeit losließ und nicht mehr auf das hörte, was gesagt wurde, und statt dessen seine Stimme und sein Gesicht und seinen Körper spürte. Und das war sehr riskant. Man wirkte dann plötzlich weit weg und verlor das Zeitgefühl und hörte nicht, was gesagt wurde, und konnte nicht schnell wieder dasein, wenn man angesprochen wurde. Das erste Mal hatte ich den Mut verloren. Später hatte ich Katarina etwas suchen sehen, da versuchte ich es wieder.

Wenn Biehl sich dem Wesentlichen näherte, wurde er gewissermaßen verdichtet. Es gab eine kurze Pause. Dann kam es ohne besonderen Nachdruck, beinah alltäglich. Nur eben verdichtet. Als ich mich soweit herangespürt hatte, war es unverkennbar. Danach verstand ich.

Die Regel war die Schlacht bei Poitiers, 732.

Bei Poitiers schlug der französische König Karl Martell die vordringenden Mauren zurück und rettete dadurch Europa. Eine souveräne Person führte eine richtige Tat zum genau richtigen Zeitpunkt aus. Dies war das Muster hinter Biehls Fragen. Von da an wußte ich, wonach ich zu suchen hatte. An welche Worte aus der überwältigenden Menge von Worten man sich erinnern sollte. Kolumbus 1492, Luther in Worms 1521, Grundtvigs *Antwort der Kirche* 1825, worin betont wird, daß die Wahrheit sich nicht auf Bücher gründet, sondern auf das lebendige Wort aus Gottes eigenem Mund bei Taufe und Abendmahl, formuliert im Apostolischen Glaubensbekenntnis.

Von da an erinnerte ich mich ziemlich oft richtig, das gab mir eine Frist. Es bewirkte, daß es länger dauerte, bis ich ihm auffiel.

10

Nachdem mich Katarina wegen des Autos gefragt hatte, wich ich ihr aus, sah sie auch auf dem Hof nicht an.

Am Anfang der dritten Woche, die August an der Schule war, kam sie auf der Treppe in meine Nähe. Sie ging an mir vorbei, und als sie vorbei war, hatte ich einen Brief in der Tasche.

Es war der erste Brief, den ich je bekam. Es hatte andere gegeben, die aber waren gedruckt gewesen.

Es stand nicht da, an wen oder von wem er war. Da stand nur eine Frage: «Warum sind ihre eigenen Kinder von der Schule genommen worden?»

Sie hatten August verboten, sich auf dem Hof weiter von der Mauer zu entfernen, als daß er sie mit dem ausgestreckten Arm noch erreichen konnte. In der ersten Woche war Flakkedam an der Hofseite neben ihm hergegangen, danach hatte das die Hofaufsicht übernommen. Jetzt war es nicht mehr notwendig, er blieb nun von sich aus an der Mauer, und es gab auch niemanden, der groß mit ihm geredet hätte.

Nur wenn er auf die Toilette mußte, durfte er die Mauer verlassen, und dahin sollte ich mit ihm gehen und draußen stehenbleiben und warten, bis er fertig war. An diesem Tag ging ich mit hinein. Dort war wenig Platz, wir standen jeder auf einer Seite des Klos, während er rauchte.

«Ich hab einen Brief bekommen», sagte ich.

Ich zeigte ihn ihm. Er fragte nicht, wie ich sicher sein

konnte, daß er an mich war. Er glaubte mir. Da ich es gesagt hatte, war es wahr.

Er fragte auch nicht, von wem er war. Er war wohl der Meinung, das wäre aufdringlich gewesen. Er sagte nur: «Was meint sie?»

Im April 1971 wurden alle Schüler, die mit einem der Lehrer verwandt waren, von der Schule genommen. Bis dahin hatte Vera Hofstætter, die Deutsch unterrichtete, zwei Jungen in der zweiten und vierten Klasse gehabt, und Biehl zwei Enkel in der ersten, und Stuus, der Latein unterrichtete, eine Tochter in der dritten Klasse der Realabteilung, und Jerlang zwei Kinder in der achten und siebten und ein Mädchen, Anne, in unserer Klasse. Und natürlich noch Fredhøjs Sohn Axel Fredhøj, neun Schüler insgesamt. Nach den Osterferien kamen sie nicht zurück, es wurde nichts gesagt. Alle dachten, der Grund dafür sei, was mit Axel Fredhøj passiert war.

Fredhøj war Konrektor und beliebt. Er hatte einen feinen Humor, der die Leute dazu brachte, sich zu öffnen, auch solche, die Schulregeln übertreten hatten. In der guten Stimmung erzählten sie einfach, was sie getan hatten. Fredhøj hatte darauf immer eine gute, schnelle Antwort, und dann war das Geschehene vergessen. Ein paar Tage danach wurden die, die sich vergessen hatten, in Biehls Büro hinaufbestellt, oder ihre Eltern wurden zu einem Gespräch bestellt, oder plötzlich waren sie nicht mehr in der Klasse. Es gelang ihnen nicht herauszufinden, was sie erwischt hatte.

Nicht einmal habe ich gesehen, daß er selbst jemanden bestraft hätte, alles, was er tat, war, die Dinge weiterzugeben, es war souverän.

Es war schwer oder unmöglich zu begreifen, daß Axel sein Sohn war, man sah sie nie miteinander sprechen, vor allem nicht nach der Sache mit den Leitungstunneln. Axel ging in die Klasse unter uns. Im großen und ganzen hörte man ihn nie ein Wort sagen, ausgenommen, wenn er von einem Lehrer gefragt wurde, und sogar dann nur das Nötigste.

Fredhøj unterrichtete Physik und Chemie, er verwendete etliche Bildtafeln: das periodische System, Bohrs Atomtheorie, Antriebsmechanismen von der Dampfmaschine bis zum V6-Motor, die großen wissenschaftlichen Errungenschaften. Sie standen in den Kartenkisten, Behältern aus weißgestrichenem Holz, die anderthalb Meter hoch und anderthalb Meter lang und ziemlich schmal waren, mit einem mickerigen Möbelschloß.

Fredhøj trug seine Schlüssel immer in der Hand, in einem recht großen Bund; er hatte den linken Ringfinger im Ring, die Schlüssel lagen über dem Handrücken. Am Ring waren die Schlüssel zu den Kartenkisten.

Es gab keine Vorwarnung, es war eine gewöhnliche Stunde, das Unglück mit den Leitungstunneln lag ein halbes Jahr zurück.

Fredhøj bat eines der tüchtigen Mädchen, Anne-Dorthe Feldslev; das periodische System zu holen, sie war Physikordner. Jede Klasse hatte ihren eigenen Ordner, der Milch holte und der jede Woche wechselte; das wurde man automatisch, es war nichts Besonderes. Darüber hinaus aber gab es einen Physikordner, der bei Versuchsanordnungen und dergleichen assistierte und den Fredhøj unter den mathematischen Begabungen auswählte. Zu diesem Zeitpunkt war es Anne-Dorthe. Sie war etwas schwächlich und vom Turnen befreit; zunächst fiel einem nichts auf. Fredhøj bat sie, das periodische System zu holen, und gab ihr die Schlüssel. Sie ging hinaus auf den Flur und öffnete die Kiste. Dann machte sie sie wieder zu und kam herein und setzte sich und legte die Schlüssel hin. Dann übergab sie sich. Sie übergab sich auf die Tischplatte, wo andere vielleicht versucht hätten, noch das Waschbecken oder den Papierkorb zu erreichen. Doch sie stand nie auf, ohne die Erlaubnis bekommen zu haben.

Fredhøj mußte begriffen haben, daß etwas nicht stimmte. Er ging hinaus und öffnete den Deckel. Es war direkt vor der Tür.

In der Kiste saß Axel, er saß da und guckte hoch, als ob er darauf wartete, daß jemand kam und sie öffnete. Er hatte versucht, sich mit einer Rasierklinge die Zunge abzuschneiden, er war ziemlich weit gekommen. Die Einzelheiten kamen erst später heraus, und nur einige davon, aber wir sahen die Rasierklinge. Später sagte irgend jemand, Axel habe vorher etwas Betäubendes gegessen.

Was dann geschah, war, daß Fredhøj resolut und präzise handelte, wie bei jedem, der zu Schaden gekommen war und umgehend erste Hilfe und einen Krankenwagen brauchte. Nur unsere Klasse wurde nach Hause geschickt, und schon am nächsten Tag wurde bei der Morgenandacht mitgeteilt, daß Axel außer Lebensgefahr war.

Wir sahen ihn nie wieder, es gab keinerlei Verhör, und es wurde nicht mehr davon gesprochen. Doch alle wußten, als drei Wochen später Ostern war und die Kinder der Lehrer nach den Ferien nicht mehr in die Schule zurückkamen, war das der Grund, das war ganz klar.

Dies erzählte ich August auf der Toilette, um den Brief zu erklären.

«Wenn es so klar war», sagte er, «warum fragt sie dann?»

Er war einen Kopf kleiner als ich, und außerdem krümmte er sich immer etwas zusammen, auch jetzt. Aus einer gekrümmten Haltung sah er zu mir auf, über die Toilette hinweg. Er rauchte nur wenig auf einmal, dann löschte er die Zigarette, indem er ganz vorsichtig die Glut zwischen die Finger nahm und sie entfernte, damit kein Tabak verschwendet wurde. Kurz darauf zündete er sie wieder an.

Er rauchte, wie man nur Erwachsene hatte rauchen sehen, und nur recht selten. Hungrig. Es war ein seltsamer Anblick. Der kleine Körper, und dann der Hunger.

Er war zwei Jahre jünger als ich und ein Jahr jünger als alle anderen in der Klasse, weil ich ja zurückversetzt worden war, als ich von der Brotkantenschule kam. Es war nicht gesagt worden, woher er kam, und es war deutlich, daß es ihm schwerfiel mitzukommen, obwohl er alles schnell begriff. Trotzdem hatten sie ihn eine Klasse höher versetzt.

Es gab keine Möglichkeit mehr, ihm zu antworten, die Tür draußen wurde geöffnet, langsam, wie von einem Lehrer. Wir waren lange drin gewesen, und vielleicht hatte man uns vermißt. Wir wischten auch den letzten Rest Asche weg, spülten und verließen die Toilette.

An diesem Abend bat er um eine zusätzliche Mogadon, bekam aber keine.

Er sagte nichts und ging nur kurze Zeit umher, dann legte er sich hin, als schlafe er.

Es war nicht glaubwürdig.

Dennoch hätte ich ihn beinahe nicht gehört. Wir hatten eine Stunde dagelegen, das sah ich am Wecker, dann ging die Tür. Es war nichts zu hören, doch man spürte den Zug. Er bewegte sich sehr leise.

Der Ausgang war nachts abgeschlossen. Er ging den Flur hinunter zur Kellertreppe. Die Küche war im Keller. Ich dachte, er habe Hunger bekommen, was er sich hätte schenken können, es waren Vorhängeschlösser an den Kühlschränken und Gefriertruhen.

Das aber war es nicht. Er machte kein Licht. Es war, als könne er im Dunkeln sehen, wie ein Tier. Ich stand oben an der Treppe. Erst war es still, dann wurde der Ofen geöffnet. Da folgte ich ihm nach unten und machte das Licht an.

Er hatte die Ofentür geöffnet und sich daraufgestellt. Er stand da, als ob er schliefe, den Kopf auf die Seite gelegt, auf den Rost oben auf dem Herd. Mit der einen Hand stützte er sich ab, mit der anderen hielt er den Schalter. Er hatte die Augen geschlossen. Zunächst bemerkte er das Licht nicht. Während ich dastand und zusah, stellte er das Gas an, nur ein kleines bißchen, und trank sozusagen aus dem Hahn. Dann schloß er ihn wieder.

Er öffnete die Augen und sah mich an.

«Ich bin nicht drangekommen», sagte er.

«Das ist ein Industrieherd», sagte ich. «Er ist einen halben Meter höher als die in Privatwohnungen.»

Er konnte nicht allein gehen, ich nahm ihn huckepack. Er war so leicht, sogar treppauf. Aus dem Mund roch er nach Gas.

Ich legte ihn auf sein Bett.

«Ich hab das im Griff», sagte er. «Ich schlaf im Wohnzimmer. Wenn sie eingeschlafen sind, geh ich in die Küche. Man braucht so viel, daß man schlafen kann. Aber nicht so viel, daß man nicht zurück zum Bett kommt.»

Das Kind hat eine Zeitlang vom Raum gesprochen, der es umgibt. Sie benutzt Wörter wie «drinnen» und «draußen», «innen», «darunter». Sie spricht detailliert über ihre Umgebung, sie ist zwanzig Monate alt.

Doch nicht über die Zeit. «Morgen», «gestern», «in einem Monat» haben für sie noch keine Bedeutung. Sie sagt «in einiger Zeit» und meint damit alle Formen von Zukunft.

Wir verstehen den Raum, bevor wir die Zeit verstehen.

Bald aber wird sie anfangen, von der Zeit zu sprechen. Und dann wird sie sagen, daß sie vergeht.

Wir sagen, die Zeit vergeht. Sie läuft. Sie sei wie ein Fluß. Wir stellen uns vor, daß sie eine Richtung hat und eine Länge, daß sie sich beschreiben läßt, wie man den Raum beschreibt.

Aber Zeit ist doch nicht Raum? Was ich jetzt mache, im Laboratorium, habe ich auch gestern gemacht; die beiden Begebenheiten gehören an denselben Ort, sie sind im Raum nicht getrennt. Doch ihre Zeit ist unterschiedlich.

Es gibt noch einen anderen Unterschied. An den Raum denken kann man ohne weiteres. Doch an die Zeit denken, das bringt immer Schmerz mit sich.

Vielleicht ist es umgekehrt, vielleicht ist der Schmerz das erste. Denn den will man ja immer gern erklären, grundloser Schmerz ist nicht zu bewältigen. Und dann erklärt man ihn gern mit der Zeit. Genau das mußte man sich selbst sagen, wenn man auf dem Bett saß und August roch, als sei er gefüllt mit Gas. Man mußte sich selbst sagen, daß es eben daran lag, daß er so schwer einschlafen konnte, an sich war es nicht alarmierend, es war einfach ein schwieriger Zeitpunkt des Tages für ihn. Die Zeit, die war schwer, sagte man sich selbst.

Als wäre das eine Erklärung.

Es kommt vor, daß das Kind zu mir hereinkommt, auch wenn ich mich im Laboratorium einschließe, das ist in Ordnung, es ist Teil einer Absprache zwischen uns. Manchmal spricht sie mich an, manchmal sagt sie nichts, nähert sich nur, zögernd, aufmerksam, ohne Abneigung.

Es kommt vor, daß sie mich berührt. Sie streckt eine Hand aus oder lehnt sich an mich. Das ist keine Liebkosung, wie man sie bei Erwachsenen sieht. Sondern eher so, als wolle sie sich auch mit dem Tastsinn vergewissern, daß es mich gibt. Oder als wolle sie mir eine Botschaft übermitteln.

Ich blieb an Augusts Bett sitzen, bis er einschlief, ich saß in der Hocke, damit er nicht das Gefühl hatte, ich wäre zu nah.

Er brauchte einige Zeit, um einzuschlafen, sogar jetzt brauchte er einige Zeit dazu. Als ob ein Teil von ihm den Schlaf nötig hatte, während ein anderer Teil von ihm zu ängstlich war, um nachzugeben.

Seine Hände lagen auf der Bettdecke. Sie waren zusammengekrampft. Ich hatte eine Idee. Ich nahm die eine Hand und öffnete sie und schloß sie dann um meine. Er hatte eine kleine Hand, darum schloß ich sie um drei meiner Finger. Auf diese Weise würde ich merken, wenn er einschlief, dann würde seine Hand sich öffnen.

Wie eine Botschaft.

11

Auf der Brotkantenschule war es so gewesen, daß man sich bei persönlichen Problemen an den Klassenlehrer wenden konnte, das war Willy Øhrskov, der beliebt und respektiert war. Er hatte einen roten MG und fuhr wie der Teufel. Als ich ein halbes Jahr da war, verunglückte er tödlich, und außerdem galt es immer als nicht ganz dicht, mit einem Lehrer über sich zu reden.

An Biehls Privatschule erschien regelmäßig der dort zuständige Psychologe, ein älterer Mann, mit dem ich zwei Gespräche hatte. Ihm fiel es schwer, meinen Namen zu behalten. Nach dem zweiten Gespräch sagte er, im großen und ganzen sei alles in Ordnung, dann sah ich ihn nie mehr.

Es verging ein Dreivierteljahr, dann bekam ich Bescheid, daß ich von nun an alle vierzehn Tage eine feste Zeit hatte. Sie lag in der Schulzeit, gewöhnlich in einer Handarbeits- oder Vorlesestunde. Man wurde von einem Lehrer abgeholt, der einen hinaus auf die Südtreppe ließ, zu der man sonst keinen Zutritt hatte. Dann wurde die Tür hinter einem abgeschlossen, und man stieg in den vierten Stock und weiter eine kleinere Treppe hinauf, zur schulpsychologischen Klinik.

Da war dann Hessen.

Beim ersten Mal fragte sie mich, ob ich oft an Humlum dachte.

«Denkst du oft an Oscar?» sagte sie.

Das Normale war, daß die Leute behielten, wie man hieß, und oft nicht einmal das. Hessen sprach vom Himmelbjerghaus und von der Königlichen Erziehungsanstalt und von damals, als der Richter genehmigt hatte, daß ich auf unbestimmte Zeit ins Erziehungsheim kam, und von Humlum, als ob wir einander schon früher begegnet wären.

Da war ich nahe daran, ihr alles zu erzählen. Trotzdem entschloß ich mich zu warten.

Normalerweise sprach man mit ihr nicht darüber, wozu das alles führen sollte. Man sprach über andere Dinge, und man machte eine Menge Tests: den Rorschachtest, Reaktionstests und viele Intelligenztests.

Im Raum gab es nichts weiter als einen Tisch und ein paar Stühle, und es lag nie etwas vor ihr auf dem Tisch, noch nicht einmal ein Bleistift.

Trotzdem war sie immer vorbereitet und erinnerte sich an Jahreszahlen und Daten. Besser als man selbst sich erinnerte.

In jedem Quartal machte man zusammen einen Überblick. Man verglich seine eigenen Eindrücke mit ihren und denen der Schule und dem, was sonst noch an Informationen vorlag.

Dabei begann ich, sie zu verstehen.

Es lag an ihren Fragen, die verrieten es, sie waren so präzise. In der ganzen Zeit, die ich zu ihr geschickt wurde, unterlief ihr nur eine Ungenauigkeit, und zwar bei der Erwähnung von Katarina. Sonst war sie vollkommen fehlerfrei.

Ich dachte darüber nach, wie sie all das wissen konnte, was sie wußte, und schließlich gab es nur eine mögliche Erklärung. Sie mußte alle Papiere haben, das war es, sie war der erste Mensch, den ich traf, der fast alle Informationen hatte.

An der Brotkantenschule hatte der Sozialarbeiter einiges gewußt, und der Klassenlehrer, Willy Øhrskov, hatte einiges gewußt, bevor er tödlich verunglückte, und vor allem das Büro hatte viele Papiere gehabt. Doch nirgendwo hatten sie sie alle zusammengetragen.

Hessen hatte alle Gutachten und alle Zeugnisse und alle Klassenbucheinträge aus der Zeit an der Brotkantenschule. Außerdem hatte sie die Akte, nicht nur die allgemeine, sondern auch die Unterlagen von der kinderpsychologischen Klinik des Reichshospitals, die ich selbst nie gesehen hatte. Außerdem die Aufzeichnungen des Amtsarztes und die von der kommunalen Zahnpflege an der Nyboder Schule. Auch die meisten Papiere vom Oberpräsidium, und eine Übersicht über die Male, die ich zu spät gekommen und wann ich Ordner gewesen war, und welche Arbeitsaufgaben mir übertragen worden waren, und ob man mit mir zufrieden gewesen war.

Mit der Zeit wurde klar, daß sie auch etwas darüber wußte, wann man mich jeweils festgenommen und verhört hatte. Das begriff ich zunächst nicht. War man unter fünfzehn, kam man nicht ins Strafregister, dies war eine Regel, woher sie es dann wußte, verstand ich nicht. Später, als ich Erkundigungen über Augusts Probezeit einzog, wurde es mir dann klar. Damals aber begriff ich es nicht, sie wußte es einfach.

Eine riesige Menge von Informationen. In vieler Hinsicht wußte sie mehr, als man selber wußte.

Sie war die erste, die entdeckte, daß ich Schwierigkeiten mit der Zeit hatte.

Da machten wir gerade zusammen einen Überblick, nach

dem dritten Quartal. Sie muß die Male zusammengezählt haben, die ich zu spät gekommen war oder nicht rechtzeitig abgegeben hatte. Sie hatte gesehen, was Flage Biehl ins Zeugnisheft geschrieben hatte, nämlich daß ich mein Bestes tat, aber Schwierigkeiten hatte, meine Aufmerksamkeit zu konzentrieren und mir die Zeit einzuteilen. Außerdem hatte sie unsere Testergebnisse.

Sie sagte mir, es gebe Menschen, die seien von Geburt an schnell, und Menschen, die seien weniger schnell, das aber sei kein Grund, unnötig langsam zu sein. Was konnten wir da machen? Wir einigten uns, daß ich versuchen wollte, mich zusammenzunehmen. Von da an kam sie jedesmal darauf zurück.

Als ich Ende Oktober wieder zu ihr kam – August war seit drei Wochen an der Schule –, erwartete ich, sie werde meine mangelnde Präzision wieder aufgreifen. Gewiß, nur ich allein wußte, wie schlimm es stand, doch es war ja keine Besserung eingetreten.

Sie erwähnte sie nicht. August war es, nach dem sie fragte, zunächst ging es nur um ihn. Ob er nachts wach lag, ob es schwierig sei, mit ihm das Zimmer zu teilen, ob er von seinen Eltern sprach, all das konnte ich verneinen.

Sie war sehr aufmerksam. Ich versuchte zu spüren, worauf sie hinauswollte, doch sie verriet nichts.

Dann sagte sie: «Du kennst Katarina aus der zweiten Realklasse?»

Die Frage war falsch gestellt. Es war ihre erste Ungenauigkeit überhaupt.

Die Regel hinter ihren Fragen hatte ich vor langer Zeit herausgefunden. Sie fing damit an, nach meinen Wachstumsschmerzen zu fragen oder wie es mir ganz allgemein gehe oder ob ich seit dem letzten Mal etwas erlebt hätte, wovon ich ihr gern erzählen wolle. Fragen, auf die die Antworten im voraus bekannt waren und die gestellt wurden, damit ich nur irgend etwas sagte, was ich immer tat, wenn auch nie besonders viel. Danach kamen dann die Fragen nach meiner Vergangenheit und was ich nachts geträumt hätte.

Als sie Katarina erwähnte, war es anders. Es war eine Falle, die erste, die sie mir stellte.

Sie wußte mit Sicherheit, daß man in einer Stunde Katarina und mich zusammen überrascht hatte. Dennoch fragte sie. Um zu sehen, ob ich es abstreiten würde.

«Wir haben uns in der Bibliothek getroffen», sagte ich, «zweimal.»

Sie fragte mich, worüber wir gesprochen hätten. Da sagte ich eine Unwahrheit.

Nicht aus böser Absicht, doch sie hatte mir eine Falle gestellt. Man war dazu gezwungen.

«Sie sagte, sie würde es selber erzählen, wenn sie hier raufkommt.»

Es gab eine kurze Pause, bis sie antwortete.

«Das hat sie nicht getan.»

Damit verriet sie, daß Katarina hier oben gewesen war, daß man auch sie zum Psychologen geschickt hatte. Und daß sie nichts Besonderes über uns erzählt hatte.

Sie fragte nun, wie das Gespräch zustande gekommen sei. Ich wußte, ich war gezwungen zu antworten.

«Ich war's», sagte ich, «ich wollte rausfinden, wie es ist, mit einem Mädchen allein zu sein.»

Das war nicht unwahr. Und man konnte sehen, es befriedigte sie. Das war eine Regel, die ich bei ihr entdeckt hatte. Indem man eine kleinere Übertretung gestand, konnte man sich eine Art Belohnung verschaffen.

12

Am Lars-Olsen-Gedächtnisheim gab es ein Buch – ich lieh es mir vom Oberarzt – mit großartigen Uhren quer durch die Geschichte.

In China, vor Christi Geburt, bestand eine Uhr aus konzentrischen Kreisen aus Weihrauch, durch die sich ein Stück Glut brannte und so mit immer wechselnden Düften den Tag begleitete.

Zur gleichen Zeit, in Ägypten, war sie ein Netz von hundertfünfzig Metern Länge, in Stein geritzt, über das mit der Sonne der Schatten eines Obelisken wanderte. In Europa, im Mittelalter, war eine Uhr eine Messingplatte mit einer stereographischen Projektion des gedachten Sternenhimmels, über der sich in Bronze und Holz ein mechanisches Modell der Himmelskörper drehte. Sie hieß Astrolabium und erinnerte an etwas anderes in diesem Buch: die Himmelsuhr der chinesischen Sung-Dynastie, ein Modell des Sonnensystems, montiert auf einen zehn Meter hohen Turm und angetrieben von einem Wasserrad; es zeigte die Stellung der Planeten, die Bewegungen des Sternenhimmels, den Kalender sowie die Stunden und Viertelstunden.

Es gab auch Bilder in dem Buch.

Nun erschien es so offensichtlich. Daß diese präzisen Uhren immer technische Wunderwerke gewesen waren, und vor allem das. Sie hatten nicht so sehr einem anderen Zweck gedient, nur dem, die Zeit zu zeigen. Sie hatten ihren Zweck in sich.

Ende des 14. Jahrhunderts bekam eine ganze Reihe größerer europäischer Städte eine öffentliche Uhr.

1370 bezahlte zum Beispiel der französische Herzog Jean de Berry siebzig Prozent der Kosten eines sehr großen Uhrturms in Poitiers. Wo Karl Martell die Mauren aufgehalten hatte.

Dies war wohl der früheste Zeitpunkt, wo irgendwo auf der Welt ein Zeitmesser, der den Lauf der Stunden registrierte, den Leuten öffentlich zugänglich war.

Doch selbst jetzt war es noch so, als ob die Zeit, die die Uhr maß, zu nichts gebraucht würde. Für den weit größeren Teil der Bevölkerung Europas, nämlich für die, die außerhalb der Städte lebten, und eigentlich auch für die, die darin lebten, begann der Tag bei Sonnenaufgang und endete bei Einbruch der Dunkelheit, und die Arbeit wurde vom Wechsel der Jahreszeiten diktiert.

Was die Leute am Zeitmessen interessierte, war nicht die Zeit selbst, denn die wurde von anderen Gegebenheiten bestimmt. Was sie interessierte, war die Uhr.

Die Regelmäßigkeit der Uhr war ein Abbild der Genauigkeit des Universums, der Präzision von Gottes Schöpferleistung. Die Uhr war also zuallererst ein Abbild.

Wie ein Kunstwerk. So ist es gewesen. Die Uhr war wie ein Kunstwerk, ein Produkt aus dem Laboratorium, eine Frage.

Zu einem Zeitpunkt hat sich das dann geändert. Zu einem bestimmten Zeitpunkt hat die Uhr aufgehört, eine Frage zu sein. Statt dessen wurde sie zu einer Antwort.

Bei Biehl hing auf jedem Flur eine Schulglocke. So daß man es überall in der Schule gleich laut hörte, wenn geläutet wurde.

Die Glocke hing über der Flurtür, so hoch, daß nicht daran zu denken war, sie zu erreichen, aber dennoch voll sichtbar.

Es war ein schwarzes Gehäuse, in dem der Elektromagnet saß. Aus dem Gehäuse guckte ein Klöppel hervor, der eine Glocke anschlug. Die Glocke war verchromt und wurde vom Hausmeister regelmäßig geputzt. Er hieß Andersen und wurde Lemmy genannt, wenn er es nicht hörte. Sie war mit einer Verzierung versehen, einem Muster. Es war zu weit weg, als daß man Details hätte erkennen können. Doch man stellte sich vor, daß sie zum übrigen Stil der Schule paßte, es kann eine Mäanderborte gewesen sein oder ein verschlungenes Motiv von einem der Runensteine.

Die Schulglocken sahen aus, als stammten sie von der Jahrhundertwende. Wie Biehls Taschenuhr. Zusammen durchzogen sie die Schule mit einem feinmaschigen Netz von Zeit.

Im Frühjahr 1971 wurden die Glocken entfernt. Statt dessen wurde in jeder Klasse, an der Wand hinter dem Katheder, neben der Tafel, ein Lautsprecher eingebaut. Über diesen wurde jetzt ein Klingelsignal verbreitet, das leiser war als das alte, mechanische, aber dennoch recht deutlich.

Über diesen Lautsprecher konnten ferner von einem zentralen Mikrofon im Büro des Rektors Durchsagen an die einzelnen Klassen gemacht werden, und man konnte antworten, indem man zu den Lautsprechern hin sprach.

Es zeigte sich auch, daß sich vom Büro aus eine Verbindung herstellen ließ, so daß es Biehl möglich war zu hören, was in den Klassen vorging, ohne daß man davon wußte. Auf diesem Weg konnte man sich überzeugen, ob Ruhe herrschte, wenn zum Beispiel eine Klasse kürzere Zeit auf einen Lehrer warten mußte.

Der Lautsprecher saß hinter einer weißen Verkleidung und war darum im großen und ganzen unsichtbar.

Die alten Schulglocken waren regelmäßig geputzt worden. Die neuen waren unsichtbar. Wir sahen nicht, wie sie sie brachten oder die alten entfernten. Wir kamen in die Schule, und alles war fertig.

Sie hatten es in den Osterferien gemacht. Dem Ostern, an dem auch die Lehrerkinder von der Schule genommen wurden.

13

Nach dem Abendessen, von 19.00 bis 20.15 Uhr, war für die Internatsschüler obligatorisches Schulaufgabenmachen im großen Saal, unter der Aufsicht von Flakkedam. In dieser Zeit war es verboten, den Raum zu verlassen. Das war schwierig für August. Auch am Tag hatte er Mühe stillzusitzen; noch schlimmer wurde es aber abends, wenn man sich dem Zeitpunkt näherte, wo er seine Medizin nehmen sollte.

Ich merkte, daß es sehr schlimm war, und ging in den Aufsichtsraum und zu Flakkedam und bat um die Erlaubnis, mit August einen Augenblick hinauszugehen. Um zusammen die Beugung der unregelmäßigen deutschen Verben zu üben, ohne daß es die anderen störte. Ich erklärte, daß er ja eine Klasse vorversetzt worden war und deshalb noch kein Deutsch gehabt hatte. Ich bekam die Erlaubnis.

Es war dunkel. Man spürte, daß es ihm draußen besser ging, aber nicht viel. Auch hier suchte er die Wände, er wollte nicht auf den Wegen gehen oder über die Rasenflächen, sondern hielt sich am Rand des Gebüschs.

Wir gingen ein Stück nebeneinander, er sah zu mir auf.

«Wie ist es im Kinderheim?» sagte er.

«Prima», sagte ich.

«Wie überlebt man?»

«Das geht ganz von selbst», sagte ich, «kein Problem, und können wir jetzt zurückgehen, es ist Zeit.»

«Noch nicht», sagte er. «Du mußt zuerst antworten; ich will nicht rein.»

Wir gingen weiter. Er ging langsam, er hörte zu, es war das erste Mal, seit wir uns kennengelernt hatten.

«Man braucht eine Strategie», sagte ich.

Er zitterte, er war ohne Jacke hinausgegangen. Ich zog meinen Pullover aus und zog ihn ihm über den Kopf, wie man Kindern Sachen anzieht. Wenn er sich erkältete, würden sie fragen, warum ich mich nicht um ihn gekümmert hätte. Er wehrte sich nicht. Er bekam die Hände nicht in die Ärmel, sie hingen einfach herunter.

«Ich hatte einen Freund, der aß Frösche», sagte ich. «Er war auch gefährlich, aber das war nicht das Wichtigste. Wenn man allein ist, ist es gleichgültig, wie gefährlich man ist. Das Wichtigste waren die Frösche. Die Erwachsenen wußten es auch. Es ist schwer, einen Mann anzurühren, den man einen Frosch hat essen sehen. Das war seine Strategie.»

Ich rechnete nicht damit, daß er verstand.

«Wenn man sich an nichts erinnern könnte», sagte er, «wenn im Hirn ganz einfach das Licht ausgemacht wäre, das wäre eine ziemlich gute Strategie, oder nicht?»

Also hatte er doch verstanden.

Wir gingen zurück zum Annex.

«Wieso fragt sie», sagte er, «wieso schreibt sie und fragt, warum die Lehrerkinder von der Schule genommen worden sind?»

Es war früh, ihm davon zu erzählen, aber wir gingen zusammen. Zum ersten Mal gingen wir zusammen und hatten genau dasselbe Tempo. Da erzählte ich es ihm.

Es war ein Monat vergangen, das war das Merkwürdige.

Nachdem Axel in der Kartenkiste gefunden worden war, verging ein Monat, bis die Kinder, die mit einem der Lehrer verwandt waren, von der Schule genommen wurden. Eine unerklärliche Pause zwischen der Katastrophe und ihren Folgen.

Gleichzeitig wurden in den Klassen die Lautsprecher installiert, und man bekam alle vierzehn Tage einen festen Termin beim Psychologen, und man sah zum ersten Mal Hessen und ihre beiden Assistentinnen, und es gab auch noch andere Dinge. Es war gewissermaßen zuviel, als daß man alles Axel hätte zuschreiben können.

«Was für andere Dinge?» sagte er.

Flakkedam etwa, zu diesem Zeitpunkt hatten sie Flakkedam eingestellt.

Vorher, bei Biehl und an der Erziehungsanstalt und am Himmelbjerghaus, hatte immer ein Lehrer die Aufsicht über die Internatsschüler gehabt. Das heißt, er kontrollierte, daß die Arbeiten in Haus und Garten erledigt waren, und saß mit im Speisesaal und beaufsichtigte die Schulaufgaben und löschte um 22.00 Uhr das Licht. Es konnte auch andere geben, die ihm assistierten, die oberste Aufsicht aber war immer ein ausgebildeter Lehrer gewesen – das war eine Regel.

Flakkedam war kein Lehrer.

Auch an der Erziehungsanstalt und am Himmelbjerghaus hatte es Leute gegeben, die keine Lehrer waren. Ganz unten, unter dem Vorsteher und dem Vizevorsteher und den Abteilungsleitern und den Lehrern und den Leitungsassistenten und Pädagogen hatte es Assistenten und Angestellte gegeben. Es waren Gärtnergehilfen oder Unteroffiziere oder frühere Buchprüfer gewesen, die aus unterschiedlichen Gründen dort, wo sie herkamen, nicht zurechtgekommen waren.

Mit Flakkedam war das anders.

Man sah ihn nie Alkohol trinken, und man sah ihn nie

schlagen, nie, nicht einmal. Es genügte, daß er kam, und die Leute wurden ganz still vor Furcht.

Auf dem Flur ging er nur ein kleines Stück vor Biehl. Im Jahresbericht für 1971 stand, die Schule habe im April Inspektor Jonas Flakkedam begrüßen können.

«Inspektor.» Eine weitere Erklärung gab es nicht.

«Er steht auf meinem Fuß», sagte August. «Wenn er nachsieht, ob ich die Medizin genommen habe, steht er auf meinem Fuß. Ich kann mich nicht rühren. Er ist gut.»

14

An diesem Abend schlief ich ein, doch muß ich ihn im Schlaf gehört haben. Als ich nachsah, war er weg.

Er war fertig, als ich kam, stand da und putzte den Herd mit seinem Ärmel. Das Licht war an, er schwankte.

Ich nahm ihn huckepack. Von da oben sprach er mit mir.

«Es gab nie schmutziges Geschirr», sagte er.

Ich sagte, er solle still sein, Flakkedam werde ihn hören.

«Man mußte die Fettfinger abwischen», sagte er, «sie hätte es sofort gesehen.»

Ich legte ihn aufs Bett.

«Es muß etwas anderes geben», sagte ich, «etwas anderes als das Gas.»

Seine Augen waren halb offen, doch er schlief. Ich schloß seine Finger um meine Hand.

«Sie sah immer aus wie eine Million», sagte er.

Nach einiger Zeit öffnete sich seine Hand, doch er schlief unruhig. Ich schüttelte ihn ein bißchen, dadurch wurde er ruhiger.

Mir kam der Gedanke, falls man selber je ein Kind bekäme, dann könnte es so sein wie jetzt. Es war undenkbar, daß es dazu kommen würde, aber trotzdem, falls.

Dann würde man über es wachen, war es unruhig, würde man nachts nicht schlafen. Ich käme ohne Schlaf aus, ich würde neben ihm sitzen, und ab und zu, wenn es sich bewegte und unruhig seufzte wie August, würde man eine Hand ausstrecken und es ein bißchen schütteln.

Es wäre nichts Persönliches. Doch wenn mir die Verantwortung für ein Kind übertragen würde, würde ich es im Auge behalten.

Das Zimmer roch nach Gas. Ich dachte, August sei wohl verloren. Der Gedanke wuchs im Laufe der Nacht und wurde schließlich unerträglich. Als es gegen Mitternacht war, beschloß ich, mit Katarina darüber zu sprechen.

Der Mädchenflügel war von dem der Jungen durch eine Glastür mit einem Summer getrennt, der durch einen Schleifkontakt mit Schleifschuh aktiviert wurde. Das Aufsichtszimmer, wo Flakkedam schlief, war direkt darüber. Ich hätte den Summer abmontieren können, aber nur, wenn ich Werkzeug gehabt hätte.

Statt dessen sprang ich aus dem Fenster des Putzraums. Ich hatte eine Decke und einen Drahtbügel mit, und ein Umschlag aus Pappe klebte mit Pflaster fest auf meinem Bauch.

Kurz nachdem Flakkedam an die Schule gekommen war, und in Verbindung mit dem Umbau, wurde verschiedenes unternommen, um den Annex heimeliger zu machen. Bei der Gelegenheit wurde ein Rosenbeet angelegt. Niemand dachte darüber nach, Flakkedam hatte es mit Blumen, er hatte persönlich die Topfpflanzen ausgesucht und sämtliche Plakate gebracht, die dazu verwendet worden waren, den Bau innen etwas zu beleben. Die meisten waren mit Blumen, eine kranke und eine gesunde Tulpe, das war eine Warnung vor dem Mißbrauch von Drogen.

Das Beet wurde jeden Nachmittag umgegraben, auch zwischen den Rosen, das gehörte zu den regelmäßigen

Haus- und Gartenarbeiten. Eines Morgens, als ich am Fenster gesessen und hinausgeguckt und nachts nicht geschlafen hatte, sah ich Flakkedam. Es war sehr früh, er ging die Rosen entlang und sah auf die Erde. Wären dort Fußspuren gewesen, er hätte sie augenblicklich gesehen.

Das Beet war drei Meter breit und reichte ganz bis ans Haus heran. Es war schwierig oder unmöglich, aus einem Fenster zu springen, ohne einen Abdruck in der Erde zu hinterlassen, die ja immer frisch umgegraben war, es war ein souveränes Arrangement.

Es war darum notwendig, aus dem Fenster des Putzraums zu springen. Von dort aus konnte man schräg auf die Treppe zur Eingangstür springen. Dort zu landen war zwar schwierig, doch es war die einzige Möglichkeit, der Haupteingang war abgeschlossen.

Es war kalt und sehr klar, es waren nur wenige Blätter an den Bäumen, man sah Sterne und die Lichter von Kopenhagen.

Am Himmelbjerghaus waren Pläne gemacht worden, wann man abhauen würde. Man hatte es genau festgelegt: jeweils zwei im Abstand von vierzehn Tagen. Man nahm ein Auto und sah, wer am weitesten kam und am längsten draußenblieb. Es war darum gegangen, die Erwachsenen unter Druck zu setzen, aber auch darum, sich in Freiheit herumtreiben zu können.

Die ersten Stunden, wenn man das Gebäude verlassen hatte, waren immer ein gutes Gefühl. Selbst nachdem ich eingesehen hatte, daß es auf die Dauer ins Verderben führen würde, und es nicht mehr tat, weshalb ich Schwierigkeiten mit den anderen bekam und schon darauf hinarbeitete, an die Brotkantenschule zu kommen – selbst da hatte ich es vermißt. Das Gefühl, es ist Nacht, die Aufsicht schläft, die

Welt liegt ausgebreitet vor einem, und man hat alle Möglichkeiten, absolut souverän.

Jetzt war es anders. Das Gefühl war da, doch es war anders. Irgendwo über und hinter mir lag August und schlief, das machte einen Unterschied. Man wußte, er war unruhig. Es war, als habe eine Uhr zu laufen begonnen, als ich ihn verließ, und jetzt hatte der Countdown angefangen.

Man überlegte sich plötzlich, wie Menschen je ihre Kinder verlassen konnten. Wie kann man ein Kind verlassen?

Ich kletterte die Regenrinne hoch, das war ohne Risiko, das Gebäude war gleichzeitig mit dem Rosenbeet und dem Umbau auch außen renoviert worden.

Bei der Gelegenheit hatten sie auch Thermopanefenster eingesetzt, doch nur die gewöhnlichen mit einem Griff, der nicht verschließt, sondern nur verriegelt. Ich öffnete ihn mit dem Drahtbügel.

Ich blieb auf der Fensterbank sitzen und lauschte. Da waren drei, die atmeten.

Unter dem Fenster schlief die, mit der sie das Zimmer teilte, man kannte sie gut, sie war eines der Diplomatenkinder, deren Vater Botschafter war und im Ausland. Hinten im Dunkeln schlief Katarina. Hinter ihren Atemzügen atmete noch jemand.

Es war Flakkedam – er atmete tief, sehr ruhig und durchdringend. Er mußte im nächsten Raum liegen, direkt auf der anderen Seite der Wand.

Ich zog das Fenster zu, doch ohne es mit dem Griff zu verriegeln. Dann kletterte ich über das Diplomatenmädchen und ging zu Katarina.

Neben ihrem Bett blieb ich stehen.

In Høve, im Erholungslager, war es vorgekommen, daß man in den Schlafsaal der Mädchen gegangen war, nachts, und hatte dort allein im Dunkeln gestanden und ihre Gegenwart gespürt.

Dort aber waren achtzig Mädchen gewesen, beinahe zuviel, das hier war anders.

Ich streckte den Arm aus und schüttelte sie vorsichtig, sie wachte auf. Als sie Luft holte, um zu schreien, legte ich ihr eine Hand über den Mund und hielt den Schrei auf. «Ich bin's», sagte ich. Sie setzte sich auf, doch ich ließ sie erst los, als sie ruhig dasaß.

«Ich komme wegen August», sagte ich.

Es war nötig zu flüstern, sehr leise, die Lippen ganz dicht an ihrem Ohr. Sie rückte nicht weg.

«Es steckt ein Plan hinter der Schule», sagte ich, «August wird damit nicht zurechtkommen. Er läuft darauf hinaus, daß die Zeit einen emporhebt.»

Bis zu diesem Augenblick hatte ich es anderen Menschen verschwiegen, auch ihr, jetzt war ich gezwungen, Vertrauen zu haben.

«Wenn man blind würde», sagte ich, «wenn man es gewöhnt wäre, durch ein Haus zu gehen, und plötzlich eines Tages einen Unfall hätte, überfallen würde oder irgendwas, und blind würde, würde man erst dann die Möbel entdekken. Sie wären immer dagewesen, aber man hätte sie nicht bemerkt, man wäre einfach um sie herumgegangen. Erst wenn etwas schwer zu bewältigen ist, sieht man es. Auf diese Weise bemerkt man die Zeit, wenn es schwer wird, sie zu bewältigen.»

Ihr Haar war im Weg, ich strich es weg und behielt es in der Hand, damit es nicht wieder zurückfiel. Da, wo ich mich aufs Bett stützte, hatte sie geschlafen, es war noch warm. Ich wußte, was ich sagen wollte, ich hatte es vorher durchdacht.

«Wenn man es schafft, an der Schule zu bleiben, wenn man es nicht zu schweren Verstößen oder Versäumnissen kommen läßt, dann bleibt man zehn Jahre hier. In diesen zehn Jahren wird der Zeitplan für einen ganz festliegen, nur sehr wenige Male wird man im Zweifel sein, wo man sich aufhalten und was man machen soll, sehr wenige Stunden insgesamt, wo man selber etwas entscheidet. Der Rest der Zeit liegt ganz fest. Es läutet, man geht rauf in die Klasse – es läutet, man geht runter – es läutet, man ißt – läutet, arbeitet – läutet, ißt – läutet, Schulaufgaben – läutet, drei Stunden frei – läutet, man geht ins Bett. Es ist, als gäbe es ein paar sehr schmale Tunnel, und man geht da durch und nirgendwo anders. Sie sind unsichtbar, wie Glas, das eben gerade geputzt wurde, man sieht es nicht, wenn man nicht hineinfliegt. Aber wenn man blind wird oder schwachsichtig, dann muß man versuchen, das System zu verstehen. Ich habe es lange versucht, jetzt weiß ich es.»

Das andere Mädchen war so dicht bei uns, Flakkedam lag direkt auf der anderen Seite der Wand, ihre Atemzüge waren die ganze Zeit direkt bei uns, wir sprachen in einem kleinen Zwischenraum zwischen zwei Atemzügen, eigentlich zwischen dreien, denn irgendwo unter uns lag August und atmete unruhig. Man konnte es nicht hören, für mich aber war er trotzdem da.

Sie legte die Bettdecke über unsere Köpfe, um die Stimmen zu dämpfen, wir saßen wie in einem Zelt oder einem Schlafsack. Ich ließ mir nichts anmerken, ich sprach weiter, damit sie mich verstand.

«Es geht um eine Auslese, Menschen werden nach Naturgesetzen ausgewählt. Die Schule ist ein Apparat zur Veredelung. Wenn man leistet, was man leisten soll, hebt die Zeit einen empor. Darum sind die Klassenzimmer auch so angeordnet. Man geht in die erste bis dritte unten im Parterre, dann kommt man in den ersten Stock, dann in den zweiten, dann in die Realabteilung im dritten, schließlich bekommt man sein Abschlußzeugnis von Biehl, in der Aula, ganz oben, und kann in die Welt hinausfliegen.»

Jetzt hatte ich es gesagt. Wir waren beinah fertig.

«Ich hab darüber nachgedacht, warum es ihnen so schwer fällt, warum es so viele Regeln gibt. Und ich hab mir gedacht, das liegt daran, daß sie die Welt draußen fernhalten müssen. Denn draußen hebt die Zeit einen nicht überall empor, draußen gibt es viele Stellen, wo sie einen runterzieht, in die Vernichtung. Das müssen sie fernhalten. Man darf nicht daran zweifeln, daß die Welt einen emporhebt, zweifelt man, dann ist es umöglich, das, was erwartet wird, zu bewältigen. Man kann es am besten bewältigen, wenn man an die Zeit glaubt. Wenn man glaubt, die ganze Welt sei ein Apparat, in dem man veredelt wird, wenn man nur sein Äußerstes leistet. Das ist das Bild, das die Schule vermittelt, es ist souverän.»

Sie bewegte ihr Gesicht, bis ihre Lippen dicht an meinem Ohr waren.

«Und du?» sagte sie.

Ihre Stimme war heiser vom Schlaf, ich hatte sie ja geweckt.

Es war nicht ganz klar, wonach sie gefragt hatte, ich antwortete trotzdem.

Ich sagte, was mich anginge, so spielten besondere Umstände mit, denn ich sei zwar krank, hätte gleichzeitig aber Einsicht in meine Krankheit, das ging aus meiner Akte hervor. Ich nahm sie heraus, denn sie war es, die ich auf dem Bauch gehabt hatte. Wenn sie meinte, daß es einen Sinn hätte, konnte sie sie lesen. Es war der Teil, den ich in Kopie an der Jugendanstalt Nødebogård bekommen hatte. Sie war also nicht komplett, den vertraulichen Teil bekam man nicht zu sehen, dennoch war es aufschlußreich. Es ging daraus ganz klar hervor, sagte ich, wenn man eine Chance haben sollte, nachdem man im Kinderheim aufgewachsen war, mußte es einen bestimmten Erwachsenen geben, an den man sich binden konnte. Den hatte es in meinem Fall nicht gegeben. Aus unterschiedlichen Gründen war ich in den ersten zehn Lebensjahren in vier verschiedenen Heimen gewesen, daher war ich gestört. Es stand direkt da, daß es für mich schwierig oder unmöglich sei, stabile emotionale Beziehungen herzustellen, also etwas Nennenswertes zu fühlen. Wenn ich also heute nacht hergekommen war, hatte das keinen persönlichen Grund, das konnte sie der Akte entnehmen. Wenn ich gekommen war, dann wegen August.

«Er schnüffelt Gas», sagte ich.

Das hatte ich nicht sagen wollen. Ich hatte sagen wollen, er sei wie ein Raubtier, das man eingesperrt hat, ein Raubvogel, der die ganze Zeit in das unsichtbare, glänzende Glas fliegt, aber ich brachte es nicht heraus, ich hatte zuviel geredet. Doch es war, als habe sie trotzdem verstanden.

«Er trinkt von dem Gas in der Küche, um zu schlafen», sagte ich. «Er paßt nicht in diese Schule, er wird das nie schaffen. Was kann man da machen?»

Sie antwortete mir nicht. Ich hatte auch keine Antwort erwartet. Es war nicht ganz klar, wonach ich gefragt hatte. August lag im Zimmer unter uns, ich mußte gehen, ich war auch sehr dicht bei ihr.

Sie holte mich mitten im Zimmer ein.

«Etwas verstehe ich nicht», sagte sie.

Sie stand hinter mir, sie hatte sich vergessen und sprach laut.

«Er ist das Chaos», sagte sie. «Wenn ihr Plan die Ordnung ist, warum haben sie ihn dann aufgenommen?»

Ordnung.

Als das Kind etwa ein Jahr alt war, fing es an zu sprechen.

Zunächst nur einzelne Wörter, aber recht bald Reihen von Wörtern. Listen.

Sie kam und setzte sich nahe zu mir, man spürte, daß sie etwas erklären wollte, ich sagte nichts.

Sie fing nun an, die Wörter zu nennen, die sie kannte. Zunächst die Gegenstände um uns, anschließend aber Dinge, die sie einmal gesehen und die man ihr benannt hatte, manche nur ein einziges Mal.

Sie fragte selten etwas, es war eher so, als ob sie etwas sagen wollte, und das waren dann diese langen Listen.

Es gab davon zwei Arten. Nachmittags waren es Gegenstände, abends Personen. Bevor sie schlafen sollte, bevor die Frau zu ihr hereinkam, saß ich manchmal auf ihrem Bett. Sie lag auf dem Rücken, sie war kurz vor dem Einschlafen. Sie fing dann an, die Namen der Menschen zu nennen, die sie kannte oder denen sie einmal begegnet war oder von denen sie nur gehört hatte, sehr sehr viele Namen.

Sie konnte sehr lange so weitermachen, vielleicht eine halbe Stunde, es war unmöglich zu begreifen, wie in einem Kind Platz für so viele Menschen sein konnte.

Ich wußte von Anfang an, daß in dem, was sie sagte, eine Botschaft lag.

Als erstes fiel einem auf, daß sie es von sich aus tat, es gab keinen äußeren Anlaß, es gab keine Aufforderung oder Belohnung. Das war das erste, was man bemerkte.

Es mußte eine Freude sein, einfach die Wörter zu gebrauchen, und das verstand ich hier zum ersten Mal. Wenn niemand da ist, der einen Menschen unterbricht oder ihn bewertet, dann hat er vielleicht Freude daran, einfach die Wörter gebrauchen zu dürfen.

Für diese Freude gibt es keine Erklärung, sie ist wie die Fragen im Laboratorium, also unsicher und unmöglich näher zu erklären.

Über diese Freude hinaus teilte sie mir noch eine andere, tiefe Wahrheit mit. Ich verstand sie, als ich zum ersten Mal allein mit ihr war.

Die Frau war weggegangen. Kurz bevor sie ging, hatte sie mich einen Augenblick angesehen, und ich wußte, vielleicht tat sie es, uns allein lassen nämlich, meinetwegen.

Das Kind saß neben mir auf dem Sofa. Ich sah sie an und dachte, daß jetzt ich die Verantwortung hatte, es war das erste Mal.

Ich hatte schon früher auf Leute aufgepaßt, solche, mit denen man zur Schule ging. Das war leichter gewesen. Sie waren etwas älter, und den meisten von ihnen war es ziemlich übel ergangen. Man hatte gewußt, egal, was man tat, viel schlimmer konnte es für sie nicht werden. Selbst mit August war es einfacher gewesen. Alles, was man für ihn tun konnte, war, den letzten Ausweg zu suchen.

Mit dem Kind war es anders. Man denkt, vielleicht hat sie eine Chance. Noch hat ihr niemand etwas zerstört. Sie kann essen, was sie will, und sie hat die Frau und ist in einer Familie, und sie ist nie geschlagen worden.

Dann ist man plötzlich zu einem Zeitpunkt allein mit ihr. Und da ist es schwer zu wissen, was man tun soll.

Man weiß, die einzige, die in ihrem Leben etwas bedeutet, das ist die Frau, und sie ist jetzt weggegangen. Nur man selbst ist jetzt noch da. Ist, so gesehen, ziemlich wertlos. Und hat anderen Menschen nichts Besonderes zu geben.

Es war lähmend. Man weiß nicht, was man tun soll. Ich bekam ziemliche Angst.

Ich sagte und tat zunächst nichts.

Sie war zu der Tür gelaufen, durch die die Frau hinausgegangen war. Von dort aus rief sie nach mir. Ich ging zu ihr.

Sie war sehr ernst. Die Haut in ihrem Gesicht wirkte ganz dünn, zum Zerreißen gespannt, wie Papier. Darunter war bodenlose Trauer.

Sie weinte jedoch nicht. Es war, als ob sie etwas ausprobierte. «Wir warten hier», sagte sie.

Wir setzten uns hin, mit dem Rücken zur Tür. Die Diele war kalt. Wir saßen Seite an Seite. Dann sah sie zu mir auf.

«Mama kommt bald», sagte sie.

Bald. Es war das erste Mal, daß sie je die Zeit erwähnte.

Da verstand ich die Botschaft in ihren Listen.

Es war die Ordnung, die Botschaft war die Ordnung. Was sie mir erzählte, war, daß sie versuchte, Ordnung in die Welt zu bringen.

Auf dem Fußboden, als ich mich neben sie setzte, sah ich, gleichsam mit ihren Augen, wie ihr die Welt entgegenkam. Groß und nicht zu bewältigen. Mit den Wörtern versuchte sie, in dieses Chaos Tunnel der Ordnung zu bauen.

Ordnen heißt Wiedererkennen. Wissen, daß in einem endlosen, unbekannten Meer eine Insel ist, wo man schon einmal war. Auf solche Inseln hatte sie gezeigt. Mit den Wörtern hatte sie sich ein Netz von wohlbekannten Menschen und Gegenständen geschaffen.

«Mama kommt bald.»

In die chaotische Trauer über die Trennung von der Frau hatte sie Ordnung gebracht durch die Erklärung, daß sie zeitlich begrenzt, vorübergehend war, daß sie aufhören würde. Sie hatte die Zeit benutzt, um den Schmerz der Trennung zu überwinden. Rings um ein Kind kommen und gehen Menschen, Gegenstände tauchen auf und werden weggenommen, die Umgebung nimmt Form an und löst sich auf. Und es wird ihm keine Erklärung gegeben, denn wie soll man einem Kind die Welt erklären?

Da hatte sie die Wörter gebraucht. Wörter vergegenwärtigen und halten fest, was nicht da ist. Mit ihren Wortlisten hatte sie sich versichert, daß das, was sie einmal kennengelernt hatte, zurückkommen würde.

Sie sah zu mir auf. Ihre Augen waren voller Tränen, aber sie weinte nicht, es war, als ob sie ihre Trauer bewältigte.

Ohne Worte sagte mir ihr Gesicht, daß wir zusammengehörten. Daß wir beide etwas wußten vom Verlust, auch sie, die so viel mehr hatte, als ich je gehabt hatte. Auch sie wußte schon jetzt, daß dies eine Welt ist, wo einem Menschen und Dinge weggenommen werden, wo man weggebracht wird von da, wo man sein will, wo jemand das Licht ausmacht, so daß man sich fürchtet. Und das braucht gar nicht aus bösem Willen zu geschehen, sondern ist unvermeidlich.

Ich hatte wohl vor diesem Augenblick nicht ganz verstanden, daß sie ein Mensch war. Eher hatte ich wohl geglaubt, sie sei etwas Überwertvolles, das man auf die Art beschützen könnte, wie einen selbst nie irgend jemand beschützt hatte.

Nun sah ich, daß sie in gewisser Weise war wie ich selbst. Viel reiner und wertvoller, aber dennoch in gewisser Weise wie ich selbst.

Da kam mir der Gedanke, daß ich vielleicht doch zu ihrem Vorteil sein, doch an sie herankommen könnte.

Ich weiß nicht, wie lange wir so sitzen blieben. Schließlich sank sie langsam in sich zusammen und schlief. Ich trug sie ins Bett. Ich setzte mich und sah sie an. Ich dachte daran, was sie gesagt hatte und warum.

Sie hatte es gesagt, um die Trauer darüber zu überwinden, daß die Frau fort war.

Doch sie hatte es zu mir gesagt.

Ich wartete ein paar Stunden im Park, es war sehr kalt, obwohl ich die Decke hatte. Flakkedam kam, bevor es hell wurde, er schloß die Eingangstür auf und ließ sie offenstehen, dann begann er seine Runde am Rosenbeet. Als er weg war, ging ich hinein. August schlief tief. Das Fenster hatte offengestanden, der Gasgeruch war weg.

15

Katarina wartete nach meinem Besuch drei Tage, ich wußte, sie hatte uns nicht vergessen oder aufgegeben. Als sie kam, sah ich sie nicht, sie war einfach ganz plötzlich hinter mir auf dem Hof.

«Dreh dich nicht um,» sagte sie.

Dennoch sah ich zur Hofaufsicht hinüber.

«Sie sind dabei, uns zu vergessen», sagte sie.

Ich hatte das gleiche gedacht. Das war die Regel. Sie mußten auf so viele ein Auge haben. Wenn man sich unauffällig verhielt, wurde man mit der Zeit vergessen, das war das beste, was passieren konnte.

«Ihr habt eine Freistunde in der dritten», sagte sie. «Wir können uns in der Klinik treffen.»

Die Klinik war Hessens Klinik. Wohin man unmöglich kommen durfte und konnte.

«Heut ist Mittwoch», sagte sie. «Da ist das Parterre offen, sie bringen die Milch rein.»

In den Freistunden konnte man Schulaufgaben machen oder lesen, was man wollte, aber nicht die Klasse verlassen. Ich ließ eine Bemerkung fallen, ich müßte auf die Toilette, für den Fall, daß die Lautsprecheranlage zum Büro hin angestellt war. August mußte mit mir gehen, ich hatte die Weisung, ihn nicht in der Klasse zurückzulassen.

Draußen sagte ich nicht, wo wir hingingen, er hätte sich geweigert. Ich drehte ihm den Arm auf den Rücken, hob ihn hoch und trug ihn. Er leistete keinen Widerstand.

Die Tür zur Südtreppe stand offen, wir stiegen hinauf in den fünften Stock, ohne einem Menschen zu begegnen.

Die Klinik war nicht abgeschlossen, sie ließ sich nicht abschließen. Darüber hatte ich mit Hessen gesprochen, es gehörte zur Einsicht in meine Krankheit, daß wir über diese Dinge unverblümt sprachen. Als sie die Klinik eingerichtet hatten, hatte sie ausdrücklich darum gebeten, das Schloß zu entfernen, damit die Leute sich nicht eingesperrt fühlten. Sie hatte gesagt, es sollte der Ort in der Schule sein, wo man sich am freiesten und am meisten willkommen fühlte.

Ich machte die Tür auf und ging hinein. Katarina saß auf einem Stuhl hinten am Fenster.

An der Wand hing ein großer Spiegel, zwischen der Tür in den nächsten Raum und der Lautsprecherverkleidung. Hessen hatte mir erzählt, sie habe Krankengymnastik nach der Mensendieck-Methode unterrichtet. Manchmal hatten wir meine Besuche bei ihr damit beendet, daß ich Hemd und Unterhemd ausziehen mußte, und dann hatten wir nebeneinander mit dem Gesicht zum Spiegel gestanden, und ich hatte auf unterschiedliche Weise Arme und Schultern und Kopf bewegen müssen. Sie hatte erklärt, das werde auf die Dauer meine schlechte Haltung korrigieren. Jetzt wirkte der Spiegel ein bißchen wie ein Loch oder wie etwas, das einen betrachtete. Es waren Gardinen daran, ich zog sie vor.

Ich zog Schuhe und Strümpfe aus und entfernte die Lautsprecherverkleidung und legte die Strümpfe flach an die Membran. Das war nicht hundertprozentig sicher, doch es würde die Geräusche dämpfen.

Es war nicht möglich, an dem Tisch zu sitzen, wo man so oft mit Hessen gesessen hatte. Ich stellte den Stuhl ans Fenster und setzte August darauf, ich selbst blieb stehen.

Er saß da und sah aus dem Fenster. Es schien undenkbar, daß sie mit ihm ins Gespräch kommen könnte. Ich hatte drei Wochen Zeit gehabt, und es hatte insgesamt nur ein paar Minuten lang Kontakt gegeben, den Rest der Zeit war er eingesperrt in sich selbst. Außerdem war es das erste Mal, daß sie einander begegneten.

«Es steckt ein Plan hinter der Schule», sagte sie, «es passieren so viele Dinge, man kriegt nie eine Erklärung. Wir werden es wissenschaftlich untersuchen, wie in einem Laboratorium.»

Sie sah ihn nicht direkt an, sie muß gespürt haben, daß er das nicht ertragen konnte. Sie sah auch mich nicht an, ich war im Grunde auch nicht sehr dafür zu haben. Sie sah auf eine Stelle zwischen uns, sie hatte ziemlich leise gesprochen. Sie faltete zwei Blätter Papier auseinander.

«Das hier ist der Stundenplan der Lehrer», sagte sie, «auch der von Hessen. Ich hab ihn abgeschrieben.»

Sie sprach zu August, ohne ihn direkt anzusehen.

«Ich bin fünfmal zu spät gekommen. Dann wird man zu Biehl raufgeschickt. Ich bin mit Absicht zu spät gekommen und hab im Vorzimmer gewartet. Der Stundenplan hängt an der Wand. Als die Sekretärin rausging, hab ich davon abgeschrieben, soviel ich konnte. Den Rest hab ich mir ausgerechnet. Ich hab rumgefragt in den Klassen. Erst als ich das hatte, konnte ich einen Plan darüber machen, wann die Räume benutzt werden. Die beiden Stundenpläne, zusammen mit denen der Schüler, die ich schon vorher gemacht hatte, sind ein vollständiger Zeitplan der ganzen Schule. Das wollte ich nur erzählen. Du kannst jetzt gern gehen, wenn du nicht mitmachen willst.»

Zunächst war er still. Dann zog er sein Hemd hoch. Er hatte Papiere auf dem Bauch. Er faltete sie auseinander, es waren die beiden Zeichnungen, die belohnte und die erste, auf der der Hintergrund nicht ausgefüllt war. Er warf seine Zeichnungen nicht weg wie andere Leute.

«Man malt etwas», sagte er, «und kriegt nichts. Dann macht man dasselbe wieder, aber jetzt kriegt man einen Stern und wird gelobt, wie geht das?»

Er warf das so hin, ohne sie anzusehen, er testete sie. Wenn sie einen Fehler machte, hätte sie ihn verloren.

Sie sah die Zeichnungen an. Es war, als ob sie ihnen zuhörte, auf dieselbe Weise, wie sie mir zugehört hatte, da wußte ich, sie würde an ihn herankommen.

«Es hat etwas mit der Zeit zu tun», sagte sie. «Du hast den Stern gekriegt, weil du auf die zweite Zeichnung mehr Zeit verwendet hast. Und zwar auf eine bestimmte Weise. Wir glauben, sie haben einen Plan mit der Zeit.»

«Die zweite ist also nicht besser?»

Nun sah er direkt in ihr Gesicht, sie war darauf bedacht, seinem Blick nicht zu begegnen.

«So was wie besser gibt es nicht», sagte sie. «Die zweite paßte nur besser in ihren Plan.»

Wie konnte sie das wissen, sie war erst sechzehn? Wie konnte sie das wissen und sagen?

Wann ist etwas besser als etwas anderes? Eine wichtige Frage.

Auch wenn man in der Regel denkt, daß etwas zu schlecht ist. Oscar Humlum zum Beispiel war ja nicht gut genug, auch Axel Fredhøj meinte, er sei es nicht. Auch ich nicht, in der Akte stand «normalbegabt», doch sie hatten von Anfang an eingeräumt, daß das wohl etwas hoch gegriffen war.

Wenn trotzdem *ich* jetzt noch hier bin und fragen kann, im Laboratorium, und nicht zum Beispiel Humlum, dann nicht, weil ich besser wäre, das habe ich nie gesagt. Ich wollte nur so gern leben.

An der Brotkantenschule, etwa beim Vierhundertmeterlauf, war es immer möglich zu entscheiden, wer besser als andere lief. Und recht oft beim Fußball, man konnte sagen, daß ein Paß besser war als ein anderer. Doch eigentlich war das seltener, als man annehmen würde. Und meist in einfachen Situationen mit wenig Zuspielmöglichkeiten.

In Biehls Stunden war klar, wann eine Antwort richtig war.

Bei Karin Ærø war es etwas fließender, im großen und ganzen aber gab es keinen ernsthaften Zweifel daran, wer richtig genug sang, um in den Chor zu kommen.

Man muß also den Eindruck haben, daß es einfach ist, bei Leuten die Qualität des Singens und der Antworten und des Fußballs zu bewerten, etwas, das genau festliegt.

Doch auf all diesen Gebieten wußte man das Ziel ja im voraus. Daß man ein Tor schießen sollte und sich an eine bestimmte Jahreszahl erinnern und richtig singen und unter einer bestimmten Zeit laufen. Es gab ein bestimmtes Viereck des Wissens, wie ein Schachbrett, wie ein Fußballplatz. Darum war ziemlich leicht überschaubar, was richtig war und was falsch, und wann etwas besser oder schlechter war als etwas anderes. Doch wenn es nur ein bißchen verzwickter wurde, wie zu Beginn eines Angriffs oder im Mittelfeld, dann war es nicht mehr so sicher, welches die Antwort sein sollte. Und bei Augusts Zeichnung, da sollte man annehmen, es wäre beinahe unmöglich gewesen, denn es war ja seine, wie konnte man das Ziel da im voraus wissen, wie sie sein sollte?

Wenn man etwas bewertet, dann ist man gezwungen, sich vorzustellen, daß es in eine lineare Werteskala einzuordnen ist, sonst kann die Bewertung nicht stattfinden. Jeder, der sagte, etwas sei gut oder schlecht oder ein bißchen besser als gestern, geht davon aus, daß es ein Notensystem gibt, daß man auf eine einigermaßen klare und nachvollziehbare Weise eine Leistung mit einer Art Zahl versehen kann.

Doch niemals und zu keiner Zeit hat man ein Verfahren vorgelegt, wie man Noten geben soll. Und das sage ich nicht, um jemanden in Verlegenheit zu bringen. Niemals in der ganzen Weltgeschichte konnte jemand für irgend etwas, das nur ein bißchen verzwickter ist als einfache Situationen beim Fußball oder ein Vierhundertmeterlauf, ein Verfahren beschreiben, das von verschiedenen Menschen gelernt und befolgt werden könnte, und zwar so, daß sie dieselbe Note geben würden. Noch nie hat man sich auf eine Methode einigen können, um zu entscheiden, wann eine Zeichnung, eine Mahlzeit, ein Satz, ein Schimpfwort, ein Einbruch, ein Schlag, ein Vaterlandslied, ein dänischer Aufsatz, ein Schulhof, ein Frosch oder ein Gespräch gut oder schlecht ist oder besser oder schlechter als eine andere oder ein anderer oder ein anderes.

Niemals, nichts, was einem Verfahren auch nur nahekäme.

Ein Verfahren aber ist wichtig, denn es stellt erst sicher, daß ganz offen und ehrlich über etwas gesprochen werden kann. Ein Verfahren ist etwas, das Menschen beizubringen wäre, vielleicht nicht einem Typen wie Jes Jessen oder mir, aber auf jeden Fall jemandem wie Katarina oder einem Lehrer.

In der ganzen Weltgeschichte gibt es aber kein Verfahren zur Bewertung der Qualität von zusammengesetzten Phänomenen.

Und schon gar nicht für das, was im Laboratorium auftaucht.

Trotzdem reden alle davon, was gut oder schlecht ist. Und mitunter sind sie sich ziemlich einig. Zum Beispiel waren sich alle ziemlich einig darüber, daß das mit Oscar Humlum, was ich noch nicht erzählen konnte, kein großer Verlust war. Eigentlich auch das mit Axel Fredhøj nicht und schon gar nicht das mit Jes Jessen. Vielleicht abgesehen von mir und noch ein paar anderen, wir waren nicht dieser Meinung. Für mich war das mit Humlum nicht so gut, und zwar nicht nur, weil er mich gerettet hatte, das hatte sich schon lange vorher entwickelt. Jeden Tag seitdem habe ich an ihn gedacht, es sind jetzt über zwanzig Jahre. Oft ist er da, zwischen Traum und Aufwachen, oft kommt er ins Laboratorium und spricht zu mir. Lange Zeit, nachdem es passiert war, war es zum Verrücktwerden. Ein paarmal fühlte man sich so, daß man sich wünschte, man könnte verrückt werden.

Aber so funktioniert das nicht, man wird es nicht von selbst. Und wenn man also auserwählt ist, normal oder etwas darunter zu sein, dann muß man etwas anderes tun, um es auszuhalten. Man muß eine Strategie entwickeln.

Das ist wohl der Grund dafür, daß ich gegen diese Bewertungen bin.

Wenn es kein Verfahren gibt zu entscheiden, wann etwas gut oder schlecht ist, warum redet man dann so, als gäbe es eins? Wie konnten sie sich so sicher sein, wenn sie Sterne und Noten vergaben und Bemerkungen in die Akte schrieben und entschieden, wer eine mathematische und wer eine künstlerische Begabung war, und Humlum zur Aufnahme ins Schwachsinnigenheim der Zentralmission am Gersonsvej vorschlugen, mich aber auf unbestimmte Zeit ins Himmelbjerghaus schickten, weil es gravierende Umstände waren, daß ich normalbegabt war? Wenn es kein Verfahren gibt, warum sind sich dann alle so sehr sicher?

Katarina war nicht weit entfernt von einer Erklärung.

Beim ersten Mal, in der Klinik, sagte sie nur das mit den Sternen und der Zeit. Doch das genügte auch. Mir hat es in gewisser Weise für den Rest meines Lebens genügt, bis jetzt.

Woher wußte sie das, daß man nie hat beweisen können, daß etwas besser ist als etwas anderes?

Sie ist wohl nicht durch Denken darauf gekommen. Eigentlich muß ich wohl sagen, daß ich glaube, ich dachte mehr als sie. Je mehr Furcht, desto mehr Gedanken. Dennoch kam sie der Wahrheit näher als irgend jemand anderes.

Vielleicht ist es so: Das, was am dichtesten an der Wahrheit ist, das denkt man nicht, da kann man sich nicht hinarbeiten, das spürt man einfach. Und spüren kann man ja auch, wenn man erst sechzehn ist.

Während sie über seine Zeichnungen sprach, war er aufgestanden.

«Ich wußte, daß es eine Verschwörung ist», sagte er.

Ich setzte ihn wieder auf den Stuhl.

«Wir müssen gleich zurück», sagte ich. «Wir sind auf der Toilette.»

Er hörte mich nicht.

«Und du, Mädel», sagte er. «Wo bist du bei dem Ganzen?»

Ich wußte, was er meinte. Sie war ja aus besseren Kreisen und konnte keine Schwierigkeiten haben. Was also lag ihr daran? Das meinte er.

Sie verstand ihn trotzdem. Daß sie ihm etwas als Gegenleistung geben mußte, wenn sie wollte, daß er mitmachte.

«Man glaubt, es muß sehr schrecklich sein, wenn Leute sich aufhängen», sagte sie, «daß sie tief fallen, aber so braucht es nicht zu sein.»

Sie redete, als ob wir wüßten, worum es ging, und als ob August Bescheid über ihre Mutter wüßte. Sie sagte, bei ihrem Vater sei es an der Oberfläche, so gesehen, still und ruhig gewesen. Nach dem Tod ihrer Mutter hatte er gewissermaßen das Tageslicht satt bekommen, falls man sich das vorstellen könne. Oft stand er nicht auf, und wenn er aufstand, saß er nur da und wartete darauf, daß der Tag verging. Oft hatte er dagesessen und auf eine Uhr gestarrt. Als ob er die Sekunden dazu bringen wollte, schneller zu gehen. Schließlich war er dann auf ihren Bauernhof in Schweden gefahren, wo sie jeden Sommer gewesen waren, und dort hatte er sich im Wohnzimmer aufgehängt.

«An einer Türklinke», sagte sie, «es muß nicht hoch oben sein, wenn man es tun will. Er legte sich eine Schnur um den Hals, und dann setzte er sich hin und belastete die Schnur, so daß sie sich straffte und ihm den Blutkreislauf abschnürte, daß er das Bewußtsein verlor und sein ganzes Gewicht an der Schnur zog, und dann war er tot.»

«Wenn es passiert ist», sagte sie, «dann steht man da damit, dann muß man was machen.»

«Und warum ein Laboratorium?» fragte August.

Sie fing an zu singen. Nur eine Strophe. Man dachte zuerst, sie sei verrückt geworden. Man kannte die Worte gut, wir hatten sie oft bei der Morgenandacht gesungen, dennoch klangen sie jetzt anders.

Mein Herz will immer wandeln zu Jesu Krippe hin.
Nur dort kann ich mich sammeln im allertiefsten Sinn.

Sie war im Chor, trotzdem war es unglaublich, daß sie allein sang.

«Dabei kam mir die Idee», sagte sie. «Man muß einen Raum haben, um seine Gedanken zu sammeln. Wie Leute, die beten. Genau das aber ist schwer hier an der Schule. Peter sagt, es ist wie im Glastunnel. Es gibt keine Möglichkeit, selber zu denken. Ein Laboratorium ist ein Ort, der abgeschlossen ist, so daß man Ruhe hat und denken und dann sein Experiment machen kann.»

Sie war aufgestanden und ging nun auf und ab.

«Es hat schon angefangen. Es ist mitten in der Stunde, wir sind woanders, als der Plan es vorschreibt, wir haben den Glastunnel verlassen. Das Experiment hat schon angefangen. Es passiert etwas mit uns, spürt ihr das? Und was passiert? Es passiert, daß man unruhig wird, man will zurück, man spürt, daß die Zeit vergeht. Dieses Gefühl ist unsere Chance. Man kann etwas spüren und lernen, was man sonst nicht gesehen hätte. Wie die Male, als ich mit Absicht zu spät gekommen bin. Ich bin herausgetreten aus dem Tunnel, in dem ich sonst gegangen wäre, ich habe Biehl gesehen, und mir ist etwas aufgefallen.

August saß kerzengerade, er sagte nichts, doch sein Körper lauschte.

«Er hat auch Angst», sagte sie.

«Warum ich?» sagte August.

Sie stand an der anderen Tür, neben dem Spiegel. An der Tür war ein Schloß, man wußte nicht, wohin sie führte. Sie antwortete ihm ganz ehrlich.

«Wir müssen herausfinden, warum sie dich aufgenommen haben. Das ist unmöglich zu verstehen.»

Es war nicht böse gemeint. Es war einfach genauso, wie sie es sich dachte.

Da gab es ein Geräusch im Lautsprecher. Ich gab den anderen ein Zeichen, dann nahm ich die Strümpfe weg. Das Geräusch war sehr schwach, man konnte sicher sein, daß der Lautsprecher angestellt worden war.

Ich zog die Strümpfe an, Katarina stellte die Stühle an ihren Platz, völlig lautlos. Dann ging ich ins Treppenhaus hinaus und sah hinunter.

Sie waren vom zweiten Stock aus auf dem Weg nach oben. Ich ging wieder hinein und schloß die Tür. Es waren Fredhøj und Flakkedam, man konnte sie an Fredhøjs Jackenärmel und Flakkedams Hemd erkennen. Es hätte schlimmer kommen können, Biehl persönlich hätte dabeisein können. Er kam nur bei ernsten Unglücksfällen wie damals mit Axel Fredhøj oder bei einem sofortigen Schulverweis. Dennoch dachte ich, dies sei das Ende, zumindest für August und mich. Wir waren sowieso weit draußen über der Grenze.

Es wurde an die Tür geklopft. Sie hätten sie aufmachen können, doch bei Biehl klopfte man immer erst an. In den unteren Klassen waren kleine Glasscheiben oben in den Türen. Bevor die Lautsprecheranlage kam, hatte Biehl Rundgänge zu den neuen Lehrern gemacht und durch die Scheiben hineingeguckt, um zu sehen, ob sie mit den Schülern fertig wurden. Gab es Probleme, kam er herein. Doch selbst dann hatte er erst angeklopft.

Katarina wollte etwas sagen, sie kam nicht dazu, sie öffneten die Tür.

Das Normale war, daß sie Leute für eine bestimmte Periode trennten, zum Beispiel für einen oder zwei Monate, in unserem Fall aber gab es besondere, erschwerende Umstände.

Wir wurden einzeln ausgefragt, danach wurden wir auf unbestimmte Zeit voneinander isoliert. Wir bekamen jeder einen Teil des Schulhofs zugewiesen. Sie verlegten August aus meinem Zimmer zurück in das Krankenzimmer. Wir saßen jedoch in der Klasse weiter nebeneinander, da es in den Stunden ohnehin keine Möglichkeit für Gespräche gab.

Es war Fredhøj, der uns verhörte. Zu mir sagte er, man habe ihn gebeten, mir die letzte Warnung zu überbringen.

ERSTER TEIL **ZWEITER TEIL** DRITTER

Zeit?

Bald werde ich es sagen, aber jetzt noch nicht. Noch ist
1 es zu früh.

Biehls Rednerpult war aus Holz, mit griechischen Säulen. Ins Pult war eingraviert *Ich und mein Haus, wir dienen dem Herrn*, und, weiter unten, *Unter dem Schatten deiner Schwingen.*

Also Schutz und Dunkelheit. Wie ein Huhn, das seine Küken unter seinen Flügeln versammelt. Wie um es vor den Raubvögeln zu schützen.

Über der Inschrift war das Schulwappen. Die aufmerksamen Raben.

Es war, als ob die Raben hinunter zur Inschrift guckten. Als seien sie die Raubvögel, die hinunter auf die Küken starrten.

Zunächst verstand man weder den Text noch das Bild. Dann bekam man es erklärt, und es kam eine Zeit, wo man glaubte, man verstehe es.

Dann kam einem der Gedanke, die Schule sei das Huhn, das schützte, also Gott, und zugleich die Raubvögel, nämlich die Raben, also Gottes Boten, die die Küken jagten.

Es endete damit, daß man nichts verstand.

Hinter dem Rednerpult, und also über und hinter Biehl, wenn er redete, hing ein großes Gemälde des Gottes Dellingur, der das Tor des Morgens aufschließt. Ein junger Mann öffnet ein großes Tor, und über das Rednerpult und hinein in den Raum kommt ein weißes Pferd, Skinfaxe, das Roß des Lichts. Auf dem Bild sieht man auch ein schwarzes Pferd, Rimfaxe, die Nacht. Es ist auf dem Weg aus dem Bild hinaus.

Dies erklärte Biehl. Es sei ein Bild der Morgenandacht und zugleich des Wissens.

Der Mann auf dem Bild, Dellingur, war ziemlich schmächtig, wie ein Kind, und sah im großen und ganzen aus wie August. Das erwähne ich ganz ohne Grund, das Bild konnte ja nicht ihn darstellen, es war aus dem vorigen Jahrhundert. Es fiel mir nur auf, daß es ihm ähnelte, nachdem wir getrennt worden waren.

Also: Man öffnet die Tür, und das Wissen ergießt sich über einen, wie Sonnenlicht. Das war die Erklärung, die man bekam. Wissen ist also etwas, das es von vornherein gibt. Die einzige Leistung, die man erbringen muß, ist, sich zu öffnen.

Das höchste Wissen an Biehls Privatschule war die Naturwissenschaft, auch an der Erziehungsanstalt, im Grunde schon am Himmelbjerghaus. Die mathematische Begabung galt als höchste Stufe der Intelligenz.

Biehl selbst hatte das zweite Staatsexamen in Biologie, Fredhøj unterrichtete Mathematik und Physik.

Nicht daß die übrigen Fächer nichts wert gewesen waren. Biehl selbst unterrichtete auch Geschichte und Mythologie.

Doch das naturwissenschaftliche Wissen war das höchste.

Das hing damit zusammen, daß es nicht mit menschlicher Unsicherheit behaftet war.

Die anderen Fächer – selbst schriftliche und mündliche Darstellung, für die es genaue Regeln gab –, selbst die waren mit einer gewissen Unsicherheit verbunden. Selbst Diderichsens grammatisches Feldschema galt nicht hundertprozentig.

Das periodische System aber kannte keine Ausnahme. Von den einfachsten, gewöhnlichen Stoffen stieg man stufenweise zu den edlen und komplizierten und seltenen hinauf. Wie auf einer Treppe; jeder Stufe entsprach eine festgelegte Erhöhung des Atomgewichtes und ein neuer Stoff.

Es wurde nicht direkt gesagt. Doch man konnte nicht umhin zu denken, daß es an die Entwicklung der Arten erinnerte. An den Aufstieg von den einfachen, primitiven Organismen zu den komplizierten und hochentwickelten.

Es wurde nicht direkt gesagt. Doch so war es auf den Tafeln dargestellt. Die Übersicht über die Evolution erinnerte an das periodische System. Zuunterst waren Sauerstoff und Wasserstoff und Amöben, zuoberst waren Gold und der Mensch. Dazwischen lagen Stoffe und Lebewesen wie die Stufen einer Treppe.

Diese Treppe hinauf und durch sie hindurch strömte die Zeit. Die letzten Stoffe im periodischen System gab es nur im Laboratorium, hervorgebracht vom Menschen. Den hervorzubringen hatte die Evolution all die Zeit bis jetzt gebraucht.

In der Regel beschäftigte man sich in Physik und Mathematik mit Dingen, die ziemlich weit weg waren von einem selbst. Weil sie sehr groß waren oder sehr klein. Wie die Atomgewichte oder die großen astronomischen Entdekkungen. Ab und zu kam die Wissenschaft jedoch sehr nahe an einen heran. Wie beim verborgenen Darwinismus und dem Goldenen Schnitt der Gewalt und dem Gesetz von der entscheidenden Bedeutung des Anfangs.

Von den großen naturwissenschaftlichen Entdeckungen hatte Fredhøj erzählt, sie seien von den großen Geistern der

Mathematik und der Physik gemacht worden, bevor sie dreißig waren. Das wiederholte er oft. Sein Lieblingsbeispiel war Einstein. Dieser war fünfundzwanzig, als er die Relativitätstheorie veröffentlichte, er hatte sein *annus mirabilis* 1905, sagte Fredhøj. Wenn man etwas leisten wolle in seinem Leben, solle man das tun, bevor man dreißig sei.

Wenn er das sagte, konnte man nicht umhin, an seinen eigenen Sohn zu denken, Axel. Wenn der es schaffen sollte, etwas zu leisten, mußte er sich beeilen. Weil er schon dreizehn war und im Grunde noch nicht angefangen hatte, irgend etwas zu sagen.

Die Zeit und die Zahlen.

Katarina schrieb mir darüber.

Sie schrieb über die Versuche. Die sie nicht selber durchführte. Sondern die an ihr durchgeführt wurden.

2

Zwei Wochen nachdem wir getrennt worden waren, wurde mitgeteilt, daß die Schule einer bestimmten Anzahl von Kindern in jeder Klasse Untersuchungen durch den Schulpsychologen anbieten wollte. Das heißt, die Rede war von den normalen Schülern. Und darüber hinaus von einer Anzahl derjenigen, bei denen besondere Umstände mitspielten und die schon zu Untersuchungen oder zur Kontrolle gingen.

Die Mitteilung kam in einem Brief, der zu den Schülern nach Hause geschickt wurde.

Wenn es kein Zuhause gab oder wenn man mit der Familie nicht in Kontakt kommen konnte, wurde Schülern unter fünfzehn die Neuerung nicht angekündigt; sie erhielten nur den Bescheid, sie seien zur Untersuchung ausgewählt.

Die über fünfzehn bekamen selber den Brief. Auf diese Weise muß Katarina es erfahren haben. Sie muß diesen Brief bekommen haben.

Über den Inhalt von Briefen von der Schule wurde nicht gesprochen, das war eine Regel. Dennoch war es auf die Dauer unvermeidlich, daß man etwas erfuhr. Fernbleiben von den Stunden war sehr selten und nur mit einer Entschuldigung von zu Hause möglich. Jetzt merkte man, daß etwas im Anzug war. Man sah sofort, daß plötzlich ganz normale Schüler bestimmte Stunden versäumten.

Dann hieß es, sie seien bei Hessen.

Doch schon bevor sich das Gerücht verbreitete, wußte ich es. Katarina hatte mir davon geschrieben.

«Binet-Simon?»

Es war ihr erster Brief. Das war alles, was dastand. Sie gab ihn mir zwischen Parterre und erstem Stock, nachdem es geläutet hatte und wir die Treppe hinaufgingen. Es war der einzig mögliche Ort.

Das ist wahr. Es war der einzige Ort. Die dreißig Sekunden, nachdem wir den Hof verlassen hatten und in den ersten Stock hinaufstiegen, wo wir uns trennen mußten und sie höher hinaufsteigen würde, das war unsere einzige Chance in Raum und Zeit.

Es gab auch noch die große Pause. Doch da war das Risiko zu groß.

Sie dauerte von 11.40 bis 12.30. In den ersten zwanzig Minuten saß man in der Klasse und aß sein Pausenbrot. Nur bis zur sechsten Klasse wurde das Essen von einem Lehrer beaufsichtigt, von der siebten an gab es keine Kontrolle mehr. Es wäre darum möglich gewesen, sich da zu sehen.

Das taten wir jedoch nicht, man hätte uns beobachtet, Leute hätten uns beobachtet, früher oder später wären wir gemeldet worden.

Bei Biehl hatte man eine strenge Einstellung gegenüber Tratsch. Aber alle Schüler waren dazu aufgefordert, ernste Unregelmäßigkeiten im Büro oder beim Klassenlehrer zu melden. Ernste Unregelmäßigkeiten waren Diebstahl, wenn etwa ein Schüler direkt aus den Taschen anderer stahl, Vandalismus in den Toiletten, die der einzige Ort waren, wo es keine permanente Aufsicht gab, Rauchen und Übertretung der Schulregeln, zum Beispiel, wenn jemand Gesprächsverbot bekommen hatte.

Auch an der Königlichen Erziehungsanstalt war man aufgefordert worden zu melden. Doch da passierte es fast nie. Die wenigen Male, die es vorgekommen war, hatte man ein bißchen gewartet, bis die Aufmerksamkeit der Lehrer nachgelassen hatte, dann hatte man den, der einen verpfiffen hatte, von der Weide in die See springen lassen und den Betroffenen so spät wieder herausgezogen, daß er es gerade noch überlebte.

Bei Biehl gab es diese Regel nicht. Die meisten Schüler waren ja aus gewissenhaften Familien und liefen kein besonderes Risiko, wegen etwas verpfiffen zu werden. Sie hatten es nie nötig gehabt, sich selbst zu schützen, so wie man es hat, wenn man auf der Grenze ist.

Man sah nicht, wenn jemand gemeldet wurde, es war anonym. Trotzdem merkte man, daß es recht oft passierte. August und Katarina müssen es auch gemerkt haben. Auf dem Flur sprachen wir darum nicht miteinander.

Auf der Treppe war sie hinter ihrer Klasse zurückgeblieben. Man konnte nicht sagen, daß sie mich berührte. Doch ich wußte, da kam ein Brief.

Sie ging immer sehr aufrecht, auch die Treppe hinauf. Ich war nicht kleiner als sie, das wußte ich. Ein Jahr, elf Monate und vier Tage jünger, das hatte ich im Jahresbericht nachgeschlagen, aber nicht kleiner, eher größer. Zumindest wenn ich mich aufrichtete. Ich hatte es versucht, es war kein gutes Gefühl, wie ein Krampf. Da hatte ich es wieder aufgegeben.

Sie war an mir vorbei, bevor ich sie richtig entdeckt hatte. Sie trug einen schwarzen Dufflecoat.

Ehe wir getrennt wurden, als ich sie mit Biehl auf dem Hof sah und danach, hatte ich nicht darüber nachgedacht, was sie anhatte, ich fand es einfach souverän. Später, in den letzten Wochen, als wir getrennt worden waren und vielleicht nie mehr miteinander sprechen würden, hatte ich gesehen, daß sie meistens alte Sachen trug. Wie Erwachsene, aber gebraucht. Weite Pullover mit Leder an den Ellbogen. Oder den schwarzen Dufflecoat.

Eines Tages sah ich, daß einiges davon Männersachen waren. Da wußte ich, daß sie zum Teil ihrem Vater gehört hatten, vielleicht auch ihrer Mutter.

Ich mußte jedesmal darüber nachdenken, wenn ich sie sah. Die aufrechte Haltung und die zu großen Sachen. Die ihrem Vater gehört hatten, der sich aufgehängt hatte. Diese Kraft, und trotzdem etwas Verlorenes. Es war ein unerklärlicher Widerspruch.

Vielleicht ist es falsch zu glauben, daß Widersprüche zu erklären sind.

«Binet-Simon?»

Sie hatte es ganz oben auf den Zettel geschrieben, darunter war Platz für die Antwort.

Ich schrieb «Ja».

Danach vergingen zwei Tage, bis ich den Zettel abgeben konnte. Ich ging auf der Treppe hinter ihr und steckte ihn in die Tasche des Dufflecoats. Niemand sah etwas. Ich dachte zunächst, sie habe es nicht bemerkt. Dann faßte sie mit einer Hand ihr Haar und zog es aus dem Pullover und ließ es über den Rücken fallen. Dann winkte sie mir zu. Mit derselben Hand, die das Haar angefaßt hatte, winkte sie mir zu, ohne sich umzudrehen.

Es vergingen zwei Tage, bis sie mir antwortete. Die Antwort war wieder eine Frage. Sie hatte sie auf denselben Zettel geschrieben, unter mein «Ja». Da stand: «Warum ist er nicht zugänglich?»

Davor hatte ich nie versucht, mit jemandem Briefe zu wechseln. Ich hatte es andere tun sehen, aber selber nie mitgemacht. Es war vorgekommen, daß Leute einander in den Stunden Briefe zuspielten. Vielleicht, weil sie nicht warten konnten, vielleicht, weil es schwer war, einen Ort zu finden, wo man nicht überwacht wurde, vielleicht, weil sie sich gelangweilt hatten. Ich hatte absichtlich vermieden zu sehen, was darinstand.

Einer der Briefe war beschlagnahmt worden, von Fredhøj. Es hatte keine Strafe gegeben. Statt dessen hatte er den Brief vorgelesen. Es war um Liebe gegangen, man hatte sich geschämt, obwohl es nicht der eigene Brief war. Man hätte dem, der ihn geschrieben hatte, eine knallen können.

Darum war mir jetzt unwohl. Dennoch antwortete ich ihr.

«Warum ist er nicht zugänglich?»

Sie hatte getan, was etliche andere getan hatten. Sie hatte Binet-Simon in der Schulkartei nachgeschlagen, sie stand offen in der Bibliothek, man war aufgefordert, sie zu benutzen. Sie enthielt ein komplettes Verzeichnis über die Bücher- und Zeitschriftensammlung der Schule. In der Kartei stand dasselbe, was in der Brotkantenschule gestanden hatte: «Nicht zugänglich.»

Der Binet-Simon war ein Intelligenztest, der verbreitetste in Dänemark, vielleicht in ganz Europa. Er war französisch, aber dänischen Verhältnissen angepaßt. Auf dem Titelblatt stand: «Dänische standardisierte Revision von Binet-Simons Intelligenztests. Von Marie Kirkelund und Sofie Rifbjerg. Neu durchgesehen, 1943.»

Darunter stand: «Diese Tests sind vertraulich. Veröffentlichung, auch in Auszügen, verboten.»

Deshalb war in der Kartei vermerkt «Nicht zugänglich.»

Ich wußte das, weil sie mir die Tests etliche Male hatten geben müssen.

Zum zweiten Mal geschah das, als sie von der Sozialbehörde in Århus kamen, um zu testen, ob sie mich für die Aufnahmeprüfung an der Brotkantenschule empfehlen konnten.

An die Brotkantenschule kam man nur, wenn man eine ledige Mutter hatte, das hatte ich nicht, und wenn man intellektuell geeignet war, das war vorher am Himmelbjerghaus noch keiner gewesen. Als es der Sozialbehörde mitgeteilt wurde, kamen sie darum persönlich, um es zu kontrollieren. Sie hatten den Binet-Simon mit.

Ich hatte die Tests schon ein paar Jahre früher gehabt. Und zwar im Zusammenhang mit dem ersten Fluchtversuch. Sie hatten mich danach getestet. Dies war nicht in die Akte eingetragen worden.

Also kannte ich den Test schon. Als ich im Büro wartete und sie eine Stoppuhr holen gingen, öffnete ich ihre Mappe. Damals gab es die Zahlenschlösser noch nicht, es war ein einfaches Schloß. Ich hoffte, ich könnte ein paar von den richtigen Antworten auswendig lernen. Es war inzwischen sehr dringend wegzukommen.

Sie kamen gleich wieder zurück, ich schaffte es nicht, aber ich schaffte es, den Umschlag zu sehen.

Später haben sie mich mit dem Binet-Simon an der Brotkantenschule und auch bei Hessen getestet. Vielleicht wußten sie nicht, daß ich ihn kannte, vielleicht dachten sie, daß das nichts zu bedeuten hatte, weil es einen Test für jede Altersstufe gab, so daß man jedes Jahr neue Fragen bekam, die man noch nicht kannte.

Etwas davon versuchte ich, in dem Brief an Katarina zu schreiben.

Es dauerte sehr lange, an sie zu schreiben, man war es nicht gewöhnt, und es war schwer, es ungesehen zu tun. Ich schrieb nachts. Ich versuchte, schön und akkurat zu schreiben, trotzdem wurde einem ganz schlecht, wenn man seine eigene Schrift unter ihrer sah. Nach einiger Zeit gab ich es auf und antwortete nur noch.

Sie fragte weiter nach den Tests.

An der Brotkantenschule war man dazu übergegangen, den Schülern die Testergebnisse zu geben, und zwar kurz nach meiner Aufnahme, 1968. Bis dahin wurden sie geheimgehalten. Man löste die Aufgaben und wußte, man wurde taxiert. Aber man erfuhr nichts.

Als ich ein halbes Jahr da war, bekamen wir zum ersten Mal die Ergebnisse. Dies war auch der Zeitpunkt, wo ich eine teilweise Einsicht in meine Akte erhielt. Sie erklärten, das gehöre zu einer neuen pädagogischen Methode.

Das Ergebnis, das man erfuhr, bestand aus einer Zahl und einer Bezeichnung. Unterschiedlich von Test zu Test. Beim Binet-Simon erfuhr man, wieviel Prozent die eigene Intelligenz unter dem Landesdurchschnitt lag. Bei Jepsens Sprech- und Sprachtest erfuhr man, welchen Lix man hatte. Sie benutzten ein Tonbandgerät und schrieben nachher auf, was man gesagt hatte, und zählten die Pausen und maßen, wie lange Wörter man benutzte. Damit konnten sie messen, wie kompliziert die Sprache war, die man hatte. Je weniger Pausen und je längere Wörter, desto höher der Lix. In den standardisierten Leseleistungsprüfungen des Dänischen pädagogischen Instituts maßen sie die Fehlerzahl und die Lesegeschwindigkeit. Das ergab zwei Zahlen, die man mit dem Landesdurchschnitt auf dieser Altersstufe vergleichen konnte.

An der Brotkantenschule hatte man miteinander nicht über die Tests geredet, nur über die Ergebnisse.

Katarina schrieb nichts über ihre Ergebnisse, nicht ein einziges Mal. Sie schrieb über die Aufgaben.

Sie schrieb: «Kommt es bei allen auf die Zeit an?»

Dies konnte ich ihr bestätigen. Der Binet-Simon enthielt sechs Tests für jede Altersstufe. Bei den letzten drei kam es auf die Zeit an. Man hatte zehn Minuten oder eine Viertelstunde, um eine Geschichte zu lesen, zum Beispiel über eine Grille. Man sollte die Silben einsetzen, die fehlten. Doch auch bei den ersten drei Aufgaben, die weniger umfangreich waren, behielten sie die Uhr im Auge.

Am Himmelbjerghaus und an der Brotkantenschule hatten sie eine spezielle Psychologenuhr im Testraum gehabt, groß, ähnlich wie die, mit der man beim Fußball die Zeit nahm. Sie war angestellt worden, wenn der Test anfing, und stand abgewandt von einem selbst. Nur der Psychologe konnte sie sehen. Hessen verwendete eine Armbanduhr mit Stoppuhr. Es dauerte ein bißchen, bis ich es entdeckte. Sie konnte sie so starten und stoppen und die Zeit ablesen, daß man es beinahe nicht sah.

Bei Jepsens Sprech- und Sprachtest hatte man zehn Minuten, um ein Bild zu beschreiben. In den standardisierten Lesetests hing es von der Klassenstufe ab.

Dies schrieb ich ihr zurück. Gleichzeitig bat ich sie darum, den Zettel zu vernichten. Wir schrieben immer noch auf demselben, doch was da jetzt stand, würde das Ende bedeuten, falls er beschlagnahmt würde.

Den Intelligenzquotienten ermittelten sie mit dem Binet-Simon. Sie fingen an mit den Tests direkt unterhalb der Altersstufe des Schülers und gingen dann im Alter herunter, bis man alle Aufgaben lösen konnte. Anschließend gingen sie im Alter hinauf, bis man keine Aufgabe mehr lösen konnte. Auf diese Weise ermittelten sie das Intelligenzalter. Bei Hessen war meines 12.9 gewesen, also ein Jahr und einen Monat jünger, als ich tatsächlich war. Diese Zahl teilte man dann durch mein tatsächliches Alter und multiplizierte mit 100. Also Intelligenzalter geteilt durch tatsächliches Alter multipliziert mit 100 gleich Intelligenz. Meine war etwas über 92, also normalbegabt. Von 90 bis 100 war man normalbegabt.

Die Grenze, bei der man vom Himmelbjerghaus verlegt wurde, war 75. Hatte man einen Intelligenzquotienten unter 75, aber über 72, kam man in ein Erziehungsheim für Minderbegabte. Hatte man einen unter 72, gehörte man in den Bercich der Schwachsinnigenfürsorge und kam in die Irrenanstalt.

Man verglich das Testergebnis also immer mit der Zeit. Auf diese Weise ergab sich eine neue Zahl – ein Maß für die Intelligenz. Eine errechnete Zahl, und darum recht objektiv. Alles, was die Psychologen getan hatten, war, die Schüler lesen und Fragen beantworten zu lassen, dies auf Band aufzunehmen, die Zeit zu stoppen, nachzuzählen und in den Bewertungstabellen nachzuschlagen. Alles klar und nachvollziehbar. Also war das Ergebnis im großen und ganzen frei von menschlicher Unsicherheit.

Beinah naturwissenschaftlich.

Es verging eine Woche ohne Brief.

Nachmittags, in der freien Zeit, ging ich hinunter in den Park, zur Pforte, und sah die Autos vorbeifahren. In einigen von ihnen saßen Kinder, die mit ihren Eltern auf dem Heimweg waren. Von der Pforte aus konnte man im Annex den Mädchenflügel sehen.

Sonst war ich nur im Zimmer, hinten in einer Ecke und ohne Licht. Es ging einem ein bißchen wie einem Tier in seinem Bau, wie einem Fuchs.

Ich dachte an August und die Küche, obwohl er mir ja weggenommen worden war und ich keine Verantwortung mehr für ihn hatte. Eines Nachts ging ich zum Krankenzimmer. Die Tür war verschlossen. Es war nichts zu hören. In den Stunden war es unmöglich, mit ihm zu reden, wir wurden genau überwacht.

Es kam ein Brief von ihr. Es waren nicht ihre eigenen Worte, sondern direkte Zitate aus dem Binet-Simon. Sie muß sie auswendig gelernt haben, einfach beim Lesen. «Eine Grille, die den ganzen Sommer lustig gezirpt hatte, war im Winter kurz davor, Hungers zu sterben. Da ging sie zu den Ameisen, die in der Nähe wohnten, und bat sie, ihr etwas von dem Vorrat zu borgen, den sie für den Winter gesammelt hatten. ‹Was hast du im Sommer gemacht?› fragten sie. ‹Ich habe Tag und Nacht gezirpt›, antwortete die Grille. ‹So, du hast gezirpt›, sagten die Ameisen. ‹Dann kannst du jetzt ja tanzen.›»

Darunter hatte sie geschrieben: «Was ist die Moral?»

Das sagte so viel. Es zeigte, daß sie sich gedacht hatte, daß diese Aufgabe zur Stufe «14 Jahre» gehörte und daß ich selbst sie bekommen haben mußte. Also hatte sie Gebrauch gemacht von dem, was ich ihr geschrieben hatte, und das System hinter dem Binet-Simon durchschaut.

Als ich seinerzeit die Geschichte bekommen hatte, hätte ich beinahe geantwortet, die Moral sei, daß Ameisen nicht hilfsbereit sind. Dies hätte jedoch schlecht zum Rest der Aufgaben gepaßt. Statt dessen hatte ich Hessen beobachtet, und dann hatte ich gesagt, die Moral sei, daß man arbeiten soll, wenn noch Zeit ist.

Ich konnte ihr ansehen, daß dies die korrekte Antwort war.

Katarinas Brief entnahm ich, zwischen den Zeilen, daß auch sie beinahe falsch geantwortet hätte. Deshalb schrieb sie ihn mir. Sie hatte gewußt, daß wir beide beinahe falsch geantwortet hätten.

Ich wußte, daß unsere Briefe zu ihrem Experiment mit der Zeit gehörten. Daß sie versuchte zu verstehen. Daß wir in gewisser Weise im Laboratorium waren, wenn wir schrieben. Auch wenn wir daran gehindert waren, miteinander zu sprechen.

Es war leichter, morgens aufzustehen, wenn man einen Brief bekommen hatte und antworten mußte. Wenn ich an sie schrieb, verstand ich Dinge, die ich vorher nicht verstanden hatte. Man war verblüfft über seine eigene Antwort.

In gewisser Weise ist es das, was ich seitdem immer versucht habe.

Später war mir der Binet-Simon zugänglich. Ich lieh ihn mir an Dänemarks Lehrerhochschule am Emdrupvej 101. Er gehört zu ihrer Testsammlung, er wird ständig angewandt.

Im Vorwort steht: «Wenn jeder Fall von Minderbegabung rechtzeitig erkannt und das Kind oder der Jugendliche den Ergebnissen der psychologischen Untersuchung gemäß behandelt werden könnte, würde sich die Anzahl der Gestörten, die straffällig werden, rasch vermindern.»

Es ist noch immer, auch heute, verboten, daraus zu zitieren. Dennoch tue ich es. Ohne böse Absicht.

Sie wollten helfen. Das stand klar und deutlich im Vorwort zum Binet-Simon, da aber wußte man es schon. Sie wollten den Kindern und der Gesellschaft helfen. Durch die Lokalisierung der Minderbegabten oder direkt Gestörten, damit sie ins Erziehungsheim oder in die Anstalt kommen und die Betreuung erhalten konnten, die sie brauchten. Das war der Gedanke. Sie wollten den Opfern der Evolution helfen. Sie warteten ebenso wie Biehl unter dem Bogen. So konnten sie diejenigen identifizieren, die auf der Grenze waren und mit den Tests nicht rechtzeitig fertig wurden, und ihnen nach oben helfen. Sie wollten die Leute unter ihre Fittiche nehmen.

Gleichzeitig waren sie die Raben.

Das ist ein Widerspruch, ich habe keine Erklärung dafür.

Sie meinten, es sei eine große Hilfe für Kinder, bewertet zu werden.

Das meint man wohl noch immer, es ist in der Gesellschaft recht verbreitet. Daß es gut ist, bewertet zu werden.

Ich war mit dem Kind auf dem Spielplatz. Es kommt jetzt öfter vor, daß ich mit ihr allein bin, in der Regel gehen wir aus dem Haus.

Wenn man in Bewegung oder auf einem Spielplatz ist, dann spürt man, daß man etwas für sie leistet. Ist man zu Hause und sitzt nur mit ihr da und weiß nicht, was man anfangen soll, dann kommt die Furcht, dann spürt man deutlich, wie unzulänglich man ist.

Wir waren auf dem Spielplatz, sie war auf ein paar Eisenbahnschwellen gestiegen. Sie war vielleicht einen Meter über der Erde. Von da aus rief sie mir zu.

«Guck mal.»

Ich antwortete nicht, ich kam nicht dazu. Es antwortete eine fremde Frau, die ebenfalls mit ihrem Kind da war.

«Wie tüchtig du bist», sagte sie.

Ich kam nicht zum Denken. Ich war aufgestanden und war unterwegs zu ihr, um ihr den Kopf abzureißen. Dann fiel mir ein, daß sie die Mutter eines kleinen Kindes war und daß sie eine Frau war. Ich begriff, ich stand kurz vor einem Rückfall.

Ich setzte mich wieder, doch es verging eine lange Zeit, bis ich aufhörte zu zittern.

Das Kind hatte um Aufmerksamkeit gebeten. Sie hatte nur darum gebeten, gesehen zu werden. Doch sie bekam eine Bewertung.

«Wie tüchtig du bist.»

Es ist keine böse Absicht, wenn man Leute bewertet. Man tut es nur, weil man selbst so oft getestet worden ist. Schließlich kann man gar nicht mehr anders denken.

Man sieht es vielleicht nicht so deutlich, wenn man immer einigermaßen hat leisten können, was verlangt wurde. Man sieht es vielleicht am besten, wenn man weiß, daß man sein ganzes Leben immer auf der Grenze sein wird.

Katarinas letzter Brief handelte von Ravens progressiven Matrizen. Bei ihnen konnte ich ihr nicht helfen, sie waren für hochbegabte Kinder und darüber. Ich hatte von ihnen reden hören, sie aber nie gesehen.

Ich konnte diesen Brief noch in Empfang nehmen, aber nicht mehr darauf antworten. Es passierte in der Kirche. Wo wir entdeckt wurden, und der Brief beschlagnahmt. Danach war die Trennung total.

3

Es gab vier obligatorische Gottesdienste im Jahr: Advent, Weihnachten, Ostern und Pfingsten. Man wurde von dem Lehrer, den man gerade gehabt hatte, hinüber zur Kirche begleitet. Wir hatten gerade Flage Biehl in Rechnen.

In der Regel durfte man dasitzen und Aufgaben aus dem Buch rechnen und sich um sich selbst kümmern, das waren geruhsame Stunden.

Es war jedoch wichtig, daß alles ordentlich war und daß man das Papier festhielt, wenn man radierte, damit es nicht zerknitterte. Das war sein schwacher Punkt.

Er war bekannt dafür, daß er ein empfindsamer Mensch war. Wenn er jemanden wegen eines schlampigen Heftes geschlagen hatte, konnte er oft nicht weitermachen, auch wenn es mitten im Unterricht war, sondern blieb den Rest der Stunde mit gesenktem Kopf auf dem Katheder sitzen.

Ich hatte versucht, August zu erklären, wie wichtig es war, Ordnung zu halten, bevor wir getrennt wurden. Da war er sehr hart geworden.

«Die Zerstörung Jerusalems», sagte er, «das sagt sie immer. Ich schlafe im Wohnzimmer, in einem Klappbett, wenn ich zu Hause bin. Wenn sie schlafen, zeichne ich. Manchmal bröckelt die Ölkreide ab. Wenn sie nur ein kleines Stückchen findet, fängt sie an zu weinen. Sie sagt, das ist die Zerstörung Jerusalems. Wegen einem kleinen bißchen Farbe. Sonst hat man sie nie weinen sehen.»

Ich hatte es nicht noch einmal versucht, um ihm nicht zu

nahe zu treten. Doch glaubte ich, daß er versuchte, sich zu bessern. So wie er auch den Hintergrund ausgefüllt hatte.

Trotzdem war es nicht gut genug. Flage war rot im Gesicht, als er in die Klasse kam. Er hatte den Stapel Hefte, die er korrigiert hatte, er ließ sie auf das Katheder fallen und nahm das oberste. Dann kam er an unseren Tisch.

Man hatte ihn sicher gewarnt, zu August einen Sicherheitsabstand einzuhalten, doch er war so wütend, daß er sich vergaß.

«Schweinerei», sagte er. Er hatte Mühe zu sprechen.

Er schlug August mit dem Heft, von rechts nach links, so daß Augusts Kopf zur Seite flog, und dann von der anderen Seite, so daß er wieder zurückschnellte. So machte er eine Zeitlang weiter. Er berührte die Leute nie, sondern schlug sie mit ihrem eigenen Heft, das die Schlamperei enthielt.

Seine Schläge konnten sich nicht mit denen von Biehl oder Karin Ærø messen. Doch sie waren wirkungsvoll, weil das Heft seinen Arm sozusagen verlängerte. Gleichzeitig war die Erniedrigung größer, weil er die Leute nicht berührte.

Danach warf er das Heft auf den Boden.

Es war das erste Mal, daß August in der Schule geschlagen wurde. Als das Heft auf dem Boden aufschlug, schoß er hoch, sehr schnell.

Manche lernten es nie, geschlagen zu werden. Das hatte nicht soviel damit zu tun, ob man in den Heimen oder in einer Familie aufgewachsen war, eher damit, ob man von klein auf etwas auf den Schädel bekommen und begriffen hatte, daß die beste Strategie war, einfach zu denken, man steckt es ein, und dann ist es vorbei.

August würde es nie lernen, das wußte ich im voraus. Als Flage ihn das erste Mal traf, erstarrte er. Der Kopf bewegte sich hin und her, doch der Körper war steif. Ich war sofort hinter ihm, ich fühlte, was passieren würde.

Er griff nach Flages Fingern, sie waren in der Luft stehengeblieben, nachdem er das Heft geworfen hatte. Er erwischte die beiden äußersten Finger der linken Hand, doch er kam nicht dazu, sie zu brechen. Ich setzte einen Daumen auf jedes seiner Augen und riß ihn zurück. Er gab keinen Laut von sich, er war hart wie Holz. Dann setzte ich ihn auf den Stuhl. Flage stand da und sah auf seine Finger, er hatte nicht begriffen, was passiert war.

Danach war Schluß mit dem Unterricht. Flage verließ die Klasse. Das war schon vorgekommen, es war nicht wahrscheinlich, daß er hinauf ins Büro gehen und den Vorfall melden würde. August war neu in der Klasse, Flage muß gewußt haben, daß er sich vergessen hatte. Seine Empfindsamkeit aber zwang ihn zu gehen.

Ich nahm August mit hinaus auf den Flur. Er war leer, alle anderen Klassen hatten Unterricht. Ich ließ ihn die Wände entlangstreifen.

«Du ißt nicht mehr», sagte ich.

Ich hatte es schon lange gesehen, aber nichts gesagt.

«Es ist eine Probezeit», sagte er, «hier an der Schule. Ich bin auf Probe hier, ich schaffe es nicht.»

Davon war vorher noch nie die Rede gewesen.

Ich fragte ihn, wie lang die Probezeit war.

«Das haben sie nicht gesagt», sagte er. «Es sind einige Entscheidungen über mich getroffen worden, das haben sie gesagt, aber sie haben nicht gesagt, welche.»

Wir hatten seit vierzehn Tagen nicht miteinander gesprochen. Ich hatte das Gefühl, wir müßten es ausnutzen, solange noch Zeit und der Flur leer war. Ich fragte ihn, was sie von ihm wollten, was er machen sollte?

«Mich benehmen», sagte er. «Sie haben gesagt, es gibt eine Probezeit, das wäre eine Chance zu beweisen, daß ich mich benehmen kann.»

«Wo schicken sie dich hin, wenn es schiefgeht?»

«Zurück zum Sandbjerggård.»

Es gab keine Möglichkeit, weiterzufragen. Wir wurden abgeholt, von der neuen Inspektorin, und in die Kirche begleitet. Flage mußte nach ihr geschickt haben.

Vierzehn Tage früher hatten sie in der Mädchenabteilung ein freies Zimmer kassiert, und es waren Handwerker dort gewesen. Ein paar Tage später war sie gekommen. Sie war bei der Morgenandacht willkommen geheißen worden. Es wurde gesagt, sie werde unter anderem vorübergehend im Annex die Aufsicht in der Abteilung der Mädchen übernehmen, ebenso wie Flakkedam in der der Jungen. Es wurde zum ersten Mal gesagt, daß Flakkedams Aufsicht vorübergehend sei. Mehr wurde nicht gesagt.

Die Kirche lag gleich außerhalb des Parks.

Wir waren auf dem Weg in Richtung Altar. Katarina kam zu uns. Plötzlich war sie neben August. Sie streckte hinter ihm die Hand aus und steckte etwas in meine Tasche. Es war der Brief. Ich hätte ihn nicht an Ort und Stelle gelesen, doch ich hatte seit mehreren Tagen nichts von ihr gehört. Man fühlte sich auch geschützt zwischen so vielen Menschen. Ich faltete ihn sofort auseinander. Er war ziemlich kurz, sie fragte nach Ravens progressiven Matrizen.

Ich sah zu ihr auf.

«August ist hier auf Probe», sagte ich. «Er weiß nicht, wie lange, er weiß nicht, was sie mit ihm beschlossen haben, er schafft es nicht, es wird jeden Tag schlimmer, was kann man machen?»

«Seine Akte», sagte sie.

Wir waren dicht aneinandergepreßt, von all den anderen und damit uns keiner sah.

«Es muß drinstehen, wenn sie Entscheidungen getroffen haben», sagte sie.

In dem Augenblick, als sie das sagte, war Fredhøj da.

Es wäre an mir gewesen aufzupassen, ich war der einzige, der ihn wirklich kannte. Aber ich hatte mich selber vergessen, und er war immer sehr schnell gewesen, unsichtbar, und dann trotzdem plötzlich zur Stelle.

Er nahm mir den Brief weg. Dann nahm er mich und Katarina und setzte jeden in eine Bank. Dann holte er August. Er ging nicht von vorn auf ihn zu, sondern um ihn herum und kam von hinten, umschloß sein Handgelenk und nahm ihn mit in die Reihe vor mir und setzte ihn neben sich. Niemand hatte etwas bemerkt. Es war alles still und ruhig und normal gewesen, als ob er den Leuten ihre Plätze zugewiesen hätte.

Er hätte uns auf der Stelle hinausführen können, doch das tat er nicht. Statt dessen wurden wir in die Bänke gesetzt, und der Gottesdienst nahm seinen Anfang, als wäre nichts passiert.

Während man dasaß und wußte, nun war alles vorbei.

Fredhøj wußte, nun würde er uns dem Ragnarök ausliefern. Dennoch hatte er die Kraft, sich hinzusetzen, als wäre nichts passiert, und den Gottesdienst anfangen zu lassen. Die Kraft, diese vielsagende Pause zu machen.

Man konnte jetzt dasitzen und die übrigen um einen herum ansehen. Man konnte denken, hätte man die Regeln der Schule respektiert und das Vertrauen, das einem erwiesen worden war, nicht enttäuscht, dann könnte man jetzt singen wie sie. Dann wäre man noch immer auf der Grenze, statt verloren wie jetzt.

So konnte man denken. Und genau das war der Zweck dieser Pause.

Es gab auch noch einen anderen Grund. Wenn sie warten konnten, dann deshalb, weil die Sache nun mal passiert war und man uns dingfest gemacht hatte. Jetzt gab es einen Zorn und eine Empörung über uns, die so groß waren, daß sie warten konnten. Dieser Zorn war nicht der Fredhøjs und nicht einmal der Biehls, sie waren trotz allem Menschen und konnten vergessen, dafür hatte man mehrere Beispiele erlebt. Dieser Zorn war anders. Es war der Zorn der Schule selbst, größer als irgend etwas Menschliches. Sie vergaß nicht, sie würde sich auf ewige Zeit erinnern.

Ich war nahe daran aufzugeben.

Es war nicht möglich, einen Gedanken zu fassen, das Aufgeben kam über einen wie eine Krankheit, gegen die man selber nichts ausrichten kann.

Ich dachte, was mit mir würde und mit Katarina, aber vor allem an August. Ich sah jetzt, er hatte nicht nur hier bei Biehl Probezeit, sondern auf der Welt. Er hatte eine Probezeit dafür, überhaupt weiterzuleben. Er war wie ein sehr kleines und krankes Raubtier, das sich gerade noch aufrecht hält. Käme er zurück an einen Ort wie den Sandbjerggård, wäre es aus. Sie würden ihn so eng einsperren, daß er erstikken würde.

Man sang den Choral *Auf! alles, was der Herr gemacht.* Biehl führte den Gesang, bis der Pastor übernahm.

Man hatte immer spüren können, daß dieser Choral etwas Besonderes für ihn war. Wenn er ihn sang, kam er in die Nähe von etwas Wichtigem. Er hatte ihn auch interpretiert.

Ob alle Kön'ge pflögen Rat
Mit Weisen rings im Kranze,
Sie setzten nicht ein einzig Blatt
An eine Nesselpflanze!

Über diese Strophe hatte er gesagt, wo Biologie und Naturwissenschaft nicht weiterwüßten, da sei Gott der Herr.

Man war wie in einem kleinen Käfig, und die Wände rückten näher, und alle Türen waren geschlossen. Humlum und Axel Fredhøj hatten schon seit langem aufgegeben, und auch viele andere, die man gekannt hatte. Und oft war man selbst nahe daran. Trotzdem hatte ich durchgehalten, länger als die meisten, ich hatte mein Bestes getan. An der Erziehungsanstalt, als ich zum ersten Mal von der Weide hatte springen müssen, kurz nachdem ich gekommen war und sie lange gewartet hatten, bis sie mich rauszogen, war ich nahe daran gewesen, es dabei zu lassen und das Wasser einzuatmen. Damals hatte ich jedoch gedacht, daß man am Ende wieder ans Licht kommen würde. Dieses Gefühl der Sicherheit hatte man nicht mehr.

Ich sah mich um, um ein letztes Mal zu versuchen, die Gedanken hier im Raum zu halten. Ich sah August, er saß neben Fredhøj, zusammengekauert.

Es war doch noch zu früh, um nachzugeben. Man mußte ihm noch helfen. Wenn man größer ist als ein anderer Mensch und weniger zart und kann es ertragen, geschlagen zu werden, und hat den großen Plan gespürt, dann muß man jemandem helfen, der kleiner ist als man selbst.

Ich sah mich im Käfig um, alle Türen waren geschlossen. In meiner Qual dachte ich an Jesus.

Gott hatte man sich immer vorgestellt wie Biehl. In der Regel war er fern. In der Regel beschäftigte er sich mit dem Größten und mit dem Kleinsten. Wie dem Himmel oder einer Nessel. Nur selten wandte er sich einem persönlich zu. Und dann in der Regel, um zu strafen.

Jesus hatte ich mir bis jetzt wie Fredhøj vorgestellt. Zwischen einem selbst und der höchsten Macht, Biehl und Gott, mußte gewissermaßen ein Übergang sein, ein Berichterstatter, Fredhøj und Jesus.

So war es überall gewesen. Zuoberst der Rektor oder Vorsteher, zwischen ihm und dem Rest der Schule ein Vizevorsteher. Das war ein Gesetz, vielleicht ein Naturgesetz.

Jetzt kam mir ein anderer Gedanke.

Die Gebete und die Lieder hatte man immer auswendig gelernt, es war wie das Lernen der Jahreszahlen, wie die Schlacht bei Poitiers, nur leichter, weil es sich reimte und weil es eine Melodie gab.

In der Regel verstand man die Worte nicht. Es konnte allerdings vorkommen, daß Biehl plötzlich einen Choral abhörte. Wenn er dann mangelndes Verständnis feststellte, wurde er sehr gefährlich. In der Regel erklärte er dann bestimmte Dinge wie das Blatt an der Nessel. Doch war die Anzahl von Gebeten und Chorälen zu groß, als daß alles hätte erklärt werden können. Also lernte man sie auswendig, ohne groß etwas zu verstehen.

Trotzdem konnte es vorkommen, daß man plötzlich von sich aus verstand. Daß die auswendig gelernten Worte zu einer Tür wurden, die sich öffnete.

Das passierte jetzt.

Gott war zu dicht an Biehl. Auch an Jesus konnte man sich mit seinen persönlichen Problemen nicht wenden, es gab keinen Grund zu glauben, daß man dort Hilfe finden würde. Tatsächlich gab es ja keine Beispiele dafür, daß jemand Hilfe gefunden hätte.

Trotzdem dachte ich an Jesus. Man hatte es ja auswendig gelernt und war darin abgehört worden, wenn auch ohne groß etwas zu verstehen. Ich erinnerte mich an zwei Dinge. Jesus hatte von der Zeit gesprochen. Die Leute hatten ihn gefragt, ob er ihnen das ewige Leben versprechen könne, also Freiheit von der Zeit. Darauf hatte er nicht wirklich geantwortet. Ebenso wie Katarina, als ich sie im Laboratorium gefragt hatte, ob ich sicher sein könne, kuriert zu werden, hatte auch er nicht direkt geantwortet. Statt dessen hatte er dem jungen Mann, der ihn danach gefragt hatte, gesagt, was er tun solle, wenn er hier und jetzt zum Leben eingehen wolle.

Jesus war nach der Ewigkeit gefragt worden. Und er hatte auf das Hier und Jetzt verwiesen. Das war nie erklärt worden, die Bibel war voll von solchen Dingen. Biehl las sie bei der Morgenandacht vor, es wurde aber nichts erklärt.

Was soll man tun, wenn man hier und jetzt zum Leben eingehen will? Darauf hatte Jesus geantwortet. Das war das eine, was ich dachte.

Das andere war: Vielleicht hatte Jesus auch versucht, die Zeit zu berühren, vielleicht war das sein Plan. In seinem Laboratorium, nicht im Stall mit der Krippe, sondern später, hatte er seine Gedanken gesammelt, um den Plan hinter allem zu verstehen. Dann hatte er zu denen, die ihm folgten, gesagt, sie sollten hinausgehen in die Welt und diesen Plan verraten, auch wenn das die natürliche Abneigung der Leute gegen sie erregen würde, so daß sie verfolgt und isoliert würden. Das sollten sie tun, damit alles, was geheim war, bekannt würde. Dann war er hinabgestiegen ins Totenreich.

Der Abstieg ins Totenreich. So entschloß ich mich.

Fredhøj saß schräg vor mir, seine Hände ruhten auf der Ablage fürs Gesangbuch vor ihm. Die eine Hand lag über der anderen, man roch sein Rasierwasser und spürte seine erdrückende Gegenwart.

Über seiner linken Hand lag sein Schlüsselbund. Wie immer.

Alle Schlösser an der Schule waren eingeteilt nach einem allgemeinen Hauptschlüsselsystem, das hieß Ruko, damals gab es nichts anderes.

Es gab eine Rangordnung von Schlüsseln. Zuoberst ein Hauptschlüssel, den nur Biehl hatte und der überall aufschloß. Danach Hauptschlüssel, die Fredhøj und Flakkedam und die neue Inspektorin hatten; darunter die Fachleiterschlüssel und zuunterst die Schlüssel für die gewöhnlichen Lehrer.

Es war ein gutes System, es hatte nur eine Schwäche. Auf den unteren Stufen wie zum Beispiel dem Haupteingang und den Türen zu den Fluren mußten die Schlösser von etlichen verschiedenen Schlüsseln geöffnet werden können. Je mehr Schlüssel in ein Schloß gehen müssen, desto schwächer ist es, desto empfänglicher für fremde Schlüssel.

Heutzutage hätte ich es nicht mehr machen können. Abgesehen davon, daß ich es heute auch nicht gewollt hätte, hätte es sich auch nicht machen lassen, die Entwicklung hat es unmöglich gemacht.

Damals gab es gewöhnliche Fünfstiftschlösser. Der Schlüsselbart ging ins Schloß und drückte fünf Stifte hoch, danach konnte sich der Zylinder frei bewegen. Heutzutage, in den modernen Systemen, die mit der Zeit und der Entwicklung gekommen sind, gibt es darüber hinaus eine Seitensperre. Abgesehen davon, daß die Schlüssel patentrechtlich geschützt sind. Heutzutage hätte ich es nicht machen können.

Ich sah mir Fredhøjs Schlüssel an.

Natürlich hatte ich gewußt, daß sie dort waren. Aber ich hatte absichtlich vermieden, sie näher anzusehen.

Das Bund enthielt mehrere einfache Schlüssel, außerdem mehrere kleinere Schlüssel für die Schlösser der Physikschränke. Außerdem die Sicherheitsschlüssel zu seiner Privatwohnung. Außerdem Autoschlüssel. Die Schlüssel der Schule lagen ungünstig, doch ich wartete einfach. Zu irgendeinem Zeitpunkt änderte er seine Haltung, dann waren sie voll sichtbar.

Ich konzentrierte mich auf die Tiefe der Barteinschnitte, auf nichts anderes. Danach schloß ich die Augen. Und hörte mich sozusagen den Schlüssel ab. Als wäre ich vorn an der Tafel.

Schließlich konnte ich ihn.

Sie verwiesen keinen von uns von der Schule, es war vollkommen unverständlich.

Am selben Abend entfernten sie August aus dem Speisesaal und brachten ihm das Essen in sein Zimmer, ins Krankenzimmer. Am nächsten Tag stuften sie ihn eine Klasse zurück und setzten Flakkedam als ständige Aufsicht auf ihn an. Katarina war zunächst weg, ich dachte, es sei für immer, doch nach ein paar Tagen sah ich sie auf dem Hof. Sie saß auf einer der Bänke und sah hinunter auf den Asphalt. Mich riefen sie ins Vorzimmer hinauf. Fredhøj und Karin Ærø waren dort, und Stuus als Vorsitzender des Lehrerkollegiums. Sie teilten mir mit, sie hätten dem Oberpräsidium und der Kinder- und Jugendfürsorge über mich berichtet, da ich ja einen Freiplatz und eine Sondergenehmigung hatte, die Schule zu besuchen. Es würde jetzt eine

Pause geben. Wenn die Antwort von meinem Vormund und von der Leitung der Kinder- und Jugendfürsorge vorlag, würden sie wieder über die Situation beraten.

Es war Karin Ærø, die sprach. Sie war unsere Klassenlehrerin, Fredhøj war völlig still. Ich versuchte ihn zu spüren. Die Situation war völlig unerklärlich. Ich hatte die letzte Warnung bekommen, dennoch hatten sie mich noch nicht ausgestoßen, es war unmöglich zu verstehen.

4

Als Biehl zum ersten Mal von der Schlacht bei Poitiers erzählte, hatte er dazu eine Anmerkung gemacht. Es war das zweite Mal, daß er je von sich selbst «ich» sagte. Es hatte eine Pause gegeben, und dann hatte er gesagt, er persönlich sei der Auffassung, daß der Islam, die Religion der Mauren, geradezu ein Werk des Teufels sei. Daß also die Schlacht bei Poitiers ein Kampf gewesen sei zwischen den Kräften des Lichtes und der Finsternis. Und wäre der Kampf zugunsten der Mauren ausgefallen, hätte die moderne Zivilisation nie existiert.

Das war das einzige, was an der Schule über den Teufel je direkt erklärt wurde.

Dennoch war man nicht im Zweifel. Als wir die sieben Stufen in die Finsternis hinabstiegen und die Platte beiseite schoben, wußte man, daß man auf dem Weg ins Totenreich war.

Ich holte August erst, als ich Flakkedam und die neue Inspektorin sozusagen atmen spürte. Die Uhr zeigte sieben Minuten nach Mitternacht.

Es war zehn Tage her, daß wir miteinander gesprochen hatten und in der Kirche erwischt worden waren. Ich hatte August nur bei der Morgenandacht und von weitem auf dem Hof gesehen.

Ich machte fast kein Geräusch mit der Tür. Er war sehr dünn geworden. Unter anderen Umständen wäre er gemeldet worden, so daß sie ihn hätten zwingen können zu essen.

Ich sagte ihm, er solle aufstehen, erklärte sonst aber nichts. Er trug seinen Pyjama und Hausschuhe. Sie hielten seine Kleider und Straßenschuhe nachts unter Verschluß.

Wir hatten einmal die Woche Werken mit Holz. Der Werkraum lag im ersten Stock, dort gab es auch Werkzeug für Metallarbeiten. Hier unterrichtete Klastersen. Ein Jahr zuvor war Carsten Sutton ertappt worden, als er Lösungsmittel schnüffelte, und zwar Zelluloseverdünner, der in einem 30-Liter-Kanister dastand. Man konnte den ganzen Kopf hineinstecken, wir hatten es alle probiert, er aber war entdeckt worden, weil er nachher randaliert hatte. Seitdem behielt Klastersen die Leute ziemlich genau im Auge.

Ich hatte ihm einen zerbrochenen Tischtennisschläger gezeigt.

«Ich möchte ihn gern reparieren», sagte ich. Das war kein Problem, nicht bei Sportsachen.

Ich hatte mich ganz hinten an einen Schraubstock gestellt. Dann hatte ich Fredhøjs Schlüssel aus Dünnblech ausgeschnitten, so gut es eben ging, aus dem Gedächtnis. In den kommenden Tagen hatte ich ihn ausprobiert und korrigiert.

Ich schloß hinter August und mir den Haupteingang ab. Es war Frost, aber ohne Schnee, wir hinterließen keine Spur.

Der Zeichensaal lag sieben Stufen tief, eine Treppe hinunter, die gleich hinter dem Haupteingang unter der Wölbung anfing. Auf dem Weg nach unten gab es zwei Türen, eine, die die Schüler daran hinderte, sich auf der Treppe aufzuhalten, versteckt vor der Hofaufsicht, und dann die eigentliche Tür zum Zeichensaal. Sie gehörten beide zum Hauptschlüsselsystem.

Lange Zeit hatte ich geglaubt, ich sei der einzige, der den Einstieg zu den Leitungstunneln kannte. Doch auch Axel Fredhøj muß ihn gekannt haben. Auf diesem Weg war er hinuntergestiegen, doch muß er die Öffnung hinter sich verschlossen haben. Sie holten ihn an der Hofseite heraus, sie begriffen nicht, wie er hinuntergekommen war. Er kann es auch nicht erzählt haben, sonst wäre die Öffnung versperrt worden. Vielleicht war er zäher, als man glaubte; vielleicht war er auch einfach nicht imstande, groß etwas zu sagen, nicht einmal, als er verhört wurde.

Es war kein Geheimnis, daß es die Tunnel gab.

Als neue Toiletten gebaut wurden, waren die Eltern der Schule aufgefordert worden, beim Abriß der alten zu helfen, um Geld zu sparen und um zu unterstreichen, daß der Elternkreis der Schule besonders fürsorglich war.

Bei der Gelegenheit hatte ich mitgemacht, um die Eltern der Leute zu sehen. Man sah sie sonst nie.

Außerdem durfte man etwas abreißen, man bekam einen Vorschlaghammer und konnte einfach drauflosschlagen.

An der Mauer hing damals ein Plan von der Schule, damit man sah, wie die neuen Toiletten werden würden. Sie würden Kacheln und Licht haben und sehr ordentlich sein und also nicht geteert und schwarz und stinkend wie die alten.

Auf den Zeichnungen sah man auch die Leitungstunnel. Ich hatte darauf geachtet, weil nur einen Monat zuvor das Unglück passiert war. Ich meine, das erste von Axel Fredhøjs beiden Unglücken.

Die Tunnel verliefen sechs Meter unter der Erde, zwei Meter unter dem Kellergeschoß. Durch sie liefen Heizungsrohre, Warmwasserrohre und elektrische Kabel. Jedoch kein Gas. Das war das, was man sah.

Die Öffnung war entstanden, weil sie den Zeichensaal wohl ziemlich spät gebaut hatten, viel später als die Schule, vielleicht als Bestandteil einer neuen pädagogischen Strömung. Man hatte die Trennwände einfach aus Holzfaserplatten gemacht. Es sah so aus, als habe man es eilig gehabt. Dies hing sicher mit der Rangordnung der Fächer zusammen; Kunsterziehung war das niedrigste, niedriger als Weben und Hauswirtschaft. Auf keiner Klassenstufe wurden in Kunst Noten gegeben.

Dennoch war Karin Ærø Kunstlehrerin. Doch sie rührte zum Beispiel nie den Ton an. Sie unterrichtete auch in Musik und Dänisch. Es waren offensichtlich die Musik und die Literatur, die ihrem Herzen am nächsten standen.

Ich zündete eine kleine Kerze an und stellte sie in einen Aluminiumzylinder mit kleinen Scheiben aus durchsichtigem Plastik und Ventilationslöchern darunter. Ich hatte ihn aufbewahrt aus alten Zeiten. August war dicht bei mir, vielleicht sah er schlecht. Als ich das Streichholz anzündete, wurde er steif, danach aber wieder ruhig.

Hinter der Platte war ein fensterloser Raum aus Ziegeln, auch auf dem Boden lagen Ziegel. Es war kalt. Im Boden war ein schwarzes Loch. Das war der Einstieg in die Tunnel.

Sie müssen diesen Einstieg beim Bauen vergessen haben. Die Öffnungen zum Nord- und Südhof waren durch Türen versperrt; vor den Ventilationsöffnungen waren Eisenstangen mit Drahtnetz dazwischen. Trotzdem war es ihnen nicht gelungen, alles vollkommen abzusichern.

Um hineinzukommen, mußte man auf der Bewicklung der Rohre stehen und sich von dort aus hinunter in den Tunnel gleiten lassen. Dort war keine normale Stehhöhe, sogar ich, von Natur aus gebückt, stieß an die Decke.

Hier war es wärmer, wegen der Rohre. Da gab es ein Summen, vielleicht aufgrund des Feuers.

Links von uns war die Bewicklung der Rohre noch immer schwarz.

August nahm mich bei der Hand.

«Ich hab Angst im Dunkeln», sagte er.

Ich blieb stehen, ich konnte nicht weitergehen, bevor ich es ihm erzählt hatte. Obwohl er kleiner war als ich, wie ein Kind, war ich gezwungen, es ihm zu erzählen.

Ich sagte es, wie es war. Eines Tages hatte ein Junge an der Schule, Axel nämlich, sich im Zeichensaal versteckt und hatte sich, mit Absicht, einschließen lassen. Dort hatte er eine Flasche Reinigungsbenzin genommen, und in der großen Pause war er hinunter in den Tunnel gestiegen. Dort hatte er die Bewicklung der Rohre mit Benzin übergossen, dann hatte er es angezündet, und dann hatte er sich neben das Feuer gelegt.

«Man kann doch nicht still liegen, wenn es brennt», sagte August.

Das jedoch hatte er getan. Sie hatten nie Einzelheiten mitgeteilt, einige aber hatten gehört, was die Feuerwehrmänner sagten, die ihn hinauftrugen, den Aufgang zum Hof, wo auch der Rauch gesehen worden war.

«Und dann», sagte August, «was ist mit ihm passiert?»

Ich antwortete, daß nichts passiert war. Sie hatten den Rauch gesehen und die Feuerwehr geholt, die ihn hinaufgetragen hatte. Sonst war nichts passiert. Außer daß er aufgehört hatte, mit seinem Vater von der Schule nach Hause zu fahren.

Man hatte Axel und Fredhøj nie miteinander sprechen sehen. Wenn man es nicht gewußt hätte, man hätte nicht wissen können, daß sie Vater und Sohn waren. Sie fuhren jedoch miteinander von der Schule nach Hause. Nach der Schule, mittwochs und freitags, wo die Stundenpläne wohl übereinstimmten, fuhren sie zusammen, in Fredhøjs großem Rover, hinaus durch den Park und weg. Axel saß auf dem Rücksitz.

Damit war es nach dem Unfall zu Ende. Statt dessen wurde Axel von seiner Mutter abgeholt, Fredhøjs Frau.

Sie holte ihn am Tor zur Straße ab. Sie hatte einen Rover wie der von Fredhøj; auch sie war Konrektorin, irgendwo anders in einem der Vororte. Sie fuhr an die Pforte und hielt, und Axel setzte sich auf den Rücksitz. Sie fuhren weg, ohne miteinander gesprochen zu haben.

Es war das erste Mal, daß man sie sah. Doch Fredhøj hatte sie erwähnt.

Dies war in einer Stunde gewesen, wo er vorgelesen hatte. Normalerweise las er nicht vor, das Pensum in Mathematik und Physik war so groß, daß dafür kein Raum blieb. Doch kam es manchmal vor, daß er vor Weihnachten das Tempo steigerte und daß man zusätzliche Hausaufgaben in Schönschreiberechnen auf sich nahm, und so wurden ein paar Stunden gewonnen, in denen er vorlas.

Darin war er souverän. Er las immer über großartige und intelligente Verbrecher: *Die Kavalkade des Verbrechens* und *Aus fremden Gerichtssälen* und *Berühmte Schwindler*. Daraus las er etwas über einen Heiratsschwindler und erwähnte nachher seine Frau, Axels Mutter.

Der Mann hatte die Frauen ermordet, indem er, wenn sie in der Badewanne lagen, ihre Knöchel hochzog. Einige Zeit konnten sie den Kopf über Wasser halten, schließlich aber hatten sie aufgegeben und waren ertrunken. Er hatte sie dann beerbt und wieder geheiratet.

Als Fredhøj das Buch geschlossen hatte, hatte er einen Augenblick vor sich hin gesehen. Man spürte, jetzt kam er zu etwas Wichtigem. Er hatte dann gesagt, wenn die Ehe für die meisten Menschen ein so großes Problem sei, dann sei der Grund mangelnde Intelligenz. Persönlich hatten er und seine Frau das so geregelt, daß sie die Zeit geteilt hatten. Sie hatte in den ersten zehn Jahren bestimmt, wo sie wohnen, welche Autos sie haben sollten, die Rovers also. Danach waren zehn Jahre gekommen, in denen er bestimmt hatte. Die waren nun vorbei, und sie bestimmte wieder.

Es kam selten oder nie vor, daß Lehrer erzählten, wie es in ihren Familien war. Dies war das erste Mal, daß Fredhøj so etwas gesagt hatte.

Daß sie die Zeit geteilt hatten. Beinahe naturwissenschaftlich.

Ich hatte versucht nachzurechnen. Ich kam zu dem Ergebnis, daß es Fredhøjs Frau gewesen sein mußte, sie hatte über Axel bestimmt.

Dies versuchte ich August zu erklären. Es war schwer zu sagen, ob er zuhörte. Ich traute mich nur zu flüstern, und gleichzeitig streifte er die Rohre entlang. Wenn auch nicht weit weg, nur bis zum Rand des Dunkels.

Als ich eine Pause machte, blieb er stehen.

«Das meinte ich gar nicht», sagte er. «Warum hat er es gemacht, was war mit ihm?»

«Ja, was, wahrscheinlich nichts Besonderes», sagte ich. «Es ging ihm gut, bis zu der Sache mit der Kartenkiste, die ein halbes Jahr später kam, und könnten wir jetzt weitergehen? Wir hätten noch etwas vor.»

Er blieb stehen. Er stand da und berührte die Bewicklung.

«Stoff brennt fast nicht», sagte er.

«Nein», sagte ich, «genau das hat Axel ja gerettet, und könnten wir jetzt gehen?» Ich versuchte mich mit dem Licht in Bewegung zu setzen, um ihn mitzuziehen. Da wandte er sich zu mir. Er guckte mich nicht direkt an, aber ich sah, daß er etwas sagen mußte, es war schwer herauszubringen. An der Erziehungsanstalt hatte man oft Hämorrhoiden gehabt, aufgrund der Kost, das Gefühl war es. Blutknoten, aber es muß heraus. Es tat weh, doch es gab keine andere Möglichkeit.

«Ich laß mir nichts gefallen», sagte er, «von niemand. Die kommen nach Hause, und man liegt im Klappbett. Man hätte abhauen können, aber dann hätte er sich verarscht gefühlt. Sie fangen an zu reden. In der Regel vom Zeugnisheft und den Zeichnungen. Die Zerstörung Jerusalems, sagt sie. Mach was, er ist dein Sohn. Sie hetzt ihn auf, kennst du das?»

Ich sagte nichts.

«Er schmeißt brennende Streichhölzer auf die Bettdecke. Man muß dann liegenbleiben, als ob man schläft. Es fängt nicht an zu brennen, Stoff brennt schlecht. Dann kommen sie. Man könnte weglaufen vor ihnen, aber er würde sich verarscht fühlen. Es soll irgendwie sein wie ...»

«Eine Leistung und eine Belohnung», sagte ich.

«Genau. Er muß einen erwischen können, sonst läuft es völlig schief, er hält einen, aber sie tut's. Immer mit Bügel, den ganzen Rücken. Zuletzt den nackten Hintern, du weißt. Ich mußte nur dran denken. Vergiß es einfach wieder.»

Wir standen da, ohne etwas zu sagen. Er war noch nicht fertig.

«Ich laß mir nichts gefallen», sagte er. «Ich hab sie gewarnt. Das haben sie zum letzten Mal gemacht.»

Er hatte angefangen zu zittern.

«Ich könnte dich adoptieren», sagte ich, «wenn ich einundzwanzig bin. Du könntest bei uns wohnen, bei mir und Katarina.

Das Zittern kam von innen, doch es war viel größer als

der kleine dünne Körper. Ich stellte das Licht aufs Rohr und griff nach seiner Hand.

Es ging zu schnell, als daß ich etwas hätte tun können. Ich hörte den Laut, bevor ich etwas spürte. Der kleine Finger war es, es klang, als ob man einen Bleistift abbricht. Ich mußte auf die Knie, als der Schmerz kam, er hatte nicht losgelassen, er drückte weiter. Jetzt sah er direkt zu mir herunter, ich glaube, er erkannte mich nicht, der andere August hatte die Oberhand, vom ersten war beinahe nichts übrig.

«Mich faßt keiner an», sagte er.

Er drückte weiter auf meinen Finger und guckte mir in die Augen, um den Schmerz zu sehen.

«Weißt du, wie es zum Schluß ist?» sagte er. «Zum Schluß ist es toll. Wenn sie's lange genug macht, wird es schön, und man möchte sie bitten, noch weiterzumachen. Aber da kann man fast nicht mehr sprechen. Und dann kippt man um.»

Ich merkte, ich würde gleich ohnmächtig werden, und legte das Gesicht auf den Boden. Als ich aufsah, hatte er mich losgelassen und sich in sich selbst zurückgezogen. Er stand hinten beim Licht, mit dem Rücken zu mir, und sah in die Flamme.

Ich hatte geplant, durch ein Klappfenster ganz unten an der Südtreppe hinauszusteigen. Wir fanden es auch, doch es war, wie sich herausstellte, mit Drahtnetz gesichert. Normalerweise hätte ich das Netz abreißen können, jetzt aber war das nicht möglich wegen des Fingers.

Wir irrten nun längere Zeit herum, es gab mehr Tunnel, als ich von der Zeichnung her in Erinnerung hatte. Die meisten endeten blind, einige gingen im Kreis. Zu irgendeinem Zeitpunkt mußte ich die Kerze auswechseln.

Es kam nicht in Frage aufzugeben, ich war für August verantwortlich. Zu dem Zeitpunkt, als ich die Kerze auswechselte, war er kurz davor, mich im Dunkeln zu verlieren. Er nahm mich dann bei der gesunden Hand. Ich ließ es zu, doch ich versuchte, auf meine Finger zu achten.

Schließlich kamen wir durch die Sprunggrube hinaus.

Der Fachlehrer der Schule in Sport und Werken war Klastersen, er war Trainer der Juniorennationalmannschaft im Handball gewesen und war hochqualifiziert. Er hatte gesagt, sein Training werde sich darauf konzentrieren, die Vorderpartie aufzubauen, in einem halben Jahr hätten wir alle eine stärkere Vorderpartie. Dazu sei Geräteturnen besonders geeignet, sagte er, und ganz besonders, wenn man hohe Absprünge und tiefe Aufsprünge lernte. Er hatte darum dicke Matten verboten. Wenn man barfuß lief und auf harten Matten oder direkt auf dem Boden landete, konnte man sich eine sehr starke Vorderpartie antrainieren. Es kam jedoch ziemlich rasch zu etlichen Unfällen. Als bei einem Jungen namens Kåre Frymand beide Achillessehnen gleichzeitig rissen, wurde der Schule vorgeschrieben, dicke Matten zu verwenden und eine Sprunggrube anzulegen.

Die Grube war ein Kasten von vier mal vier Metern, drei Meter tief und in den Fußboden versenkt. Sie war unmittelbar nach dem Unfall eingebaut worden und hätte mit Sägespänen gefüllt werden sollen. Dies war jedoch nie geschehen, gewöhnlich lag sie ohne da und war zugedeckt.

Durch sie kamen wir jetzt nach oben. Sie war bis in die Leitungstunnel gebaut worden. Ganz unten an der einen Seite war eine Klappe. Von der Turnhalle kamen wir hinaus auf die Südtreppe, die wir dann hinaufgingen.

Es war sehr still. Wir waren der Schule sozusagen auf die Schliche gekommen, darum funktionierte sie nicht richtig, sie war wie gelähmt.

Aber sie wachte über uns, das spürte man. Ich verstand

jetzt zum ersten Mal, daß das Gebäude selbst zu Biehl gehörte. Die Wände sahen uns an.

Mit den Wänden war es so, daß sie nicht berührt werden durften. Es war verboten, sich an Wände und Türrahmen zu lehnen, wegen der Abnutzung, das hatte Biehl persönlich bei der Morgenandacht mitgeteilt. Immer hatte er sie beschützt, jetzt starrten sie uns an.

Doch wir gingen hinauf, ich tat es für August. Ich hatte das Gefühl, daß das Gesetz von der Gegenleistung kein Naturgesetz sein konnte. Wenn Menschen schwach und hilflos waren wie jetzt August, dann konnte es notwendig sein, etwas für sie zu tun, ohne eine Gegenleistung zu bekommen. Alles zu tun, egal, was.

Dennoch bekam man etwas zurück. Ich war hinunter- und dann hinaufgegangen, um ihm zu helfen und ihn zu beschützen. Jetzt war es so, als helfe er mir. Als könne man sich selbst befreien, indem man anderen half.

Ich kann es nicht besser sagen.

Wir kamen durch Hessens Klinik, es dauerte einige Zeit, bis man die Tür zum nächsten Raum aufhatte.

Dort war ich noch nie gewesen. Er war ungefähr so, wie ich gewußt hatte, daß er sein würde. Klein, mit Regalen, in denen sie die Bälle und Puzzlespiele aufbewahrte, die zur Untersuchung kleinerer Schüler gebraucht wurden. Außerdem ein grauer Aktenschrank.

Um ihn kümmerte ich mich nicht weiter. Das, wonach wir suchten, würden wir darin nicht finden. Trotzdem blieb ich einen Augenblick stehen und berührte ihn. Man hatte gewußt, daß er da war, ihn aber nie gesehen.

August stand hinter mir, ganz still. Ich drehte mich um, um etwas zu flüstern oder um ihm ein Zeichen zu geben, daß wir weitermußten.

Da sah ich direkt in den vorigen Raum, Hessens Klinik, die wir gerade verlassen hatten.

Wir hatten die Tür geschlossen, August hatte es getan. Trotzdem sahen wir jetzt beide durch die Wand in die Klinik. Als wäre die Wand nicht da.

Es war August, der die Hand danach ausstreckte. Sie wurde von etwas aufgehalten.

«Da ist Glas», sagte er.

Es war wie ein großes Fenster, doch ohne die Kerze zu reflektieren. Das Glas war nicht zu sehen, nur zu fühlen.

«Das ist die Rückseite des Spiegels», sagte ich, «der ist durchsichtig.»

Es war einige wenige Male vorgekommen, daß ich zur verabredeten Zeit in der Klinik gewesen, Hessen jedoch nicht dagewesen war, sondern eine der Assistentinnen. Der Ablauf war dann etwas anders gewesen. Man hatte ganz unverbindlich erzählt, was seit dem letzten Mal passiert war.

Jetzt begriff ich, daß bei diesen Gelegenheiten, wenn man sich entspannt und einfach mit den Assistentinnen geredet hatte, die viel jünger waren als Hessen, sie selbst in diesem Raum gesessen hatte, hinter dem Spiegel, um ungestört alles beobachten zu können. Es war souverän.

Biehls Büro und das Lehrerzimmer und die Bibliothek und die Aula und die Klinik des Amtsarztes lagen auf dem Flur im fünften Stock. Es gab eine Tür vom Flur direkt in Biehls Büro. Vor dieser Tür warteten die, die hinaufgeschickt worden waren, um bestraft zu werden. Auf diese Weise vermied man, daß sie im Schulbüro, wo die Sekretärin saß, störten. Gleichzeitig erschwerte es die Strafe, daß sie auf dem Flur warten mußten, wo andere Lehrer vorbeigingen und sie sahen.

Die Tür gehörte zum Hauptschlüsselsystem, doch nur

Biehls Schlüssel paßten. Das Schloß kostete darum etwas Zeit, vor allem, weil ich nur eine Hand benutzen konnte. Von der Kerze war nur noch ein bißchen übrig. Ich machte sie aus, wir würden den Rest brauchen, um die Papiere zu finden.

Als es dunkel wurde, kam er dicht an mich heran.

«Hier ist nichts zu holen», sagte er.

Man erkannte seine Stimme nicht wieder.

Mir fiel nichts ein, um ihm zu antworten.

«Ich geh heim», sagte er.

Er ging los, hinaus ins Dunkel, dann lief er. Er mußte vergessen haben, wo er war, er lief wie ein Blinder, aber sehr schnell. Er prallte gegen einen Türrahmen, kam aber wieder hoch und lief weiter. Am Ende des Flurs lief er gegen das Handwaschbecken. Ich hörte, wie er mit den Zähnen aufschlug.

Ich ging zu ihm, er lag auf dem Rücken. Ich fühlte an der Hand, daß er aus dem Mund blutete. Ich konnte ihn wegen der Sache mit der Hand nicht tragen, also zog ich ihn rückwärts. Ich zog mein Hemd aus und setzte ihn an die Wand und brachte ihn dazu, sich das Hemd vor den Mund zu halten. Dann machte ich das elektrische Licht an.

Es war riskant, aber absolut nicht zu vermeiden.

Andersen, ich meine, Lemmy, wohnte in einem kleinen Haus auf der anderen Seite des Südhofes. In seiner Diele hatte er eine Kontrolltafel mit Lampen, die zeigten, wo in der Schule Licht brannte. Sie war installiert worden, gleich nachdem ich kam, bestimmt um Strom zu sparen. Man konnte sie durch seine Fenster sehen.

Ich wußte also, daß jetzt, als ich auf den Lichtschalter drückte, bei ihm eine Lampe aufleuchtete. Es war jedoch unvermeidlich.

Die Reinmachefrauen an der Schule waren besonders

ausgewählt und hochqualifiziert. Sie waren eingestellt worden, als Biehl die Schule in den bescheidenen Räumlichkeiten an der Jacobys Allé in Frederiksberg eröffnet hatte, und hatten seitdem seinen Aufstieg begleitet. Es herrschte ein vertrauliches Verhältnis zwischen ihnen und der Schulleitung. Sie hatten immer jede Spur von Rauchen oder verbranntem Zelluloid oder andere Zeichen von Vandalismus gemeldet. Sie sahen Dinge, die andere Menschen nicht sahen; es war schwer, etwas vor ihnen zu verbergen. Sie hätten Augusts Blut auf der Stelle gesehen, ich war gezwungen, es aufzuwischen. Ich bearbeitete den ganzen Flur mit meinen Socken, das war das einzige, was ich hatte. Dann zog ich sie wieder an.

Als ich zurückkam, saß August da und guckte auf die gegenüberliegende Tür. Sie führte zu Biehls Wohnung. Er hatte seine Dienstwohnung in der obersten Etage, das wußte man, auch wenn man nie dort gewesen war. Die Tür zur Treppe war gegenüber seinem Büro, sein Name stand daran. Es war die einzige Tür in der Schule mit einem Namen daran. Um zu zeigen, daß hier der allgemeine Teil der Schule aufhörte. August saß da und sah das Schild an und hielt sich das Hemd vor den Mund. Er sagte nichts. Ich machte das Licht wieder aus. Ich schloß auf, und wir gingen ins Büro.

Ich war bis dahin zweimal dort gewesen, das eine Mal, als sie mich August vorstellten, das andere Mal, und zwar früher, um bestraft zu werden. Es war das erste Mal gewesen, daß ich an der Schule geschlagen worden war. Ich war fünfmal in einem Monat zu spät gekommen. Damals hatte sich die Krankheit verschlimmert.

Wir waren mehrere gewesen, ich und Jes Jessen und noch einer. Es war normal, daß Biehl zwei oder drei auf einmal bestellte, um Zeit zu sparen. Es lag ein Teppich mitten im

Raum. «Ihr sollt nicht auf dem Teppich stehen», hatte er gesagt. «Wir müssen nicht alles abnutzen, wenn wir es vermeiden können.»

Man sollte mit den Händen auf dem Rücken dastehen, um nicht in die Versuchung zu kommen, das Gesicht zu schützen. Er selbst ging auf und ab, während er sich warmredete, ebenfalls auf dem Teppich. Man hörte nicht auf die Worte. Ich hatte mehr auf die Farbe seiner Haut geachtet, ich hatte es gewußt, als der Schlag kam. Trotzdem hatte es einen überrascht. Jes war umgefallen, ich aber hatte mich aufrecht gehalten.

Ganz automatisch ging man auch jetzt um den Teppich herum und weiter zum Tisch. August stellte sich in eine Ecke. Er war ruhiger geworden, nachdem er sich verletzt hatte, man sah, daß er sehr müde war. Das hing damit zusammen, daß er nichts gegessen hatte.

Es war ganz einfach, die Truhe zu öffnen – als wäre sie nicht verschlossen. Niemals, niemals hätten sie damit gerechnet, daß jemand diese Übertretung wagen würde. Sie hatten an so vieles gedacht, sie hatten sich gegen beinah alles abgesichert, doch dagegen nicht.

Normalerweise wäre es auch nicht dazu gekommen. Diese Truhe zu öffnen hieß, das Vertrauen seiner Kameraden zu enttäuschen, und daß man es heimlich tat, daran erinnerten einen die Raben auf dem Deckel. Daß es eine Gerechtigkeit gab, vor der man nichts verbergen konnte.

Doch jetzt war das Ziel, August zu beschützen.

Ich machte das Licht nicht an, es war heller Mondschein. Ich konnte die Buchstaben auf den Mappen sehen, die die Akten enthielten. Sie waren alphabetisch geordnet, wie in einem Telefonbuch, nur nicht so dicht.

«Die Glocke läutet nachts nicht», sagte August.

Ich hatte nicht daran gedacht, bevor er es sagte.

«Es ist so, wie sie sagt», sagte er. «Hier herrscht eine andere Zeit, wenn es nicht läutet. Als ob es keine Zeit gäbe.»

Ich zeigte hinaus auf den Mond.

«Die Zeit ist in die Welt eingebaut», sagte ich. «Der Mond geht auf und geht unter, es ist ein System, wie eine Uhr.

«Aber er läutet nicht jedesmal die Glocke, wenn fünfzig Minuten um sind», sagte er.

Die Mappe war dick, ich zündete die Kerze an. Er kam nicht näher.

«Das geht keinen was an», sagte er. «Stimmt's?»

Da war ein Umschlag mit seinen Schulpapieren. Er war auf eine normale Schule am Slotsherrensvej in Rødovre gegangen. Ich überblätterte sie. Dann kamen die Testergebnisse von den schulpsychologischen Untersuchungen und der Bericht des Schularztes. Danach kam etwas von der Sozialverwaltung und dann zwei Umschläge von der kinderpsychologischen Klinik des Reichshospitals. Sie hatten ihn zweimal untersucht. Ich guckte nichts davon an. Als vorletztes kamen die Papiere von Biehls Privatschule, einige Briefe. Beim ersten Mal überging ich sie. Als letztes lagen da einige maschinengeschriebene Seiten und ein paar Fotografien. Es waren seine Eltern.

So gesehen kannte ich die Bilder gut, von seinen Zeichnungen. Er hatte sie sehr oft und sehr genau gezeichnet, ich muß es gewußt haben. Es war Schrot gewesen, das zu sehen konnte man nicht umhin, das hatte man auch schon früher gesehen, wenn auch nicht in dem Ausmaß. Sie lagen dicht beieinander, in Abendkleidung, sie waren wohl ausgegangen gewesen und dann nach Hause gekommen und zu ihm hingegangen, in seinem Klappbett. Und da hatte er gelegen und auf sie gewartet.

«Jetzt wissen sie es», sagte er.

Er hatte die Bilder nicht angesehen, auch mich nicht, er hatte aus dem Fenster geguckt, zum Mond.

«Inwiefern?» sagte ich.

«Jetzt wissen sie, daß ich mir nichts gefallen laß.»

Wir hatten so gut wie keine Zeit, man war gezwungen, klar und offenherzig zu sein.

«Sie sehen ziemlich tot aus», sagte ich.

«Die sind schon okay», sagte er, «war nur zur Erinnerung.»

Die maschinengeschriebenen Papiere waren die dem Polizeibericht beigelegte Erklärung des Bevollmächtigten der Kinder- und Jugendfürsorge, der immer anwesend sein mußte, wenn man verhört wurde und unter fünfzehn war, das hatte ich auch erlebt. Es war keine Zeit, sie jetzt zu lesen. Blieben noch die Papiere von hier bei Biehl.

Es waren mehrere Briefe, von verschiedenen Behörden, ich versuchte, sie zu lesen, es ging nicht. Wir waren spät dran, bald würden die Reinmachefrauen kommen, und das mit meiner Hand machte die Sache nicht leichter. Es war auch eine schwierige Sprache, für die man Zeit brauchte. Man bekam das gleiche Gefühl wie bei den standardisierten Lesetests, man spürte, wie langsam man war. Vor allem aber wegen August war es schwer.

Er stand neben mir und guckte aus dem Fenster und war zu. In die Papiere zu gucken war, als ob man in ihn hineinsah.

Ich konnte jedoch nicht umhin, etwas zu sehen. Zwei der Briefe waren von Baunsbak-Kold, Kopenhagens Stadtschulrat. Das war das eine, was ich sah. Das andere war das, weswegen wir gekommen waren. Es ging um Augusts Probezeit. Ich las es mehrere Male, um es auswendig zu lernen.

«Du bist auf unbestimmte Zeit hier», sagte ich, «du bist in Sicherungsverwahrung.»

Ich las es ihm vor: «... nach Rücksprache mit der Kinder-

und Jugendfürsorge, dem Unterrichtsministerium, dem Dänischen pädagogischen Institut, der Kopenhagener Schulbehörde und der Dänischen Lehrerhochschule erklärt sich die Verwaltung hiermit einverstanden, daß die Schule August Joon zur Sicherungsverwahrung auf unbestimmte Zeit in ihre Internatsabteilung aufnimmt.»

«Warum haben die so viele Stellen gefragt?» sagte er. «Was soll das?» Darauf antwortete ich nicht, es war keine Zeit, darüber zu spekulieren.

«Deine Probezeit ist nie zu Ende», sagte ich. «Du mußt durchhalten, wir schaffen das schon, uns fällt was ein.»

Da sah ich etwas Drittes. Es sah aus wie ein Strafregisterauszug, mit Augusts Namen. Das war unmöglich. Wenn man noch keine fünfzehn war, konnte man nicht ins Strafregister kommen. Ich wußte alles darüber, es war eine Regel. Dann sah ich, woher es kam. Es war ein Auszug aus dem Erziehungsregister. Darin stand ein kurzer Bericht über Augusts Fall.

Man sollte es nicht für möglich halten. Ins Erziehungsregister hatten nur der Beauftragte des Kinder- und Jugendschutzes und die Polizei Einsicht. Sie benutzten es zusammen mit dem Strafregister. Diejenigen, die keine Eintragung ins Strafregister bekommen konnten, weil sie zum Beispiel noch nicht fünfzehn waren, die standen im Erziehungsregister, so zum Beispiel all die Male, die man auf eine Polizeiwache zum Verhör gebracht worden war, auch wenn sie einen nicht anklagten. Es hätte streng vertraulich sein müssen. Trotzdem war da ein Auszug über August.

Ich legte die Akte zurück. Für eine Sekunde machte ich das elektrische Licht an, um mich zu vergewissern, daß er nicht auf den Boden oder den Teppich getropft hatte. Da sah ich, daß an der einen Schreibtischschublade ein Druckzylinderschloß war.

Das war ganz normal. Biehl war Schulleiter, in seinem Schreibtisch mußte es eine verschlossene Schublade für Briefmarken und vielleicht kleinere Geldbeträge geben. Es gab keinen Grund nachzugucken, außerdem hatten wir es eilig.

Dennoch tat ich es. Vom Tisch nahm ich eine Büroklammer und benutzte den Dünnblechschlüssel zum Umdrehen. Ich weiß nicht, warum ich es tat, wahrscheinlich aus Gewohnheit.

Vielleicht doch nicht aus Gewohnheit. Vielleicht war es ein Versuch, in Biehl hineinzusehen.

Alle Papiere an der Schule hatten immer von anderen gehandelt als von ihm, ohne Ausnahme. Und niemals hatte er etwas über sich persönlich gesagt.

Darum hatte man seine Erinnerungen gelesen. Die Bibliothek hatte vier Exemplare, die Leihfrist betrug eine Woche. Sie waren neun Monate lang ununterbrochen ausgeliehen gewesen, auch von Leuten, die sonst nicht lasen, nicht mal das, was sie aufhatten. Und nicht einmal da hatte ein Wort über ihn persönlich gestanden.

Man konnte nicht umhin zu denken, daß in der Schublade vielleicht etwas war, was von ihm handelte.

Es war keine tiefe Schublade. Sie enthielt einen Stapel unbeschriebener Bögen des Schulpapiers. Unter dem Stapel lagen zwei von den gleichen Bögen, aber beschrieben.

Ich sah zu August hinüber. Er hatte sich hingesetzt, er war kurz davor, auf dem Stuhl einzuschlafen. Er hatte schon angefangen, sich zu winden, so, wie wenn sein Alptraum näherkam. Da ich sicher war, daß er nichts sah, nahm ich die beiden untersten Bögen. Dann schloß ich die Schublade wieder ab.

Ich hob ihn auf, doch wegen der Hand konnte ich ihn nur stützen. Seine Beine bewegten sich, der Rest von ihm schlief.

«Wo liegt morgen?»
So hat sie mich gefragt.

5

Wenn Kinder weinen, erzählt man ihnen von morgen. Wenn sie sich weh tun und nicht zu trösten sind, selbst wenn man sie auf den Arm nimmt, dann erzählt man ihnen, wo sie morgen hingehen, wen sie besuchen werden. Man verschiebt ihre Aufmerksamkeit vom Weinen auf den nächsten Tag, man bringt die Zeit in ihr Leben.

Die Frau kann es gewissermaßen schonend. Ohne etwas Besonderes zu versprechen, nimmt sie das Kind behutsam mit in die Zukunft. Als wolle sie sagen, daß wir alle die Zeit kennenlernen müssen. Daß man vielleicht doch erwachsen werden kann, ohne Schaden zu nehmen.

Ich selbst spreche mit dem Kind nie von der Zeit. Wir reden über anderes, wenn auch nicht sehr vieles, und nie über morgen. Für mich ist das unmöglich. Morgen können wir ausgelöscht sein. Man erinnert sich an die vielen Male, wo man nicht halten konnte, was man versprochen hatte. Spricht man von Zeit, wird man immer etwas versprechen. Darum ist es besser, nichts zu sagen, egal, was.

Dennoch kommt sie ziemlich oft zu mir. Selten, um sich etwas erklären zu lassen, oft aber, um mir etwas zu sagen.

Wenn sie zu mir kommt, setze ich mich auf den Fußboden. Es kommt mir falsch vor, sie zu überragen, wenn sie mit mir spricht. Statt dessen setze ich mich hin, unsere Köpfe sind dann auf gleicher Höhe.

«Wo liegt morgen?»

Ich wußte, was sie meinte. Sie hatte verstanden, daß es eine Veränderung im Raum gibt, daß sich Orte voneinander unterscheiden. Jetzt hatte man die Zeit in ihr Leben gebracht, die aber verstand sie nicht. Da versuchte sie, diese mit Hilfe des Raums zu erklären, den sie verstand.

Katarina sagte das gleiche, in einem Telefongespräch, nach der totalen Trennung. Meist war sie es, die sprach, denn das Risiko war für sie geringer.

Sie sagte, sie habe darüber nachgedacht, wie man sich an seine Vergangenheit erinnert. Man erinnerte sich an eine Linie von Begebenheiten und Jahreszahlen, sagte sie, von dem Punkt aus, wo man jetzt stand, nach hinten. Also eine Zeitlinie. Diese konnte verschiedene Farben habe, je nachdem, was man erlebt hatte, zum Beispiel, wenn man jemanden verloren hatte, war sie schwarz, an anderen Stellen heller. An einigen Stellen auf der Linie war die Zeit schnell vergangen, an anderen Stellen langsamer. Aber bis weit nach hinten war sie immer noch eine Linie. Jedoch nicht bis ganz nach hinten, nicht für sie jedenfalls, und wie war wohl das bei mir? Sie bat mich, darüber nachzudenken.

Für sie, sagte sie, und vielleicht für alle, löste sich die Linie auf, wenn man weit genug nach hinten ging. Wenn man bis ganz zurück in die Kindheit ging, gab es keine Linie mehr, eher eine Landschaft von Begebenheiten. Man wußte ihre Reihenfolge nicht mehr, sie hatten vielleicht keine, sondern lagen verstreut da wie auf einer Ebene. Sie meinte, diese Ebene stamme von damals, als die Zeit noch nicht in die eigene Welt gekommen war.

Sie bat mich, darüber nachzudenken.

«Könnten wir August danach fragen», sagte sie, «wie das bei ihm ist, ob da auch eine Ebene ist oder was?»

Als ich auf dem Fußboden vor dem Kind saß und sie mich nach morgen fragte, begriff ich, daß sie noch auf der Ebene stand, aber im Begriff war, in die Tunnel zu gehen, wo sich die Zeit befindet.

Ich wollte sie so gern verstehen, ich versuchte, in ihrem Gesicht die Zeit zu sehen. Doch ich konnte ihr nichts sagen, konnte nicht antworten. Ich wußte selber nicht, wo morgen liegt. «Ich weiß es nicht», sagte ich.

Da sah ich, daß sie keine Antwort brauchte, daß das nicht wichtig war. Das Wichtigste war, daß ich mich auf den Boden gesetzt und ihr zugehört hatte.

Sie blieb stehen. Ich hatte das Gefühl, es würde vielleicht niemals wichtig sein, was ich zu ihr sagte. Sie würde es nie bewerten oder so genau nehmen. Man konnte sich vielleicht erlauben, langsam und unpräzise und sogar unwissend zu sein, ohne bestraft zu werden, sie würde trotzdem einen Augenblick stehenbleiben und nicht weggehen.

Ich fragte August, wie er sich erinnerte.

Es war in der Nacht, eine Woche, nachdem ich zum letzten Mal bei ihm gewesen war. Sie sahen ein paarmal nach ihm, bevor das Licht ausgemacht wurde, es hatte mich eine Woche gekostet, ihren Zeitplan herauszufinden. Der hatte sich als sehr genau festgelegt erwiesen. Flakkedam und die neue Inspektorin wechselten sich ab, sie kamen stündlich, jeweils um die volle Stunde, und nur weil sie so regelmäßig waren, konnte ich ihnen aus dem Weg gehen.

Ich kam kurz nach neun, nachdem er seine Medizin bekommen hatte, wir hatten jetzt Zeit bis 21.30, dann drehte Flakkedam seine Runde und machte das Licht aus.

Er lag auf dem Rücken und guckte zur Decke.

«Sie haben auf drei Mogadon erhöht», sagte er, «du mußt dich beeilen, wenn du noch was sagen willst.»

Es gab nichts, was ich hätte sagen wollen, ich stand nur da und sah ihn an, seine Haut war wie Papier. Am Diakonissenhaus war eine Aufnahmestation für verlassene Säuglinge gewesen, dort hatten sie Brutkastenkinder, die kleiner waren als alle anderen und dennoch aussahen wie alte Männer. Sehr klein und doch sehr alt. Genauso sah er aus.

Ich hatte die beiden äußeren Finger mit Pflaster zusammengeklebt, so tat es am wenigsten weh. Der kleine Finger hätte wohl in Gips gehört, doch dann hätten sie Verdacht geschöpft. August tat so, als sehe er es nicht.

Er sah aus, als habe er Fieber. Ich fühlte seine Stirn, wobei ich seine Hände im Auge behielt. Er war kalt.

«Was passiert, wenn man gar nichts mehr ißt?» sagte er.

«Zwei Tage hat man Hunger», sagte ich, «dann tut es zwei Tage weh wie bei einer Krankheit, danach wird es gut. Bis man so schwach wird, daß sie es merken und man gezwungen wird, etwas zu essen.»

Am Nødebogård waren auch Mädchen gewesen, einige von ihnen litten an Magersucht. Indem sie sich den Bauch mit Kissen ausstopften und zwei Pullover darüber anzogen, hatten sie ein paarmal die Entdeckung so lange hinausschieben können, daß sie nur noch gerade so überlebt hatten. Das erwähnte ich nicht; es gab keinen Grund, ihn zu ermutigen.

Er wurde allmählich müde. Er fragte mich, ob ich etwas von Katarina gesehen hätte. Ich sagte, sie hätte mich gebeten, ihn etwas zu fragen. Ich erklärte ihm, wie man sich ihrer Meinung nach an seine Vergangenheit erinnert. Wie erinnerte er sich an seine?

«Genauso wie ihr», sagte er. Er erinnerte sich auch an eine Linie, daran war nichts Ungewöhnliches.

Mir kam ein Verdacht.

«Wo fängt sie an», sagte ich, «was ist das erste, woran du dich erinnerst?»

«Das erste ist das Büro», sagte er, «daß ich im Büro stehe und dich sehe, da fängt es an.»

«Das ist erst zweieinhalb Monate her», sagte ich, «was ist mit der Zeit davor?»

«Davor ist nichts», sagte er, «nur ein Loch.»

Ich wollte nicht weiterfragen. Ich blieb neben ihm stehen, ohne zu sprechen.

Er schlief. Die Augen hatten sich nicht ganz geschlossen, da war ein Spalt. Man sah die Pupille, während man gleichzeitig an seinen Atemzügen hörte, daß er schlief. Also mit halboffenen Augen. Es wirkte verkehrt, ich legte einen Finger auf jedes Augenlid und schloß sie vorsichtig.

Ich hätte gern länger dort gestanden, doch das war nicht möglich, jeden Augenblick konnte Flakkedam kommen.

Er schlief, da bin ich sicher, trotzdem muß ein Teil von ihm wach gewesen sein, eine der Personen in ihm. Als ich bei der Tür war, rief er nach mir, er flüsterte.

«Wenn man sich erinnert», sagte er, «und eine Vergangenheit hat, dann kann man die Schuld kriegen und bestraft werden. Wenn man sich an nichts erinnert und also die Zeit nicht hat wie andere Menschen, dann ist man etwas in Richtung geisteskrank, dann kommt man in Sicherungsverwahrung, dann gibt es eine Chance.»

Am nächsten Morgen wurde ich in Biehls Büro hinaufgerufen. Auch Fredhøj war dort. Sie sagten, das Oberpräsidium habe jetzt geantwortet und die Schule sei daraufhin mit der Kinder- und Jugendfürsorge zu einer Entscheidung über meine Zukunft gekommen. Man werde ein geeignetes Fürsorgeheim für mich finden, im Laufe von einigen Wochen. Das war definitiv, ein Richter hatte es bestätigt.

6

Die zweite Realklasse, in die Katarina ging, stand bei der Morgenandacht zwei Reihen hinter unserer Klasse. Fredhøj kontrollierte die Reihen, bevor Biehl hereinkam und anfing. Die Leute hatten feste Plätze, doch war es immer schwer gewesen, am Ende der Reihen eine strenge Ordnung zu halten, an der Grenze zwischen einer Reihe und der nächsten. Die, die zuletzt kamen, konnten sich nicht an ihren richtigen Platz drängen, sondern blieben ganz außen stehen.

Neun Tage nach der totalen Trennung kam Katarina im letzten Augenblick, aber ohne direkt zu spät zu kommen. Sie stand dann ein kleines Stück vor mir, beinah neben Fredhøj. Das dämpfte die Aufmerksamkeit von ihnen. Sie konnten sich nicht vorstellen, daß sie etwas versuchen würde.

Jeder Schüler brachte zur Morgenandacht sein eigenes *Volkshochschulgesangbuch* mit. Es gab die Anordnung, daß es eingebunden sein mußte, damit es sich nicht abnützte. Sie öffnete es so, daß ich nicht umhin konnte, es zu sehen, schirmte es aber ab, so daß nur ich es sah. Es war klein geschrieben, um das Risiko der Entdeckung zu verringern, es kostete mich die ganze Morgenandacht, es zu lesen. Da stand: «Wie heißt dein Vormund?»

Alle elternlosen Kinder und alle Kinder, die unter die Fürsorgeerziehung fielen und deren Eltern man das Sorgerecht entzogen hatte, bekamen einen Vormund, das war eine Regel.

Normalerweise war es ein Jurist oder eine Juristin am Oberpräsidium. Ich hatte meine einmal gesehen, und zwar, als der Sozialausschuß mich für unbestimmte Zeit ins Himmelbjerghaus geschickt hatte, damals hatte sie mir das mitgeteilt. Sie hatte gesagt, wie es war, daß sie zwischen zwei- und dreihundert Kindern als Vormund zugeordnet war, formal sei sie also meine Mutter und mein Vater. Dennoch sei es nicht möglich, sich noch einmal zu treffen, es sei denn, ich wollte heiraten, bevor ich achtzehn wäre, oder ich hätte ein Vermögen zu verwalten. Seitdem hatte ich sie nicht mehr gesehen.

Es war zu umständlich, das Katarina zu erklären. In mein Gesangbuch schrieb ich nur «Johanna Buhl, Oberpräsidium». Drei Tage später bewegte ich mich eine Reihe nach hinten und hielt das Buch hoch, niemand bemerkte etwas.

Am nächsten Tag wurde ich ans Telefon gerufen, um einen Anruf entgegenzunehmen.

Es gab zwei Telefone an der Schule, die Schülern zugänglich waren, beide im Annex angebracht, eines bei den Jungen und eines bei den Mädchen.

Sie liefen beide über die Vermittlung in Biehls Vorzimmer, doch es waren Münztelefone. Man konnte von ihnen aus frei telefonieren und sprechen, und zwar in der großen Essenspause von 11.40–12.30 und nach Beendigung der obligatorischen Schulaufgaben, um 20.15–20.50. Der Anruf für mich kam um 12.05. Ich war draußen auf dem Hof und wurde von einem der kleineren Schüler geholt. Flakkedam hatte ihn geschickt, er sagte, mein Vormund sei am Telefon.

Der Hörer lag auf dem kleinen Tisch mit den Telefonbüchern. Es war das erste Mal an der Schule, daß jemand mich anrief, außer zweimal ein Vertreter der Fürsorge. Ich selbst hatte auch nirgends angerufen. Das Telefon hing frei an der Wand, es gab keine Zelle, darüber war ich froh. Nach der Sache mit Valsang hatte ich für kleine Räume nicht viel übrig.

Es war Katarina.

Die Telefone waren angebracht worden, als ich ein Jahr an der Schule war. Bis dahin war es schwierig gewesen, die Erlaubnis zum Telefonieren zu bekommen, es mußten zwingende Gründe vorliegen, und man telefonierte immer im Schulbüro. Man stand da und redete, und es herrschte Druck, Leute kamen vorbei, die Sekretärin hörte alles, und man wußte, man blockierte das Schultelefon. Biehl hatte bei der Morgenandacht gesagt, Telefone seien im Prinzip nur für kurze und lebenswichtige Mitteilungen da.

Katarina mußte die Vermittlung angerufen und gesagt haben, sie sei Johanna Buhl. Das war die einzig mögliche Erklärung. Sie hatte vom Telefon der Mädchen im Büro angerufen, und die hatten geglaubt, das Gespräch komme von außen, und sie hinunterverbunden in den Jungentrakt.

Einige Zeit lang redeten wir überhaupt nicht. Wir standen mit dem Hörer da. Ich konnte sie atmen hören, regelmäßig, deutlich, beinahe wie eine Uhr. Ich hatte nicht geglaubt, daß ich noch einmal mit ihr reden würde, niemals.

«Kommst du zurecht?» sagte sie.

«Ja», sagte ich. «Aber August nicht.»

Es kam keine Vorwarnung, nur ein Klicken, und die Verbindung war unterbrochen. Vielleicht hatte jemand sie überrascht.

Sie rief mich wieder an.

Es war am nächsten Tag, nach den Schulaufgaben. Ich selbst hob den Hörer ab, ich stand direkt neben dem Telefon, als es klingelte. In gewisser Weise hatte ich es wohl erwartet.

Seit den Sommerferien hatte ich die Aufgabe gehabt, den Abfall aus der Küche wegzubringen und in die großen Mülltonnen hinter dem Annex zu leeren. Diese Arbeit war begehrt. Sie war schnell überstanden, außerdem standen die Mülltonnen in einer Entfernung, wo man eine Zeitlang hängenbleiben konnte und wo man nicht zu sehen war. Ich hatte sie zur Belohnung bekommen, für zwei Jahre ohne Strafe oder Tadel.

Nach der Katastrophe in der Kirche war ich zu anfallenden Arbeiten im Haus eingeteilt worden. Das wurde nicht kommentiert, doch der Sinn war, mich unter ständiger Aufsicht zu haben. Es war eine Erleichterung. Wegen der Sache mit den Fingern war es schwierig für mich geworden, schwere Arbeiten zu verrichten. An dem Tag, als Katarina anrief, hatte ich Türangeln geölt und hatte nach dem Abendessen weitergemacht, um in der Nähe des Telefons sein zu können.

An der Königlichen Erziehungsanstalt war es verboten gewesen, die Schüler von außen anzurufen, es sei denn, jemand war umgekommen oder dergleichen. Sie wollten nicht, daß die Widerstandskraft, die die Schule aufzubauen versuchte, geschwächt wurde.

Also wurden die Leute nur dann ans Telefon gerufen, wenn es in ihren Familien ein ernstes Problem gab. Oder wenn die Sozialverwaltung oder die Polizei mit ihnen reden wollte, was schlimmer war.

Man hatte sich deshalb daran gewöhnt, daß das Telefon zur Beaufsichtigung der Schüler gehörte. Und nur von Lehrern und der Schulleitung benutzt wurde.

Als ich mit dem Hörer dastand und am anderen Ende Katarina war, war es plötzlich anders, beinahe das Gegenteil.

Gewöhnlich standen die Leute Schlange, an diesem Tag war niemand da. Als es klingelte, hob ich den Hörer ab, bevor jemand etwas hätte hören können.

Sie war außer Atem. Sie hatte wohl gewartet, bis niemand mehr zu sehen war, und dann war sie zum Telefon gerannt. Den ganzen Herbst hatte sie Gartenarbeit gehabt. Sie mußten jetzt auch sie für den Innendienst eingeteilt haben.

Wieder dachte ich, daß ihr Atmen wie eine Uhr war, daß es die kurze Zeit maß, die wir zusammensein konnten.

Wir sagten nichts, wir standen nur da und lehnten uns an den Laut des anderen, der atmete.

Dann aber erzählte sie mir, daß man sich in Form einer Linie erinnerte, die hinten in einer Ebene endete. Zwischendurch tutete der Automat einmal, und sie steckte Geld hinein. Wo hatte sie das her?

«Können wir uns treffen?» sagte sie.

Das hatte ich gründlich durchdacht, für den Fall, daß sie fragen würde. Es gab nur eine Möglichkeit, sagte ich, und zwar nachts, ich könnte ihr aus dem Fenster helfen und hinunter, würde sie das schaffen?

«Sie haben mich verlegt», sagte sie. «Ich schlafe im Zimmer der neuen Inspektorin.»

Sie hatte es ganz leise gesagt, trotzdem war es so, als sei etwas Großes herangerast, wie ein Zug, und jetzt vorbeigefahren, und mit dem Zug auch die letzte Chance, sie zu sehen.

«Ich bin in vierzehn Tagen weg», sagte ich. «In einem Fürsorgeheim.» Der Hörer wurde aufgelegt. Es kam kein Geräusch wie beim letzten Mal. Einen Augenblick war die Verbindung da, im nächsten war sie unterbrochen.

Ich blieb eine Zeitlang am Telefon stehen, doch es passierte nichts.

7

Zwei Tage hintereinander saß ich in der großen Pause in der Bibliothek. Unter anderen Umständen wäre es mir verboten worden, doch wegen des Schnees war der Rhythmus der Schule verändert.

Es hatte still vor sich hin geschneit, aber Tag und Nacht, sie waren nicht nachgekommen. Andersen schippte Schnee und streute Sand und Salz, unterstützt von den Internatsschülern, die Pflichten außer Haus hatten. Über dem Hof lag eine Eisdecke, und es gab hohe Wälle aus Schnee. Aus diesem Grund wurde den jüngeren Klassen erlaubt, oben zu bleiben. Die Leute brauchten wegen ihrer nassen Sachen länger, um in die Klassen zu kommen, man bemerkte insgesamt eine Veränderung des Zeitplans.

Sowohl Fredhøj wie Karin Ærø sahen mich in der Bibliothek, doch es wurde nichts gesagt. Vielleicht dachten sie, daß ich schon genug bestraft sei, daß man mir nicht noch etwas tun könnte.

Ich saß da und guckte in die alten Nummern des blauen Buches, das Jahrbuch der Schule. In jedem Buch war ein Bild von jeder Klasse. Ich betrachtete die alten Bilder von ihrer Klasse. Seit sie in die erste Klasse gekommen war und aufwärts.

In diesen Tagen sah ich sie auch bei der Morgenandacht. Es tat weh, sie direkt anzusehen. Bei den Bildern war es leichter.

Damals hatten die Mädchen Rattenschwänze, auch sie, sonst war sie sie selbst.

Abgesehen davon, daß sie lächelte. Es gab acht Bilder, von 1963 bis 1971. 1970 fehlte sie. Die Schulfotos wurden im April gemacht, als sie fort gewesen war. Auf den ersten sieben Bildern hatte sie gelächelt. Nicht sehr, aber trotzdem. So daß man klar sehen konnte, aus was für einem Zuhause sie kam, und wie es ihr ergangen war. Man konnte verstehen, warum sie von einer hellen Ebene gesprochen hatte.

Dann kam das Jahr, in dem sie fehlte. Und schließlich das letzte Bild, von diesem Jahr. Darauf lächelte sie nicht. Und ihre Kleidung war anders. Man sah nur ihren Oberkörper, doch sie hatte einen der weiten Pullover an.

Ich legte die Bücher so nebeneinander, daß man sie alle auf einmal sehen konnte. Wie eine Zeitlinie.

Man mußte unwillkürlich denken: Was wäre, wenn man sie damals gekannt hätte, was wäre dann geworden? Vielleicht hätte man etwas aufeinander achten können. Sie hätte mich zu sich nach Hause einladen können, ich hätte ihre Eltern kennenlernen können, und als die Katastrophe anfing, hätte ich ihr helfen können.

Das dachte ich, ich hätte ihr helfen können. Dabei konnte ich nicht einmal mir selber helfen.

Ich sah die Bilder an, schließlich war es so, als wäre man mit ihr zusammen aufgewachsen. Als wäre man nicht erst mit einem Ruck und wie im Fieber gewachsen, als man zu Biehl kam, sondern immer dort gewesen und zusammen mit ihr still und ruhig gewachsen, so daß man jetzt zusammengehörte.

Ich hatte mir Fotografien nie länger angeschaut. Man hätte annehmen sollen, daß sie sich veränderten, wenn man das Licht der Aufmerksamkeit auf sie richtete. Daß sie schwächer würden, ebenso wie die Furcht. Das war nicht der Fall. Sie wurden statt dessen tiefer und tiefer. Ich saß da und sah sie zwei Tage hintereinander an. Ich wäre auch am dritten Tag hinaufgegangen, wenn es nicht wieder angefangen hätte zu schneien und wir nicht hinausgeschickt worden wären zum Laufen.

8

Das Zweitbeste, um die Vorderpartie zu stärken, nach dem Geräteturnen, war Leichtathletik, vor allem die Wurfdisziplinen, das war im Winter jedoch schwieriger, weil sie im Freien stattfand.

Die einzige Ausnahme davon war Laufen. Klastersen hatte der Juniorennationalmannschaft beigebracht, im Winter auf den gefrorenen Mooren und Seen zu trainieren, und schöne Ergebnisse erzielt. Das war eines seiner Prinzipien: Wenn man lief, gab es kein Wetter, bei dem man nicht draußen sein konnte.

Also hatte man Lauftraining zu allen Jahreszeiten, er hatte jedoch eine Vorliebe für Schnee. Bei Schnee konnte man ziemlich sicher sein, daß man auf jeden Fall die erste halbe Stunde durch den Park laufen würde.

Er selbst lief vorneweg. Das bedeutete, wenn man nicht zur Spitzengruppe gehörte oder wenn man sich sogar zurückfallen ließ, war man plötzlich allein.

Sie stand an einem Baum, mit dem Rücken zu mir. Ich sah den schwarzen Mantel. Hinter ihr war der fallende Schnee eine Wand, sie löste sich von dem Baum, ging durch die Wand und war weg.

Ich bog vom Weg ab und kam hinunter an den See. Es war an einer Stelle, die lange eisfrei war. Da stand ein Reiher, und es gab auch Schwäne. Es war, als spürten sie die Kälte nicht, und sie waren in Bewegung, als sei jemand vorbeigegangen.

Ich dachte, ich hätte sie verloren, oder vielleicht war sie es nicht gewesen. Der Schnee bildete noch immer Räume, man lief durch eine Reihe von weißen Zimmern, die nie endeten. Ich wandte mich zu dem Hügel, wo die Statuen waren, mit gefrorenen Kleidern aus Schnee auf der grünen Bronzehaut. Eine von ihnen löste sich von den anderen und ging weg. Ich marschierte los. Wir kamen hinunter an die Stelle, wo im Sommer Rosen gestanden hatten. Sie waren zurückgeschnitten und mit Tannenzweigen bedeckt. Sie hatte dabei mitgeholfen, ich hatte sie dort gesehen, kurz nachdem ich den Brief geschrieben hatte. Jetzt war alles mit Schnee bedeckt; da waren nur vier Wälle, die ein langes weißes Grab bildeten.

Sie fing an zu rennen, aber nicht weit. Der Schnee war tief, und sie hatte nur dünne Schuhe an. Sie fiel gewissermaßen zusammen und hockte sich hin. Dann war ich hinter ihr. Sie wandte mir halb das Gesicht zu.

«Geh», sagte sie, «geh weg!»

Sie muß geschrien haben, der Schnee aber verschluckte es. Ich hatte die Hälfte ihres Gesichtes gesehen. Darin war Haß.

Ich blieb stehen, ich hatte nichts zu verlieren. Ich hatte nichts, um es ihr umzulegen, ich war nur im Pulli gelaufen. Ich verstand nichts.

Sie stand auf und ging wieder los, ich folgte ihr. Wir kamen hinunter zum See. Schnee und Wasser waren eins, ohne Richtung von oben oder unten. Da war nur eine graue Welle zwischen Himmel und Erde. Man war eingesperrt, es war wie eine Zelle oder ein weißes Hospital. Doch man war frei, man war von nirgendwo zu sehen.

Sie drehte nicht den Kopf, ich mußte mich zu ihr vorbeugen, um die Worte zu verstehen.

«Fahr nur», sagte sie, «fahr zur Hölle.»

«Ich bin verlegt worden», sagte ich, «es ist eine Strafe. Ein Richter hat es bestätigt, man kann nichts dagegen machen.»

Sie wandte mir das Gesicht zu, die Haut weiß, durchsichtig. Sie sah mich an, als suche sie nach etwas. Dann berührte sie meinen Arm.

«Das heißt, *die* verlegen dich?»

Sie sah mich weiter direkt an, es war beinahe unerträglich.

«Ich hab auf dich gewartet», sagte sie. «Ich hab ja den Stundenplan, ich wußte, du wirst kommen.»

Wir gingen nebeneinanderher, wir hatten keine Wahl. Doch das machte nichts. Sie wäre fast gefallen, ich nahm ihren Arm. Wir waren in einem öden Wald, ich hatte sie beschützt, ich hatte zusätzliche Decken um sie gelegt. Es wurde immer dunkler, wir waren auf dem Weg ins Dunkel hinein, auf die Vernichtung zu, es machte nichts.

Sein Leben lang glaubt man, daß man immer zu denen gehören wird, die außerhalb sind, oder auf der Grenze, und man kämpft und kämpft, es ist, als wäre es doch vergebens. Und dann wird man plötzlich eingelassen und emporgehoben ins Licht.

Sie sah mich an, sie hatte Schnee auf den Augenwimpern, aber auch kleine Eisstückchen, es waren Tränen, sie weinte. Und nicht aus Abneigung, nicht weil ich sie geschlagen hätte. Es war das erste Mal in meinem Leben.

«Ich dachte, du willst weg», sagte sie.

Ich wollte sie um Erlaubnis fragen, sie zu küssen, aber ich konnte nicht sprechen, ich versuchte es, konnte aber nicht. Dennoch habe ich es vielleicht gesagt, denn es passierte. Ihre Lippen waren von der Kälte aufgesprungen.

Er war alles, der Kuß war alles. Alles, was man sich erträumt, aber nie erlebt hatte, und alles, was jetzt niemals kommen würde, weil ich wegmußte und verloren war, alles war darin.

Er ließ die Zeit verschwinden. Ich wußte, daß ich ihn nie vergessen würde, nicht in alle Ewigkeit, und daß sie ihn mir nicht nehmen konnten, niemals, egal, was passierte, und da wurde der Augenblick vollkommen furchtlos.

Aus dem Dunkel kam ein Haus auf uns zu, genauso sah es aus, auch wenn wir es waren, die sich bewegten. Es war einer der Materialschuppen, er war abgeschlossen, doch nur mit einem Vorhängeschloß am Türriegel. Wenn man die Schraubenmutter löst, fällt der Riegel ab.

In Biehls Erinnerungen hatte etwas über die Materialschuppen gestanden. Als die Schule ein bedeutsames Ziel erreicht hatte, und damit um die Realabteilung erweitert wurde, wurde es notwendig, die Sammlungen der Schule, die wertvoll, aber irgendwo eingelagert waren, aus dem Hauptgebäude auszulagern. Mit der Zeit, hoffte man, könnten sie den Grundstock eines Unterrichtsmuseums für die Grundtvigsche Tradition bilden.

Es gab kein Licht. Auf dem Boden standen Kisten und Gartengeräte, entlang den Wänden Schränke mit Glastüren. Draußen wurde es zwar schon dunkel, doch ich erkannte hinter dem Glas Magdeburger Halbkugeln, Glasretorten und einen Van-de-Graaff-Generator. Außerdem eine ganze Menge ausgestopfter Vögel, auch eine Zibetkatze, umschlungen von einer Brillenschlange.

Die Schlange war größer als die Zibetkatze, hatte sie fest gepackt und angefangen zuzudrücken. Gleichzeitig hatte sie die Kiefer aufgesperrt und die Giftzähne entblößt. Die Tiere waren in dem Augenblick, kurz bevor sie zustieß, erstarrt.

Ich wußte, daß die Zibetkatze gewinnen würde. Das *wünschte* ich mir nicht etwa, ich wußte es. Sie hatte am meisten zu verlieren, ihr Leben stand auf dem Spiel, und vielleicht auch das Leben anderer, welche die Katze vor der Schlange beschützen wollte, und sie war die kleinere, und sie stand mit dem Rücken zur Wand. Sie war ein kleines, rastloses Raubtier, und die Schlange war die größere und kalt und ruhig. Dennoch hatte sie keine Chance.

Wir setzten uns auf zwei Kisten.

«Was sollen wir machen?» sagte sie.

Noch vor einem Augenblick hätte man nicht glauben können, daß da etwas zu machen wäre, jetzt war es anders. Jetzt mußten wir die Schule verlassen, das war ohne weiteres hinzukriegen, wollte ich ihr erklären. Am Himmelbjerghaus hatten manche Leute es geschafft, vierzehn Tage und länger draußen und in Freiheit zu bleiben, nachdem sie abgehauen waren. Und jetzt war die Situation eine andere, zusammen könnten wir für ewige Zeit draußen bleiben.

Das waren die Worte, die ich hätte sagen wollen. Statt dessen sagte ich etwas anderes.

«August», sagte ich.

Niemals kann man ein Kind verlassen, ohne sich selbst ins Verderben zu stürzen, niemals, das ist eine Regel, gegen die man selbst nichts ausrichten kann.

Sie hatte es gewußt, noch ehe ich es sagte, hatte sie es gewußt. Wir waren nie zu zweit gewesen, nie nur Katarina und ich. Wir waren immer zu dritt, auch schon bevor er kam und ich ihn zum ersten Mal sah.

Ich erzählte von den Leitungstunneln und von seiner Akte. Ich sagte nicht viel, das war auch nicht notwendig. Sie saß vorgebeugt auf der Kiste und hörte mir zu, hörte auch auf die Pausen, die ich machte. Sie hörte alles, auch das, was ich nicht sagen konnte.

Wir saßen da, und ich wußte, so war das Gefühl, wenn man vollkommen innerhalb war. Man sitzt nahe bei einem anderen Menschen und wird verstanden, alles wird verstanden, und nichts wird beurteilt, und man wird gebraucht.

Wir saßen jetzt da, ohne etwas zu sagen. Ich versuchte, eine Lösung zu finden, eine Lösung, wie wir August mitnehmen und alle drei zusammensein könnten. Ich sah die Schlösser vor mir, zuerst die zwischen uns und ihm, zum Haupteingang und zum Flur und zum Krankenzimmer, und die Schlösser zum Schrank, in den sie nachts seine Straßenkleidung und Straßenschuhe einschlossen. Und danach, wenn wir es bis zu ihm geschafft hätten, die Schlösser zwischen uns und der Freiheit, an dem Auto, das wir benutzen würden, und vor dem Geld, das man brauchen würde. Und dahinter alle Schlösser der Welt, eine unendliche Zahl, niemand könnte so viele öffnen. Es wäre eine unerreichbare Aufgabe, die nie enden würde, egal, wie sehr man kämpfte und sein Bestes tat.

Es war klar, daß wir verloren waren, und da kam die Verzweiflung. Doch sie betraf nur August, nicht Katarina und schon gar nicht mich. Ich hatte alles bekommen, und niemand konnte es mir je wieder wegnehmen. Wegen jemandem, der alles hat, braucht man nicht zu verzweifeln.

Ich war sicher, daß Katarina das gleiche gedacht hatte wie ich. Daß wir in diesem Augenblick das gleiche dachten, ohne darüber sprechen zu müssen, davon war ich überzeugt.

Als sie aufstand und zum Fenster ging, sah ich, nur durch die Art, wie sie ging, daß ich mich geirrt hatte.

«Wenn es an der Schule keine Uhren gäbe», sagte sie, «was wüßte man dann von der Zeit?»

Ihre Stimme war verändert, sie war in einer anderen Welt, sie war ein anderer Mensch. In ihr war, zur selben Zeit, aber dennoch unterschiedlich, ein anderer Mensch, der jetzt die Oberhand hatte.

Es war wie bei August und doch anders. August war entweder die eine oder die andere Person, es gab keine Verbindung zwischen ihnen. Der August, der mit dem Rücken zur Wand stand und es auf die Finger abgesehen hatte, war außer Kontrolle.

Mit Katarina war das anders. Die beiden Personen hingen zusammen, sie waren gleichzeitig da, doch die eine, die jetzt die Oberhand hatte, würde ich nie verstehen.

Ich hätte bis in alle Ewigkeit mit ihr zusammensitzen können. So war es, und so wird es sein für den Rest meines Lebens. Wenn das Kind, August, auch dagewesen wäre, hätte ich mit der Frau für immer dort sitzen können.

Ich habe mir nie etwas anderes gewünscht, auch später nicht. Als eingelassen zu werden und mit der Frau und dem Kind still dazusitzen. Das wäre genug gewesen.

Jetzt sah ich, daß es für Katarina anders war. Und daß sie, wie vielleicht jeder Mensch, wie Reihen von weißen Zimmern war. Durch einige von ihnen kann man einander begleiten, doch sie enden nie, und mit keinem Menschen kann man durch alle gehen.

Ich hätte sie nie dazu gebracht. Auch nicht, wenn wir August hätten mitnehmen können. Der andere Teil von ihr, einige von den anderen Personen in ihr, wollten mehr. Sie wollten eine Antwort.

Sie hatte nach etwas gefragt, im Laboratorium, was die Zeit sei und was der Plan hinter der Schule, und die Frage war noch nicht beantwortet.

Das ist nicht leicht zu verstehen. Daß es für einen Menschen so wichtig sein kann, zu fragen und eine Antwort zu bekommen, daß es wichtiger ist als alles andere. Vielleicht noch wichtiger als die Liebe.

Man kann es nicht verstehen. Man muß nachgeben und sagen: Es ist so. Daß sie wissen müssen. Und zwar egal, was.

Sie fragte wieder.

«Was wüßte man von der Zeit, wenn es keine Uhren gäbe?»

Man würde sie trotzdem spüren, sagte ich, und jetzt müßten wir bald aufbrechen. Es war fast dunkel, ich hatte Klastersen draußen gesehen, er hatte wohl gemerkt, daß ich fehlte, und war darum noch eine Runde gelaufen.

Ich dachte an ihre Atemzüge im Telefon und überhaupt.

«Man holt Luft», sagte ich, «und dann ist da der Herzschlag, wie eine Uhr. Die Sonne und der Mond gehen auf und gehen unter.»

«Das sind Rhythmen», sagte sie, «eine Art Ordnung, kein Durcheinander. Aber es ist keine totale Regelmäßigkeit.

Dazu hatte ich nichts zu sagen. Klastersen war im Dunkeln weitergelaufen.

«Sag das noch einmal, das mit den Briefen», sagte sie. «Das mit dem Schuldirektor.»

Sie hatte sich dicht neben mich gestellt, ich sagte es langsam. Ich konnte ihr Gesicht nicht mehr sehen.

Sie nahm meinen Arm.

«Ich hab dir eine Uhr mitgebracht», sagte sie.

Sie legte sie mir um den Arm. Wo hatte sie sie her?

«Hör zu», sagte sie. Dann erklärte sie mir etwas.

9

Anfang Januar 1993 fuhr ich mit dem Fahrrad in Kopenhagen herum, um eine bestimmte Uhr zu finden.

Ich hatte damals an dem, was hier steht, seit über einem Jahr gearbeitet und die ganze Zeit eine Aufgabe vor mir hergeschoben: noch einmal, nach zwanzig Jahren, eine Schule betreten zu müssen.

Es war kalt und sehr dunkel, es war Tag, aber trotzdem dunkel, als wäre es Nacht.

Ich begann aufs Geratewohl, in der Øster Farimagsgades-Schule, vielleicht weil man von dem Hügel in Biehls Schulpark aus immer den Turm der Kirche hatte sehen können, die nebenan lag.

Das Büro der Schule befand sich im Hochparterre. Ich stand lange Zeit vor den Sekretärinnen und nahm mich zusammen. «Dürfte ich Ihre Schuluhr sehen?» sagte ich. «Ich schreibe an einem Buch.»

Sie hing hoch oben, eingekapselt in Plexiglas, eine Digitaluhr mit roten Ziffern. Sie erzählten, sie sei vor ihrer Zeit angebracht worden – niemand erinnerte sich, wann – sie ging tadellos, ganz selten kam ein Mann, der sie überprüfte.

Ein Lehrer kam vorbei, während ich dastand. Er hatte fünf Jahre früher an der Frederikssundsvejens-Schule unterrichtet, er meinte, dort hätten sie noch eine alte Uhr.

Ich fuhr dorthin. Sie hatten das gleiche Plexiglasgehäuse mit Digitalanzeige. Doch sie gaben mir die Telefonnummer des für die Schule zuständigen Ingenieurs.

Ich konnte ihn ein paar Tage später sprechen, er arbeitete am Stadtbauamt und führte die Aufsicht über die Zeitmessung an einem großen Teil der Schulen in der Stadt Kopenhagen. Er erzählte mir, man habe im Lauf der letzten zwanzig Jahre die private Gesellschaft Dansk Tidskontrol A/S damit beauftragt, die meisten der alten Uhren durch moderne, quarzgesteuerte Instrumente zu ersetzen. Die seien sehr genau und erforderten fast keine Justierung. Sie gingen also im großen und ganzen von selbst. Ohne menschliche Mitwirkung.

Doch wußte er noch von zwei der altmodischen Uhren. An der Hellig-Kors-Schule und der Prinsesse-Charlotte-Gades-Schule gab es noch die altmodischen Schulglocken. Die in den Sechzigern und Siebzigern in Gebrauch gewesen waren. Über die die Zeit aber hinweggegangen war.

Ich fuhr zur Hellig-Kors-Schule, und da kam ich der Sache schon sehr nah. Die Uhr hing im Büro. Es war das richtige Gehäuse, doch gab es zu viele Leitungen. Sie verrieten mir, daß das Werk vor einigen Jahren durch ein elektronisches ersetzt worden war.

In der Prinsesse-Charlotte-Gades-Schule fand ich sie.

Der Konrektor ging mit mir. Ich fühlte mich sehr klein, ihn empfand ich als ein Menschenalter älter. Nachher ging mir auf, daß er und ich etwa gleichaltrig sein müssen.

Die Uhr hing hoch oben. Er hielt die Leiter für mich.

Es war die Uhr, die ich gesucht hatte. Diese Uhr hatte ich einmal berührt, einen kurzen Augenblick, an einem Vormittag vor zweiundzwanzig Jahren. Eine von Hand aufzuziehende Bürk-Pendeluhr.

Ich öffnete das Glas und sah hinein ins Werk. Ich hatte vorgehabt, ein paar Dinge aufzuschreiben, doch das war nicht nötig. Es war so, wie ich es in Erinnerung hatte.

Der Konrektor, der Ingenieur, die Sekretärinnen im Büro, der Lehrer, der an der Frederikssundsvejens-Schule unterrichtet hatte, alle vergaßen sie mich gleich wieder, kurz nachdem sie mir begegnet waren. Doch während wir zusammenstanden, haben sie geglaubt, sie hätten es mit einem erwachsenen Menschen zu tun.

Das war falsch. Sie sprachen mit einem Kind.

Während ich ihnen gegenüberstand, hatte ich keine Haut, nichts, um mich zu schützen. Ich registrierte jede Veränderung des Tons oder der Blickrichtung, ich spürte ihre Eile und Höflichkeit und Zerstreutheit und Verständnislosigkeit. Sie hatten mich fünf Minuten, nachdem ich weg war, schon wieder vergessen, ich werde mich für immer an sie erinnern.

Wenn ich eine Schule betrat, trat ich ein und stieg hinab in das Kind, das ich vor zweiundzwanzig Jahren gewesen war, und in diesem Zustand begegnete ich den Erwachsenen.

Sie waren geschützt. Die Zeit hatte eine Haut um sie gelegt. Sie waren humorvoll, abgehetzt und vollkommen unberührt von unserer Begegnung.

Genauso war es damals, als ich an Biehls Privatschule ging, genauso ist es jetzt, genauso wird es immer sein. Um die Erwachsenen hat sich die Zeit gelegt, mit ihrer Hast, ihrem Ekel, ihren Ambitionen, ihrer Bitterkeit und ihren langfristigen Zielen. Sie sehen uns nicht mehr richtig, und was sie sehen, haben sie fünf Minuten später vergessen.

Während wir, wir haben keine Haut. Und werden uns auf ewige Zeit an sie erinnern.

So war es in der Schule. Wir erinnerten uns an jeden Gesichtsausdruck, jeden Spott und jede Ermunterung, jede hingeworfene Bemerkung, jeden Ausdruck von Macht oder Schwäche. Für sie waren wir Alltag, für uns waren sie zeitlose und kosmische, überwältigende Mächte.

Folgender Gedanke ist mir gekommen: Wenn es einem weh tut und man denkt, daß das, was hier, im Laboratorium, entsteht, nutzlos ist, dann könnte man dagegen einwenden, daß das jetzt vielleicht die einzige Möglichkeit ist zu sagen, wie man die Welt damals empfunden hat.

Das Erwachsene, das Präzise und Genaue, davon gibt es ja viel. Daraus besteht im Grunde alles andere um uns. Doch spüren ohne Haut, das kann man vielleicht nur unter Bedingungen wie im Laboratorium.

10

Ich ging nicht hinein zu August, ich konnte eine Entdeckung nicht riskieren. Statt dessen blieb ich an der Tür und rief nach ihm, und zwar kurz bevor er seine Medizin bekommen würde. Wir legten uns auf den Boden und redeten miteinander durch den Spalt unter der Tür. Also konnte ich ihn nicht sehen und nur geradc so hören. Ich sagte nur das Allerwichtigste, daß ich ihn jetzt melden würde, weil er lange Zeit nichts gegessen hatte.

«Der Sandbjerggård wird's», sagte er, «das ist eine Klinik, also ist es aus.»

«Nein», sagte ich. «Die legen dich auf die Krankenstation, mit einem gelben oder einem roten Schein, das ist alles geplant.»

Die Krankenstation lag im fünften Stock, schräg gegenüber der Aula, neben der Klinik des Amtsarztes. Sie war größer als das Krankenzimmer, hatte zwei Betten statt nur einer Untersuchungspritsche und einen verschlossenen Schrank mit Instrumenten.

Das Krankenzimmer war für Leute, die unter einem kleineren Unwohlsein litten oder eine Zeitlang abgesondert werden sollten; die Krankenstation war für die wirklichen Unfälle.

Nach Axel Fredhøjs zweitem Unglücksfall war er dort hinaufgebracht worden, während man auf den Krankenwagen wartete. Auch Werner Peterson, der vor Klastersen der

Sportlehrer gewesen war, hatte man dort hinaufgebracht. Er war immer hart gewesen, doch zugleich nervös. Er konnte es nicht ertragen, wenn Leute früher als er selbst einen Raum verließen. In seinen Sportstunden war es streng verboten hinauszugehen. Das war schwierig, weil die Turnhalle im Winter nicht geheizt war und man oft auf die Toilette mußte, darum hatte Kåre Frymand eines Tages in den Papierkorb gepinkelt, der im Umkleideraum stand. Es passierte aus Verzweiflung und in der besten Absicht, um nicht ganz bis zu den Toiletten hinaufgehen zu müssen. Er hatte große Angst vor Werner Peterson. Der Papierkorb war aus Weidengeflecht und hielt nicht dicht. Es lief heraus, und Werner Peterson hatte schon angefangen, ihn zu bestrafen. Man hatte gemerkt, daß es anders war als gewöhnlich, er hatte die Besinnung verloren und schrie wie ein Geisteskranker. Jemand hatte noch andere Lehrer herbeigeholt, die hatten ihn überwältigt und auf der Krankenstation eingeschlossen. Sie hatten Stillschweigen darüber bewahrt, und der Rest der Schule hätte nichts davon erfahren, hätte sich nicht herausgestellt, daß Kåre Frymand verletzt war, weswegen von der Schule eine Erklärung verlangt worden war. Man sagte, daß es ein Zusammenbruch gewesen sei, in Werner Petersons Familie hatten seit längerer Zeit besondere Umstände mitgespielt, und er kehrte auch nie an die Schule zurück. An seiner Stelle war Klastersen eingestellt worden.

Seitdem war klar, wie sie die Krankenstation benutzten. Weil sie so nahe am Lehrerzimmer und am Büro lag und direkten Zugang zur Südtreppe hatte, war sie gut geeignet, wenn etwas passierte, worüber nicht gesprochen werden sollte.

Bei Biehl hatte ich noch von niemandem gehört, der die Nahrung verweigerte. An der Königlichen Erziehungsanstalt aber und besonders am Himmelbjerghaus war es nichts

Ungewöhnliches gewesen, dort hatte die Leitung gewußt, daß es ungefährlich war, wenn die Leute rechtzeitig erwischt wurden. Man wünschte jedoch nicht, daß darüber geredet wurde. Man legte die Leute ins Bett und holte den Arzt, und dann wurde ein Aufnahmeschein geschrieben, gelb, wenn sie eine Bedrohung nur für sich selbst, rot, wenn sie auch eine Gefahr für ihre Umgebung waren. Das war die festgelegte Prozedur, das hatte ich Katarina im Materialschuppen erklärt.

Ich hatte keine Zeit oder Möglichkeit, das alles August zu erzählen, ich hoffte, daß es hier an der Schule ebenso war, das war unser Plan. Doch war ich nicht sicher. Aber weder August noch mir blieben mehr als ein paar wenige Tage. Also waren wir an dem Punkt, wo es nicht mehr groß etwas hin und her zu reden gab.

«Ich kann nachts nicht allein sein», sagte er.

Ich tröstete ihn damit, daß sie ihm eine Aufsicht geben würden.

«Ja, Flakkedam», sagte er.

Man wußte, was er meinte. Daß das schlimmer war als allein zu sein.

«Hör auf, die Medizin zu schlucken», sagte ich.

Ich hatte ihm eigentlich sagen wollen, daß er die Tabletten einfach schlucken konnte, so daß Flakkedam nichts merkte, wenn er nachfühlte, daß er nachher aber kein Wasser trinken sollte. Wenn Flakkedam weg war, konnte er sich den Finger in den Hals stecken, dann würden sie wieder hochkommen.

Ich kam nicht dazu, es ihm zu erklären, er hatte angefangen, Laute auszustoßen, wie ein Tier, dann war Stille.

«Das ist eine Verschwörung», sagte er, «du gehörst auch dazu.»

Ich hörte, wie er sich von dem Spalt wegschleppte. Ich legte den Mund ganz an den Boden.

«Eine Nacht», sagte ich, «höchstens zwei.»
Er war dabei, sich zu entfernen.
«Wir gehen nicht weg ohne dich», sagte ich.

Ich meldete ihn Flakkedam am selben Abend. Ich sagte es, wie es war: Er hatte vierzehn Tage nichts gegessen, beim Abendessen hatte er nur so getan, als ob. Ich wollte es einfach sagen, um einen Kameraden zu beschützen, so daß etwas unternommen werden konnte.

Flakkedam rief sofort Biehl herunter. Ich sah sie ins Krankenzimmer gehen. Danach trugen sie August direkt hinüber ins Hauptgebäude, man konnte sie die Treppe hinaufgehen sehen. Es sah nicht so aus, als ob August Widerstand leistete. Kurz darauf kam ein Wagen. Er parkte auf dem Südhof. Man hörte ihn, sah ihn aber nicht, doch es war kein Krankenwagen. Ich vermutete, es war der Amtsarzt.

In dieser Nacht schlief ich nicht.

11

Am Himmelbjerghaus, als ich mich zum zweiten Mal weigerte abzuhauen, war ich von den anderen gezwungen worden, Solignum zu trinken. Das war ein Holzschutzmittel, das für die Nebengebäude benutzt wurde und daher leicht zugänglich war. Es enthielt verschiedenen Pilzgifte, daher war es mir rasch schlechter gegangen, und die Schulleitung hatte alles entdeckt. Man hatte den Wunsch, die Sache innerhalb der Schulmauern zu halten. Sie hätten mich ausgepumpt, aber dazu fehlte die Ausrüstung, statt dessen gab mir die Krankenschwester Kupfersulfat. Es wurde keine Erklärung abgegeben, nur hinein mußte es. Daran und an die Wirkung hatte ich mich erinnert.

Kupfersulfat waren blaue Kristalle, ich nahm etwa einen Löffel voll, aus dem Kunsterziehungsschrank, während Karin Ærø im Raum stand, aber mit dem Rücken zu mir.

Im Schrank gab es verschiedene Chemikalien, Fixierspray und Reinigungsbenzin und Tuschfarben zum Nachfüllen und auch Kupfersulfat. Es wurde bei der Seidenmalerei verwendet, zusammen mit Salzkristallen, damit die Farbe Muster bildete. Vor langer Zeit hatte ich es gesehen und wiedererkannt, ohne jedoch weiter darüber nachzudenken.

Der Schrank war normalerweise abgeschlossen, aber während der Stunden offen. Niemand sah mich, obwohl der Raum voller Leute war. Man konnte gut verstehen, warum. Als ich die Hand hineinstreckte und das kleine Glas aufdrehte, spürte ich, daß Zeit und Ort so verboten und undenkbar waren, daß ich wie unsichtbar war.

Später in der Stunde nahm ich auch einen weißen Kittel aus dem Schrank. Es war einer von Karin Ærø, er hatte Farbflecken. Auch das war nicht schwierig. Sie schien mich nicht zu sehen. Weil alle wußten, daß ich weg sollte, hatte ich in gewisser Weise aufgehört zu existieren.

Was ich vorhatte, mußte in Fredhøjs Stunde, einer doppelten Physikstunde, passieren. Fredhøj durchschaute die Schüler. Biehl war in jeder Hinsicht größer, Fredhøj aber war gefährlicher. Weil er ruhig und humorvoll und intelligent war, als wäre er auf der Seite der Schüler. Und dann doch alles sah und begriff. Er war gefährlich.

Jedem anderen Lehrer gegenüber hätte man eine Entschuldigung finden oder ein Unwohlsein spielen können und hätte gehen dürfen. Bei Fredhøj war das unmöglich.

Er ist jetzt tot, er starb vor ein paar Jahren. Als ich davon erfuhr, war es schon eine Weile her. Sie sagten, es sei ein Schlaganfall gewesen. In gewisser Weise verstand man, daß es so kommen mußte. Man hatte in ihm immer so etwas wie einen großen Druck gespürt.

Für mich lebt er noch immer. Oft ist er schon zu mir gekommen, ins Laboratorium, wenn ich dasaß und schrieb. Er ist dann immer freundlich, genau, witzig, sorgfältig gekleidet und klug.

Dann bekommt man Lust, sich vor ihm zu verbeugen und ihm zu danken für das, was er einem gegeben hat, das theoretische Wissen und den Humor, und etwas anderes, Vertrauenerweckendes. Und ich habe es getan, ich habe mich verbeugt und bedankt und mich an seine Freundlichkeit erinnert.

Und dann ist die Angst gekommen.

Menschen, die unverstellt und eindeutig sind, bei denen hat man eine Möglichkeit, sich zu schützen. Biehl zum Beispiel, oder Karin Ærø, vor denen konnte man reine Furcht empfinden.

Bei Fredhøj war das schwerer oder unmöglich. Er strahlte Freundlichkeit aus, und das brachte einen dazu, sich ihm sozusagen zu nähern und sich bei ihm anzulehnen. Auch wenn man es besser wußte, es war, als wolle er einen beschützen, man lehnte sich an.

Dann merkte man, daß man einen schrecklichen Fehler machte.

Ich schluckte das Kupfersulfat fünf Minuten vor der Stunde. Der genaue Zeitpunkt war sehr wichtig. Als ich es in den Mund nahm, erinnerte sich mein Körper daran und wollte nicht, aber ich würgte es herunter.

Die Wirkung kam nach zwanzig Minuten, also viel später als beim ersten Mal. Sie war heftig, unter anderen Umständen hätte sie einen erschüttert, doch ich hatte ja Erfahrung.

Es war kein gewöhnliches Erbrechen mit Übelkeit, die stärker und stärker wird, es war wie eine plötzliche Krankheit. Man bekam Sehstörungen, und kalter Schweiß brach einem aus. Fredhøj fiel ich sofort auf. Ich sah in seinem Gesicht, wie schlecht ich aussehen mußte und daß er keinen Verdacht hegte. Dann zog sich fünf- oder sechsmal kurz hintereinander mein Magen zusammen und entleerte sich völlig. Ich schaffte es bis zum Waschbecken, es war nichts aufzuwischen.

Danach war alles überstanden. Vom letzten Mal wußte ich, daß ich jetzt schwach war, aber sonst gut funktionierte.

Doch sah ich immer noch schlecht aus, Fredhøj ließ mich

von dem Mädchen, das Ordner war, hinüber zum Zimmer begleiten. Unten auf der Treppe schickte ich sie zurück. Dann band ich mir Katarinas Uhr um und stieg hinauf in die fünfte Etage.

Die Tür zur Krankenstation war nicht abgeschlossen. August lag in dem Bett gleich bei der Tür, unter einem Deckbett. Ich nahm es weg, sie hatten ihn festgeschnallt. Er war dünner als alles, was ich je gesehen hatte. Sonst gab es nichts Ungewöhnliches, es war die gleiche Behandlung wie für die Anorexiemädchen am Nødebogård: ein Tropf mit Salzlösung, einer mit Glukose und ein Schlauch in der Nase für die Sondenernährung. Über die Riemen um Arme und Brust hinaus hatten sie ihm auch einen um die Stirn gebunden, damit er die Sonde nicht abschüttelte. Er war sehr weit weg, er mußte etwas sehr Starkes zum Schlafen bekommen haben.

Er hatte die Augen halb offen, doch er schlief. Ich schloß seine Augenlider und flüsterte ihm zu, er solle ganz ruhig sein, obwohl er es nicht hören konnte. Dann mußte ich ihn verlassen, es war keine Zeit mehr.

In der Tür zum Büro war eine kleine Glasscheibe. Ich war noch schwach vom Kupfersulfat, sprang aber trotzdem hoch – das Büro war leer. Ich versuchte es an der Tür, sie war abgeschlossen, doch es war nur ein gewöhnliches Universalschloß.

Ich nahm Aufstellung vor Biehls Büro, ich wußte nicht, ob er darin war oder nicht.

Katarinas Instruktionen waren die folgenden gewesen: Es werde ein Anruf kommen, zwischen fünf Minuten vor halb und halb. Zu diesem Zeitpunkt sei das Büro geschlossen, die Sekretärin sei in der Dronning-Caroline-Amalies-Heimschulstiftung, die einen Teil des Schulbetriebs bezahlte und auch den neuen Wanderpokal gespendet hatte, und dort habe sie mittwochs und donnerstags Sitzungen. Wenn der Anruf komme, solle ich hineingehen und den Anrufer zum Schülertelefon in der Mädchenabteilung durchstellen.

Bis dahin sollte ich auf dem Flur warten.

Dies war Katarinas Plan. Sie konnte es nicht besser wissen, sie hatte nie selber versucht, im fünften Stock auf etwas zu warten.

Weil am Ende des Flurs das Lehrerzimmer lag, kamen die ganze Zeit Leute. Außerdem lag August jetzt auf der Krankenstation, dort mußte eine Aufsicht sein, sicher die Schulkrankenschwester oder Flakkedam, es mußte regelmäßig nachgesehen werden. Ich hatte keinen akzeptablen Grund, mich auf dem Flur aufzuhalten, und war dort ganz ungeschützt. Man würde mich sehen und eine Erklärung verlangen.

Ich stellte mich darum vor Biehls Büro, das war die schlimmste Stelle, aber die einzig mögliche. Ich stand aufrecht, so daß ich nicht die Wand berührte, die Hände auf dem Rücken und mit gesenktem Kopf. Einige Lehrer kamen vorbei, ich sah nicht auf zu ihnen, sie blieben nicht stehen. Sie gingen davon aus, daß ich darauf wartete, in Biehls Büro zu gehen, um bestraft zu werden.

Es kam kein Anruf. Ich blieb stehen, bis es fünf Minuten nach halb war, und noch etwas länger. Dann mußte ich gehen, da ich sonst in den Strom der Lehrer geraten wäre, der kommen würde, wenn es zur Essenspause läutete.

Auf dem Weg die Treppe hinunter sah ich Flakkedam.

Um ganz sicher zu sein, guckte ich durch den Schacht, den das Geländer bildete. Weit unten sah ich seine Hand. Ich schaffte es, die Tür zum dritten Stock zu öffnen und mich in den Webraum zu stellen, bis er vorbei war.

Vielleicht war er auf dem Weg nach oben, um bei August

nachzusehen. Ich hatte nur eine Hand von ihm gesehen, das genügte, um ihn zu erkennen. Obwohl etwas verändert war, die beiden äußeren Finger waren in Gips. Also hatten sie doch für einen kurzen Augenblick die Kontrolle über August verloren.

Auch in dieser Nacht schlief ich nicht. Wegen des Kupfersulfats hatte ich nichts essen können. Die ganze Nacht hindurch saß ich da und guckte in den Park hinaus und hinüber zur Schule und dachte an August. Ob ich zu ihm gehen und die Schläuche und Riemen wegnehmen und bei ihm sitzen sollte, damit er sah, daß wir ihn nicht vergessen hatten, und dann schlafen konnte. Doch es hatte geschneit, Flakkedam würde die Spuren sehen, und alles wäre aus.

Trotzdem wäre ich gegangen. Wenn mich nicht das, was Katarina gesagt hatte, zurückgehalten hätte.

Ich hatte sie nicht gesehen, seit sie mir im Materialschuppen von dem Plan erzählt hatte – nicht einmal flüchtig. Doch bevor wir uns trennten, hatte sie mir die Uhr gegeben und mir das Armband selber ums Handgelenk gelegt, und dann hatte sie mich festgehalten und mich durch das Dunkel direkt angesehen, und dann hatte sie gesagt: Zweimal, wir versuchen es zweimal.

Das Dunkel wurde dichter, da kam mir der Gedanke, daß alles, was wir taten, vergeblich wäre, ich war nahe daran aufzugeben.

Ich wünschte mich nach Hause.

Am Himmelbjerghaus und an der Brotkantenschule war das Badezimmer auf die gleiche Art eingerichtet: drei Duschen in einer Reihe, die erste war warm, und die letzten beiden waren kalt. Man stellte sich in Reihen auf, seifte sich an den Waschbecken ein und ging danach unter den Duschen hindurch, ziemlich schnell. Es gab eine Scheibe in der Wand, dort stand Valsang und konnte alles im Auge behalten, ohne selber naß zu werden.

Es konnte jedoch vorkommen, daß man der letzte war und die anderen schon weg waren. Dann konnte man unter dem warmen Wasser stehenbleiben. Das war wie nach Hause kommen.

Ich saß jetzt im Dunkeln und wünschte es mir. Absichtlich vermied ich den Gedanken an Katarina und August. Wäre ich nicht so schwach gewesen, ich hätte versucht, ins Badezimmer zu gehen. Ich dachte, da ohnehin alles zwecklos gewesen war, hätte es eine Hilfe sein können, unter dem warmen Wasser zu stehen wie an der Brotkantenschule und den eigenen Körper zu spüren, auch den Unterleib, ganz ohne das Gefühl von Krämpfen, und die Zeit loszulassen und aufzugeben.

Zu einem gewissen Zeitpunkt, am Morgen, kam allmählich das Licht. Es kam von keiner bestimmten Stelle, es wuchs an den Außenseiten der Dinge hervor, an den Bäumen und den Steinen der Schule, wie ein Überzug, noch sehr schwach, aber doch deutlich, wie ein passiver Widerstand gegen das Dunkel.

Dann kam auch Oscar Humlum.

Er schwang sich durchs Fenster herein, noch immer an demselben Seil wie damals, und sprang auf den Boden, schwer, aber gewandt.

«Wie ist das möglich, daß du hier bist?»

Er antwortete nicht, doch dann sagte ich es für ihn, wie er es immer gewollt hatte. Trotz allem war ich den Worten näher als er.

«Weil die Zeit abgestellt ist», sagte ich.

Ich sah ihm an, daß es sich genauso verhielt.

Er stellte sich ein Stück hinter mich, zusammen sahen wir hinaus ins Licht. Da fiel mir etwas ein, was lange Zeit vergessen gewesen war.

Wir sollten baden, und wir waren die letzten. Valsang stand draußen vor der Scheibe, Humlum ging vor mir hinein. Er ging direkt durch die warme Dusche, als ob die gar nicht existierte, und dann unter die erste kalte, und dort blieb er stehen. Er bewegte sich nicht, er stand einfach da, während seine Haut zuerst rot und dann weiß wurde, er sah vor sich auf den Boden. Ich wußte, er blieb stehen, damit ich unter der warmen Dusche bleiben konnte und nicht weitergejagt wurde. Ich hatte die Augen geschlossen, das warme Wasser schloß sich um mich wie Wände, es war die längste Zeit, die ich je dort gestanden hatte.

Ich sah Humlum an. Er stand im Halbdunkel und sah vor sich auf den Boden, wie er damals gestanden hatte. Ich mußte an August auf der Krankenstation denken und an Katarina, die neben der neuen Inspektorin lag, und da war es nicht möglich, aufzugeben und den Dingen ihren Lauf zu lassen. Auch damals hatte ich ihn schließlich weitergeschoben und war unter die erste kalte Dusche gegangen und unter die zweite und dann hinaus.

12

Der Anruf kam genau um halb. Zu diesem Zeitpunkt war die Sekretärin im Büro, es kam fast einer Katastrophe gleich.

Wir hatten wieder Fredhøj von 10.50 bis 11.40, also zu der Zeit, wo ich dem Plan zufolge die Klasse verlassen sollte. Es war ungünstig, aber unvermeidlich, die naturwissenschaftlichen Fächer beanspruchten im Stundenplan mehr Zeit als irgend etwas anderes.

Doch ich hatte Glück. Weil ich nichts gegessen und nicht geschlafen hatte und noch immer vom Kupfersulfat geschwächt war, sah ich ziemlich elend aus. Als ich zu Fredhøj ging und sagte, daß ich unpäßlich sei, ließ er mich gehen.

«Es ist der zweite Tag hintereinander», sagte er. «Wir sprechen uns nach der Stunde.»

Da würde nichts mehr sein nach der Stunde, dachte ich, auch wenn nicht klar war, was passieren würde. Nach der Stunde würde die Schulzeit nicht mehr existieren.

Ich stieg in den fünften Stock hinauf, ich sah keinen Menschen. Ich ging an der Krankenstation vorbei, ohne hineinzusehen.

Die Tür zum Büro stand offen, ich hörte drinnen die Sekretärin sprechen.

Das war im Plan nicht vorgesehen. Katarina hatte auf den Stundenplan gezeigt. «Mittwochs und donnerstags von 11.00 bis 12.00 ist sie weg.»

Zunächst wußte ich nicht weiter. Man hatte sich daran gewöhnt, daß der Stundenplan der Schule unfehlbar war, für die Klassen hatte es in meiner Zeit dort fast keine Änderungen gegeben. Wurde man mit einer Veränderung konfrontiert, war man hilflos.

Ich ging auf die Krankenstation. Mir blieben noch ein paar Minuten. August schlief, aber jetzt mußte ich ihn wekken. Ich schüttelte ihn sehr kräftig, er wachte ziemlich schnell auf. Wegen der Schläuche in der Nase konnte er nicht sprechen.

«Ich bin's», sagte ich, «du mußt mir unbedingt helfen.»

Es blieb keine Zeit, etwas zu erklären. Ich löste eine seiner Hände und drückte ihm eine der Flaschen zum Pinkeln hinein.

«Gleich klingelt das Telefon», sagte ich, «dann zählst du langsam bis drei, dann machst du Lärm, aber nicht zu sehr.»

Als ich auf den Flur hinaustrat, war es genau halb. Es war kein Mensch zu sehen. Wir fuhren in schmalen Tunneln, die nur in diesem Augenblick existierten, durch Zeit und Raum. In wenigen Minuten würde es läuten, und Leute würden kommen, und alles würde zusammenstürzen. Doch genau jetzt hatten wir uns einen Freiplatz im Strom der Zeit geschaffen, zwischen den Sekunden.

Dann klingelte das Telefon, ich ging ins Büro.

«Biehls Privatschule», sagte sie.

«Ich glaub, er ist am Ersticken», sagte ich.

Die Sekretärin war seit mehreren Jahren an der Schule, man sagte, sie sei eine entfernte Verwandte von Biehl. Unter anderen Umständen hätte sie das Telefongespräch beendet, ohne sich vor einem Schüler zu vergessen. Jetzt aber lagen die Dinge anders, alles an der Schule war ein bißchen aus den Fugen, alle spürten, daß etwas im Anzug war. Sie hörte mich und stockte.

In diesem Augenblick kam ein Geräusch aus der Krankenstation. Er hatte die Flasche auf den Boden geworfen, es klang beunruhigend, ohne zu laut zu sein, ganz genau dosiert.

Ich spürte ihre Panik. Sie hatte jedoch die Selbstkontrolle, «einen Augenblick» in den Hörer zu sagen. Dann lief sie hinaus.

Ich nahm das Telefon, es war ein Mann.

«Geben Sie mir Hessen», sagte er.

Katarina hatte mir die Vermittlungstafel beschrieben, die links vom Schreibtisch angebracht war. Sie hatte gesagt, alles sei klar und deutlich gekennzeichnet, so daß man nicht denken müsse, und das bestätigte sich. Hätte man denken müssen, wäre ich verloren gewesen.

Es gab drei Außenleitungen. Ich wußte nicht, auf welcher er sprach, also zog ich alle drei heraus. Bei der dritten wurde die Verbindung unterbrochen. Diese stöpselte ich in die Dose mit dem Schild «Schülertelefon». Katarina hatte gesagt, es werde automatisch klingeln, und ich solle am Hauptapparat mithören. Doch sie hatte nicht vorausgesehen, daß ich gleich nebenan die Sekretärin haben würde.

Ich hörte das Telefon klingeln, ich hörte, wie abgehoben wurde. Dann sagte jemand: «Schulpsychologische Klinik.»

Es war Katarinas Stimme.

«Baunsbak-Kold», sagte er. «Ist Hessen da?»

Sie antwortete, als ob sie seine Frage nicht gehört hätte.

«Wie wir Sie schon informiert haben», sagte sie, «wir haben ein ernstes Problem. Wir möchten Sie bitten, sofort zu kommen.»

«Absolut ausgeschlossen», sagte er.

«Es betrifft August Joon, wir haben Sie informiert, es geht um Gewalt.»

«Ich will Hessen sprechen», sagte er.

Ich erinnerte mich an ihn von der Verleihung im Gladsaxe Stadion, er hatte einen Dienstwagen mit Chauffeur gehabt. Gutgekleidet und souverän. Es war so, als ob er hier im Büro säße.

Die Lage wurde dadurch schlimmer, daß ich noch etwas hörte. Ich stand mit dem Rücken zur Tür zu Biehls Büro. Von innen hörte ich Biehls Stimme. Laut Plan hätte er dort nicht sein dürfen, doch er war trotzdem da.

Ich war jetzt ganz ungeschützt, eingeklemmt zwischen der Sekretärin und Biehl und dem Stadtschulrat.

«Wir können die Verantwortung nicht mehr übernehmen», sagte Katarina. «Alles bricht zusammen.»

Er hatte Hessen verlangt, und sie hatte ihm nicht geantwortet. Es war Katarinas Stimme, doch es war trotzdem nicht sie. Eine der Personen, die in ihr wohnten und die ich nie verstehen würde, hatte jetzt die Oberhand.

Ich konnte ihn atmen hören.

«Ich komme sofort», sagte er. «Stellen Sie mich durch ins Büro.»

Ich steckte den Stöpsel zurück, wo ich ihn herausgezogen hatte.

«Hier Sekretariat», sagte ich.

«Geben Sie mir Biehl.»

«Er wurde abgerufen», sagte ich. «Es gab einen Unfall.»

Ich hörte die Sekretärin, die über den Flur lief. Ich legte den Hörer auf. Sie kam durch die Tür.

«Es geht ihm schlecht», sagte sie, «wir brauchen Flakkedam.»

«Ich will gerade zu ihm runter», sagte ich. «Ich bitte ihn, gleich raufzukommen.»

Sie hatte mich kaum gehört.

«Er ist so dünn», sagte sie.

13

Es konnte jetzt keine Rede mehr davon sein, in die Klasse oder in den Annex zurückzukehren. Fredhøj hatte mit mir sprechen wollen, möglicherweise suchte er nach mir. Es gab in der Schule keine Stelle mehr, wo ich mich hätte sicher fühlen und längere Zeit bleiben können. Ich ging hinunter auf den Treppenabsatz zwischen Parterre und erstem Stock, auf der Höhe der jüngeren Klassen. Hier konnte ich sehen, wenn ein Lehrer kam, und mich in Sicherheit bringen. Als es zur Essenspause läutete, mischte ich mich in den Strom und ließ mich mit hinunter in den Hof tragen. Flage Biehl hatte Hofaufsicht, doch er wirkte ahnungslos. Einmal stand Fredhøj unter dem Bogen, aber ich duckte mich, und als ich wieder nachsah, war er weg. Wenn alle Schüler versammelt waren, war man zu so vielen und alle sahen so ähnlich aus, daß es schwierig war, einen einzelnen auszumachen.

Doch ich sah Katarina, und als Flage am entgegengesetzten Ende war, schlenderten wir beide zur Mittellinie. Wir gingen nebeneinander her, von der Mauer zur Schule, die Linie zwischen uns und ohne einander anzusehen.

«Er kann jeden Augenblick hier sein», sagte sie. «Wenn es läutet, mußt du auf den Südhof und ihn empfangen, statt in den Unterricht zu gehen.»

«Sie werden nach mir suchen», sagte ich. «Auch nach dir.»

«Erst wenn die Stunde um ist.»

«Die Zeit reicht nicht», sagte ich.

Um uns spielten sie Schlittschuhlaufen. Der Asphalt war mit holperigem Eis bedeckt, man lief Hand in Hand. Es liefen immer ein Mädchen und ein Junge zusammen. Aufgrund des Eises war es schwer, einander festzuhalten, darum mußte man die Handschuhe ausziehen. Also hielt man ein Mädchen an der Hand. Und es war kein Handschuh dazwischen. Zugleich war bald Weihnachten, das verstärkte das Gefühl von Auflösung.

Wir sahen sie spielen. Vor kurzer Zeit hätten wir noch mitgemacht, jetzt waren sie plötzlich fern. Nicht nur, weil man von der Schule verwiesen war und bald wegmußte und darum keinen Grund hatte, noch an sie zu denken. Es war etwas anderes. Katarina, und daß ich sie geküßt hatte, und August, und daß wir dabei waren zu verstehen und daß es keinen Weg zurück gab.

«Ich möchte dich etwas fragen», sagte sie. «Kannst du die Schuluhr verstellen, die, die zu den Stunden läutet?»

An der Erziehungsanstalt war mit einer kleinen Glocke, die unter einem Schutzdach neben dem Schulgebäude hing, zum Unterricht geläutet worden. Für die Essens- und Schlafenszeiten der Internatsabteilung gab es eine größere Glocke vor dem Garderobengang, beide waren Geschenke des Königshauses. Das Amt des Glöckners, also dessen, der läutete, war das begehrteste an der Schule und wurde nur jemandem in den höheren Klassen übertragen, der sich besonders ausgezeichnet hatte.

In der Zeit, die ich dort war, war es nie vorgekommen, daß ein anderer als der Glöckner die Glocken berührt hatte. Doch da sie frei zugänglich hingen, war trotzdem eine offizielle Strafe für unberechtigtes Läuten festgesetzt worden, nämlich der augenblickliche Schulverweis.

Bei Biehl gab es eine solche Strafe nicht. Man hatte zwar

die elektrischen Glocken gesehen, doch nie die Uhr selbst. Der Gedanke, in deren Nähe kommen zu können, existierte nicht. Bevor Katarina das erwähnte, war es weder mir noch einem anderen eingefallen.

«Die Uhr ist nicht in Biehls Büro», sagte sie. «Sie ist auch nicht im Schulbüro. Sie muß im Lehrerzimmer sein oder hinter der Tür zwischen der Krankenstation und Fredhøjs Büro.»

«Sie könnte bei Andersen sein», sagte ich.

Sie schüttelte den Kopf.

«Sie ist zu wichtig», sagte sie. «Die würde man nie unten in der Nähe der Erde anbringen. Die ist oben im Licht. In der Nähe von Biehl und Fredhøj.»

Ich sagte nichts, ich wußte keine Antwort. Sie schien auch keine zu erwarten. Alles war aus. In diesen letzten Augenblicken aber waren wir im Laboratorium, und alles war möglich.

Sie wandte sich mir zu. Dann trat sie über die Linie und kam ganz nahe zu mir.

«Du stellst sie zehn Minuten zurück», sagte sie. «Das gibt uns die Zeit, die uns fehlt. Und es passiert etwas, es gibt eine Art Chaos. Gleichzeitig sind zehn Minuten nicht zu viel. Sondern ganz genau dosiert.»

Wir gingen zusammen durch die Turnhalle und auf die Südtreppe, kurz bevor es läutete, um von der Hofaufsicht nicht gesehen zu werden. Als wir uns trennten, berührte sie meinen Arm.

Der Stadtschulrat kam unmittelbar nach dem Läuten. Er saß selbst am Steuer, er sah mich nicht einmal an.

Ich ging vor ihm die Treppe hinauf und öffnete die Tür zur Klinik. Katarina saß hinter dem Schreibtisch, wo Hessen sonst saß.

«Wo ist Biehl?» sagte er.

Zunächst antwortete sie ihm nicht. Sie stand auf und gab ihm die Hand, er war gezwungen, sie zu nehmen.

«Katarina», sagte sie. «Ich bin Hessens Assistentin.»

In diesem Augenblick sah ich ihre Kleidung auf andere Weise. Sie hatte einen weiten grauen Pullover an. Hinter dem Schreibtisch sah sie jetzt viel älter aus, als sie war.

Ich hörte nicht, was er sonst noch sagte. Ich ging ins Treppenhaus und schloß die Tür hinter mir.

In der Tür von der Treppe in den fünften Stock waren Glasscheiben. Ich blieb stehen, bis der Flur leer war, dann ging ich hinein und holte August. Er war sehr weit weg. Ich löste die Riemen und stellte ihn auf den Boden. Er brach beinahe zusammen, ich schlug ihn mehrere Male mit der flachen Hand. Er machte die Augen halb auf, mehr war jetzt nicht zu machen, wir hatten fast keine Zeit.

Es war nicht klar, wie er vorgeführt werden sollte. Ich dachte jedoch, es müsse so sein wie beim Schularzt, also ausgezogen bis auf die Unterhose. Sie hatten ihm ein Krankenhausunterhemd gegeben, das vorn geknöpft wird, und auch lange Strümpfe, die zog ich ihm aus. Ich dachte, daß die Schläuche und die Flaschen daran von Vorteil sein könnten, so ließ ich sie ihm, sowohl die mit den Kanülen als auch die, die er in Nase und Mund hatte. Ich konnte nicht alle Flaschen tragen, Salzlösung und Glukose und Ringer-Laktat, was sie auch den Mädchen am Nødebogård gegeben hatten, er mußte sie selber tragen. Vielleicht half es ihm, sich wach zu halten, wenn er spürte, daß er einen Teil der Verantwortung trug.

Ich ging mit ihm in das kleine Büro, das an Hessens Klinik stieß. Von dort aus konnten wir durch den Mensendieck-Spiegel zu Katarina und dem Schulrat hineinsehen.

Er kehrte uns das Gesicht zu und hatte sich gesetzt. Er hatte weißes Haar und einen Backenbart wie Grundtvig, jedoch kleiner und glatter. Seine Lippen bewegten sich, man konnte aber nichts hören. Sehr vorsichtig öffnete ich die Tür einen Spalt.

«Wir haben ihn heraufgeholt», sagte Katarina, «damit Sie ihn persönlich sehen können.»

Einer der Schläuche war August aus der Nase gefallen. Es war keine Sonde darin, er mußte also für etwas anderes vorgesehen sein, vielleicht Sauerstoff, den hatten sie in der Regel am Nødebogård gegeben. Mit diesem Schlauch band ich ihm jetzt die Hände auf den Rücken, nicht fest, vor allem der Wirkung wegen.

«Das ist nicht nötig», sagte Baunsbak-Kold. «Ich habe die Unterlagen gelesen.»

Ich zog den weißen Kittel an. Es war meine eigene Idee, sie gehörte nicht zum Plan. Dann öffnete ich die Tür, schob August hinein und stellte ihn mitten in den Raum.

Der Schulrat stand auf und zuckte leicht zurück. Ich hätte mir keine Sorgen zu machen brauchen, daß er die Farbflekken auf dem Kittel sehen würde, er sah mich überhaupt nicht an.

«Guten Tag, mein kleiner Freund», sagte er zu August. «Ich heiße Baunsbak-Kold.»

Darauf antworete August nicht, es war, als ob er aufrecht stehend schliefe.

«Ich hab ihm die Hände gebunden», sagte ich. «Es besteht keine Gefahr, er hat auch vier Mogadon gekriegt.»

«Ich höre, es geht dir besser», sagte er.

Auch hierauf antwortete August nicht.

«Bring ihn raus», sagte er.

Er hatte August nicht direkt angesehen. Er hatte es nicht über sich gebracht.

«Er hat einen Lehrer überfallen», sagte Katarina. «Er nimmt keine Nahrung mehr zu sich. Wir haben ihn aufgenommen auf einen roten Schein hin. Er hat Inspektor Flakkedam zwei Finger gebrochen, als wir ihn herauftrugen. Wir haben ihn rund um die Uhr unter Aufsicht. Wir können die Verantwortung nicht mehr übernehmen, wir müssen Meldung machen.»

Er hatte sich zum Fenster gedreht. Wo man hinaus über den Park sehen konnte, bis nach Kopenhagen.

«Ist wohl inzwischen in der ganzen Stadt herum», sagte er. «Sie haben doch schon längst Hårdrup Bescheid gegeben?»

Der Theologe Aage Hårdrup, Dozent an der Pädagogischen Hochschule, war der staatliche Aufsichtsbeamte für die Schule. Man hatte ihn nur einmal aus der Nähe gesehen, als er die Rede zur Einweihung des Annexes und der neuen Toiletten hielt.

«Sie sind der erste, der etwas erfährt», sagte Katarina. «Wir meinen, es sollte so wenig wie möglich darüber geredet werden.»

«Es sind weniger als drei Kilometer Luftlinie bis zum Folketing», sagte er. «Das Ganze fällt auf mich zurück.»

Er steckte die Hand in die Tasche, ich dachte, nach einem Taschentuch, doch es kam ein Kamm. Er frisierte sich Haar und Backenbart, ohne es selber zu merken.

«Die Sache geht zu weit», sagte er. «Das habe ich Biehl schon vor Monaten gesagt. Er hier kommt zurück zum Sandbjerggård. Die schlimmsten von den anderen werden wieder da untergebracht, wo sie hergekommen sind, dafür sorge ich persönlich. Aber ganz können wir es natürlich nicht einstellen. Dafür gibt es zu große Hoffnungen. An den höchsten Stellen.»

Ich hatte ihn gespürt, mehr, als daß ich die Worte gehört

hätte. Er hatte sich warmgeredet, ich wußte, jetzt würde es zum Höhepunkt kommen.

«Was hat Biehl dazu zu sagen?»

Katarina kam nicht dazu, ihm zu antworten. Es gab keinen Übergang, den einen Augenblick sprach er, den nächsten schrie er wie ein Geisteskranker.

«Was zum Teufel noch mal hat Biehl dazu zu sagen?»

Nie zuvor hatte an der Schule ein Erwachsener geflucht, oder Schimpfworte gebraucht, niemals zuvor, das war eine unverbrüchliche Regel gewesen.

«Verzeihung», sagte er, «Verzeihung …»

Ich führte August aus dem Raum und zog die Tür hinter uns zu, schloß sie aber nicht. Sehr leise setzte ich ihn auf einen Stuhl, nahm das Pflaster ab und entfernte die Infusionen. Er selbst fing an, sich die Sonde aus dem Hals zu ziehen.

Baunsbak-Kold setzte sich Katarina gegenüber.

«Ich übernehme natürlich die Verantwortung», sagte er.

Er guckte direkt zum Spiegel, ich wußte, daß er uns nicht sehen konnte. Jetzt wirkte er sehr müde.

«Ich habe seine Papiere gelesen», sagte er. «Ich begreife es nicht. Diese Verrohung. Diese Gewalt. Und dann zwischen Eltern und Kind.»

«Haben Sie Ihre Kinder nie geschlagen?» sagte Katarina.

Zunächst blieb er völlig stumm. Dann antwortete er, langsam, als sei er verblüfft über die Frage und vielleicht auch über seine eigene Antwort.

«Ich habe ihnen mal einen Klaps gegeben», sagte er, «das tut man ja. Aber sie haben nie zurückgeschlagen.»

Er schloß die Augen. Ich wußte, er sah die Fotografien aus dem Polizeibericht vor sich.

Als er erneut sprach, war seine Stimme dünn wie bei einem Kind.

«Man hat es in den Zeitungen gesehen. Es rückt immer näher. Die unbegreiflichen Kinder. Jetzt liegt dieser Fall auf meinem Schreibtisch. Wie kann es dazu kommen? Diese Brutalität. Warum passiert so etwas? Ist das nicht Ihr Fach? Sind Sie nicht dazu angestellt, das zu erklären?»

Sie antwortete ihm nicht.

«Es übersteigt meine Kräfte», sagte er.

Ich dachte an die Uhr. Seit Katarina mir die Armbanduhr umgebunden hatte, hatte ich regelmäßig an die Zeit gedacht. Als ob ich langsam nicht mehr so krank wäre, jetzt, wo sowieso alles zu spät war.

Ich hatte noch sieben Minuten.

«Es war unmöglich, gegen Biehl anzukommen», sagte er. «Von der ersten Sitzung im Ministerium an war es ein *fait accompli*. Das müssen Sie auch bemerkt haben.»

«Ich war nicht dabei», sagte Katarina.

«Nein. Das stimmt. Es war Hessen. ‹Der Mensch ist ein göttliches Experiment, das zeigt, wie Geist und Staub einander durchdringen können.› Faszinierend, nicht wahr? Grundtvig, Vorwort zur *Mythologie des Nordens*. Er hatte seine Rede darauf aufgebaut. Alles, was wir tun sollten, war, dieses Experiment fortzusetzen. Die Schule zur ‹Werkstatt der Sonne› zu machen, ebenfalls Grundtvig, aus *Neujahrsmorgen*. Es klingt so wahr, wenn er es sagt. ‹Wir handeln in Erwartung der Herrlichkeit künftiger Tage.› Sie müssen es gesehen habe, er hat es an mehreren Stellen geschrieben.»

«Wo?»

«In den Anträgen.»

«Wo sind die?» fragte sie.

Er verstand sie nicht.

«Sie sind geordnet wie die Rundschreiben des Ministeriums, nach dem Datum, vom November und Dezember

1969. Im Büro, auf den Regalen, da sind sie gesammelt. Ich habe selber mehrfach dort nachgeschlagen.»

Einen Augenblick war er nahe daran gewesen, die Fassung zu verlieren. Jetzt kam er langsam wieder zu sich.

«Es war eine Idee, die zum Erfolg geboren schien. Er bringt alle auf seine Seite. Mich, den Minister, die ganze Ministerialabteilung, die Heimschulstiftung, das Pädagogische Institut, Hårdrup. Das Geld ist vorhanden. Das Ganze wird in die Tat umgesetzt. Es ist so vielversprechend. Und dann fangen diese Debakel an. An den Erziehungsheimen fielen sie wenigstens nicht auf. Aber das hier ist eine anerkannte Schule, ein Vorbild, am Rande der Hauptstadt. Und jetzt sind die Gelder bewilligt und zum Teil verbraucht. Jetzt ist die Sache nicht mehr aufzuhalten, zu große Kräfte sind in Bewegung gesetzt worden, es steht zuviel auf dem Spiel.

Ich stand auf, es waren noch vier Minuten übrig.

«Und wenn das alles wäre», sagte er. «Aber da ist noch das Wohl der Kinder. Wie der da, der kleine Kerl. Was macht ihm so zu schaffen?»

Er verbarg das Gesicht in den Händen. Ich ging zur Tür.

«Ich muß jetzt gehen», sagte er.

Der Flur war leer. Die Tür zum Lehrerzimmer war ganz am Ende. Ich öffnete sie und trat ein.

Schüler hatten im Lehrerzimmer nichts zu suchen. Ich war niemals dort gewesen.

Es war groß. Es gab Sofas und Stoff auf den Stühlen. In der Klasse saß man auf Holzstühlen oder in Schulbänken, auf dem Kathederstuhl war Leder, doch nirgendwo sonst gab es Möbel mit Bezug.

Es duftete nach Kaffee und gutem Essen. Nicht nach Pausenbroten oder nach dem, was aus der Küche im Annex kam. Nach gutem Essen.

Im Raum war eine Küchenfrau im Kittel, und zwei der neuen Lehrer saßen da und korrigierten. An einem der Fenster stand Fredhøj.

«Verzeihung», sagte ich, «man schickt mich mit einer Nachricht für Hessen.»

Dann schloß ich die Tür.

An den Wänden hingen Bilder, das fiel einem sofort auf. Es war nicht erlaubt, in den Klassen etwas aufzuhängen, um Abnutzung zu vermeiden. Da war auch eine große elektrische Uhr. Doch nichts, was die Schulglocke hätte sein können.

Ich lief den Flur hinunter zu der Tür neben Fredhjøs Büro, der, von der Katarina gesprochen hatte, und schloß auf. Dann ging ich hinein und schloß sie hinter mir wieder zu.

Der Raum war sehr schmal, aber tief. An der Wand links von mir hing hinter Glas eine kleine Scheibe mit einem Knopf. Es stand da, das sei der Feuermelder der Schule, daneben war ein Blatt Papier befestigt – die Vorschriften für eine Evakuierung.

Darüber hinaus war in dem Raum nur die Uhr.

Sie hing an der Wand. So hoch oben, daß kein Mensch auf der Welt sie erreichen konnte. Das Werk selbst befand sich in einem verschlossenen Gehäuse. In der Tür des Gehäuses war eine Glasscheibe. Man sah das Zifferblatt und ein langes Pendel. Unter dem Zifferblatt saß ein Zahnrad eines Typs, wie man es noch nie gesehen hatte. Ich hatte noch zwei Minuten.

Ich zog Schuhe und Strümpfe aus, setzte einen Fuß an jede Wand und stieg hoch.

Im Jahr zuvor waren zwei Mädchen aus der Klasse über uns mit bloßen Füßen in die Schule gekommen.

Biehl hatte sie natürlich schon auf dem Hof gesehen, dennoch hatte er sie hereingelassen. Die erste Stunde verging ohne Kommentar.

Bei der Morgenandacht wurden sie isoliert. Fredhøj hatte sie neben das Rednerpult gestellt. Dann war Biehl gekommen. Er leitete die Morgenandacht wie gewöhnlich. Alle hatten gewußt, daß etwas im Anzug war, alle kannten die Mädchen. Für das Schultheater hatten sie ein Lied geschrieben, das verboten worden war. Man sagte von einer von ihnen, sie habe im letzten Jahr Gonorrhöe gehabt.

Als das Vaterlandslied beendet war, war es im Saal still geworden. Biehl hatte gewartet, bis die Aufmerksamkeit total war. Dann hatte er gesagt, man begrüße an der Schule eine intelligente und präzise Kritik des Bestehenden, der Weg jedoch, den die sogenannten Provos gewählt hätten, sei unfruchtbar und dumm. Was lange Haare und nackte Zehen angehe, könne jeder denken, was er wolle. Über jeden Zweifel erhaben aber sei, daß ein solches Verhalten unhygienisch und ganz einfach eine Schweinerei sei, die man an diesem Ort nicht sehen wolle. Darum bitte er jetzt die beiden Mädchen, die hier neben ihm stünden, nach Hause zu gehen und genauer nachzudenken, und sie brauchten nicht wiederzukommen, bevor sie glaubten, sie hätten verstanden.

Daran erinnerte ich mich jetzt. Darum mußte ich mich selbst überwinden, um an die Wände zu treten. Man hatte sie vorher niemals auch nur gestreift. Und jetzt auch noch mit bloßen Füßen.

Auf der Uhr stand «Bürk». Ich keilte mich fest und öffnete die Tür.

Die Uhr war tot. Sie bewegte sich, war aber doch nicht lebendig, das sagte ich mir selbst. Dennoch brachte ich es nicht über mich, sie zu berühren.

Elektrische Kabel liefen zum Gehäuse, jedoch nicht zum

Werk, das Werk hatte Handaufzug. Zwei Schlüssel lagen am Boden des Gehäuses, und am Zifferblatt war eine Sperrklinke. Über der Klinke saß eine kleine Scheibe, die sich jede Sekunde einmal bewegte. Es war noch eine Minute übrig.

An der Rückwand des Gehäuses klebten Zettel mit gedruckten Warnungen auf deutsch, die ich nur schwer lesen konnte, aber ich begriff doch aus den Ausrufezeichen und Unterstreichungen, daß es Vorschriften zum Aufziehen waren. Am Boden des Gehäuses lag außer den Schlüsseln eine Schachtel mit 250 mA-Sicherungen und ein Papier mit der Information, wann das Werk justiert worden war. Es war gegen Ende jedes Monats um etwa eine Minute korrigiert worden.

Ich versuchte, den großen Zeiger rückwärts zu schieben. Er ließ sich nicht bewegen, war wie festgenagelt, es war nichts zu machen.

Das Zahnrad unter dem Werk war mit einem Mechanismus verbunden, der in so kurzer Zeit unmöglich zu begreifen war. Es war jedoch klar, daß er eine Verbindung zum Läutwerk haben mußte, das elektrisch war. Im Gehäuse saß ein Relais mit der Aufschrift «Tradania, Danmark». Das Werk selber war deutsch, die Uhr war also ein Resultat deutsch-dänischer Zusammenarbeit.

Das Zahnrad hatte eine Einteilung von eins bis vierundzwanzig. Für jede Stunde gab es zwölf kleine Löcher. In den Löchern, die dem Zeitpunkt entsprachen, zu dem es läutete, saß eine sehr kleine Schraube. Die Uhr war also auf eine größere Genauigkeit hin konstruiert als plus minus ein paar Minuten.

Am Boden des Gehäuses lag auch ein kleiner Schraubenzieher. Mit ihm entfernte ich die Schrauben, die den Kreislauf jetzt geschlossen hätten, zehn Sekunden später.

Dann wurde die Tür aufgeschlossen, und Fredhøj kam herein. Er sah in den Raum. Dann ging er zum Fenster und sah hinaus. Dann ging er zurück zur Tür.

Er sah nicht nach oben, er sah mich nicht.

Es war nicht Glück. Es lag daran, daß es ihm nicht einfiel, daß ihm der Gedanke überhaupt nicht gekommen wäre.

Er konnte es nicht. Er hatte ja nie zu Kindern aufgesehen. Sie waren immer unter ihm gewesen. Unten in der Klasse oder unten im Hof oder unten im Saal oder unten in der Kirche, immer unten. Er konnte das Gesicht nicht mehr zur Decke heben und zum Licht. Nicht um zu einem Kind zu sehen.

Ich sah ihn von oben. Wie ich noch nie einen Lehrer gesehen hatte. Ich sah seine Schuppen. Auf seiner Kopfhaut und auf der Jacke.

Er ging hinaus und verschloß die Tür hinter sich.

Ich versetzte jetzt die Schrauben für den Rest des Tages, es waren noch zehn. Aus dem Schultag und dem Universum waren nun zehn Minuten verschwunden, als hätte es sie nie gegeben. Es war schwer, sich dort oben zu halten, aber ich zwang mich dazu. Doch fehlten mir die Kräfte, hinunterzuklettern, als ich fertig war. Ich fiel das letzte Stück und konnte zunächst nicht aufstehen, da setzte sich Oscar Humlum neben mich.

Ich hatte ihn nicht gesehen, doch er mußte die ganze Zeit dagewesen sein. «Jetzt sind wir bald zu Hause», sagte ich.

Er machte mich aufmerksam auf den Fuß. Er war sofort angeschwollen. Es war unmöglich, ihn in den Schuh zu bekommen, aber ich konnte den Strumpf anziehen.

Ich sagte zu ihm, ich müsse jetzt zusehen, nach Hause zu kommen, mit August und Katarina, und ob er nicht mitwollte, wäre das nichts?

Er schüttelte den Kopf. Vielleicht war es die Lehrstelle auf den Schwedenfähren, vielleicht etwas anderes. Er ging langsam weg.

Ich rief ihm nach, er blieb stehen und drehte sich um.

«Eins sollst du wissen», sagte ich. «Nachdem wir uns begegnet sind, nachdem wir zum ersten Mal jeder auf seiner Toilette an der Heizung saßen, seitdem war ich nie mehr völlig allein, auch nicht, nachdem du mich verlassen hattest. Davor hat es in meinem Leben nicht wirklich etwas gegeben. Aber wenn es einmal jemanden gibt, der unter der kalten Dusche steht, damit man selber unter der warmen bleiben kann, dann kann man nie mehr wirklich völlig allein sein.»

Ich schloß auf und ging auf den Flur und dachte, die Katastrophe sei da.

Die Tür zum Büro wurde aufgestoßen, und die Sekretärin kam herausgerannt. Ich wußte, ich war nun gezwungen, sie in das Uhrzimmer zu ziehen und dazu zu bringen, eine Zeitlang ganz still zu sein, wie auch immer das zu machen war. Weiter konnte ich nicht denken.

Sie sah mich überhaupt nicht an. Sie überquerte direkt den Flur und lief auf die Südtreppe hinaus, man hörte sie hinunterklappern.

Hinter ihr, aus dem Büro, kam Katarina.

Wir blieben einander gegenüber auf dem Flur stehen, die schlimmste Stelle von allen, in einem kleinen Wirbel im Zeitstrom.

«Ich habe gesagt, ein Auto ist demoliert», sagte sie, «eines, das aussieht wie ihres. Ich hab gesagt, ein Taunus ist ihm rückwärts reingefahren, ich hätte den Schulrat erkannt, dann sei er weggefahren. Ich hab gesagt, der Mascot sieht jetzt aus wie eine Ziehharmonika, ob sie nicht runtergehen will und nachsehen.»

Unter dem Arm hatte sie einen großen Umschlag aus Pappe. Darauf waren einige Daten geschrieben; so wie sie den Umschlag hielt, konnte ich sie nicht sehen. Doch ich wußte, es würde etwas mit November und Dezember 1969 sein.

«Wenn man erst mal angefangen hat zu lügen», sagte sie, «wird es leichter und leichter.»

August war ein bißchen aufgewacht. Als wir hereinkamen, legte er den Finger auf die Lippen. Der Lautsprecher.

Ich ging hin, sehr leise. Es kamen Geräusche heraus, ein Kratzen, das zu- und abnahm, man konnte ihm nicht entnehmen, ob sie nach uns suchten oder was nicht stimmte, nur daß dort etwas vor sich ging.

Als ich zurückkam, betrachtete Katarina den Aktenschrank.

«Kann man den aufmachen?» sagte sie.

Das wollte ich zunächst abstreiten, dennoch machte ich ihn auf.

Sie fand unsere Akten. Dann zählte sie die anderen.

«Sechzig», sagte sie. «Sie testen sechzig Schüler. Wozu machen sie das?»

«Ich friere», sagte August.

Wir teilten die Sachen, die wir hatten. Katarina gab ihm Stiefel und Strumpfhosen, so hatte sie selbst nur das Kleid und nackte Beine. Sie bekam meine Schuhe, die ich sowieso nicht gebrauchen konnte, wegen des Fußes, der dicker geworden war. August zog sein Unterhemd an, und ich gab ihm meinen Pullover.

Aus der Tiefe stiegen klagende Stimmen zu uns auf. Katarina ging zum Fenster. «Klastersen hatte unsere Klasse in der großen Halle», sagte sie.

Die große Halle wurde zum Ballspielen benutzt, in ihr galt eine andere Zeit. Um aus den Sportstunden den vollen physischen Gewinn zu ziehen, war die Pause davor und danach zum Duschen und Umkleiden reserviert. Darum war keine Glocke in der großen Halle. Klastersen leitete die Stunden mit einer Stoppuhr. Duschen und Umkleideräume waren im Hauptgebäude, das während des Unterrichts abgeschlossen war, um zu vermeiden, daß Fremde von draußen eindrangen und Sachbeschädigungen oder Diebstähle begingen. Was jetzt passiert war, war, daß Klastersen die Schüler zum Duschen hinüber geschickt hatte, und diese hatten das Hauptgebäude verschlossen gefunden, weil die Glocke nicht geläutet hatte, wie sie sollte, und die Hofaufsicht darum die Türen nicht aufgeschlossen hatte. Sie warteten jetzt im Schnee, in kurzen Hosen und Turnschuhen.

Dann sprach Biehl über den Lautsprecher.

«Andersen», sagte er, «bitte hinauf ins Büro.»

Es war das erste Mal überhaupt, daß ein Mensch über Lautsprecher gesucht wurde.

«Er hat frei», sagte Katarina, «Andersen hat frei.»

Sie hatte ihren Stundenplan nicht dabei, dennoch wußte sie es, sie mußte ihn auswendig gelernt haben.

«Sie wollen, daß er den Raum mit der Uhr aufmacht», sagte ich.

«Warum machen sie das nicht selbst?»

«Sie können es nicht», sagte ich. «Ich hab den Schlüssel abgebrochen, der Schlüsselbart sitzt im Schloß.»

In dem Augenblick läutete es.

Genau als der Ton kam, entstand eine Pause. Danach kam die Stille. Sie war beinahe total.

Sie hätte nicht dasein dürfen, auf dem Flur hätten Stimmen und Leute sein sollen, jetzt war die Schule statt dessen wie tot. Ich konnte den anderen ansehen, daß sie es nicht begriffen.

«Die Lehrer», sagte ich, «sie sind verwirrt. Die Glocke hat zehn Minuten zu spät geläutet. Sie wissen nicht, ob sie zum Beginn oder zum Ende der Stunde geläutet hat, und außerdem haben die Leute ihre Pause nicht gehabt. Jetzt wissen sie nicht, was sie machen sollen. Es wird nur einen Augenblick dauern, dann kommen Leute auf den Flur.»

«Es ist auch noch was anderes», sagte August. Er war aufgestanden, der Pullover ging ihm bis zu den Knien. «Sie trauen sich nicht, die Leute runterzulassen. Sie wissen, was für ein Krawall auf dem Hof ist. In den Stunden ist man wie tot. Aber auf dem Hof kocht es. Habt ihr nicht gesehen, daß die Hofaufsicht immer am Rand bleibt? Es geht überhaupt nur, weil sie die Glocke haben. Die ist wie ein Messer, das einzige, das schneidet. Ohne die kriegen sie die Leute nie wieder rauf. Jetzt wissen sie nicht, ob sie wirkt. Sie trauen sich nicht, die Leute runterzuschicken.»

Er war nicht sicher auf den Beinen, vor allem nicht in Katarinas Stiefeln. Aber ich hatte es schon früher gemerkt, wenn er erst mal in Gang gekommen war, beim Zeichnen oder irgend etwas, blieb er nicht mehr stehen, bis er in etwas Festes hineinrannte.

«In diesem Augenblick sitzen sie am Katheder und tun so, als wär nichts. Aber alle wissen, daß etwas nicht stimmt, die Spannung in der Klasse steigt und steigt. Und dann kommt einem eine Idee. Plötzlich denkt man, der Lehrer ist nur einer, während man selber zu zwanzig ist, keiner hat eine Chance gegen zwanzig, nicht mal in den jüngeren Klassen, wenn sie fest entschlossen sind. Und man sieht sich um, und die Phantasie kommt zu Hilfe. Alle haben einen Bleistiftspitzer – das ist ja Pflicht –, jetzt nimmt man die Klinge raus, sie ist klein, aber wie eine Rasierklinge, jetzt steht man auf und geht rauf zum Katheder, jetzt ist es vorbei, einen Augenblick später liegt er da, und man stürzt raus in die Freiheit …»

«Ja», sagte Katarina, «mit Riemen um Arme und Beine, zwei Tröpfen und Gummischläuchen in der Nase.»

Er war weit weg gewesen, doch er kam sofort wieder herunter und war in einer einzigen Bewegung drüben bei ihr.

«Wie war das noch mit deinem Vater und deiner Mutter, Mädel?» sagte er.

Ich hatte mich zwischen sie geschoben. Sein Blick war direkt auf mich gerichtet, dabei sah er so selten jemanden an.

In ihm, unter seiner Haut, hatte eine andere Person die Oberhand gewonnen, die Gefahr war unmittelbar.

Dennoch konnte ich ihn nicht schlagen, ich konnte kein Kind schlagen, ganz egal, warum.

Ich streckte ihm meine linke Hand entgegen, die mit den zusammengeklebten Fingern. Ich versuchte nicht, mich zu schützen.

«Brich sie einfach irgendwo anders», sagte ich.

Er hielt inne und verschloß sich wieder, er sah die Hand nicht an.

«Das war ich nicht», sagte er. «Worauf warten wir, was passiert jetzt?»

In diesem Augenblick kam wieder Biehls Stimme aus dem Lautsprecher.

«Es ist jetzt 13.00 Uhr», sagte er. «Alle Klassen begeben sich sofort auf den Schulhof. Es folgt eine Pause bis 13.20.»

Katarina stand da und lauschte und beugte sich zu den Lauten hin.

«Er hat Angst», sagte sie.

Sie hatte direkt neben dem Lautsprecher gesprochen, ich legte meine Hand über ihren Mund.

Die Stimme kam wieder, sehr klar, als ob er neben uns stünde.

«Ich bitte alle Lehrer außer der Hofaufsicht, augenblicklich ins Lehrerzimmer zu kommen.»

Katarina nahm meine Hand weg.

«Du hast mal etwas gesagt», sagte sie. – «‹Die Zeit ist etwas, das man festhalten muß.› Die Pausen, vor denen haben sie Angst.»

Wir standen immer noch direkt neben dem Lautsprecher, wir hätten nicht sprechen sollen.

«Er hat keine Angst», sagte ich. «Er hat es selbst gesagt, das mit den vielsagenden Pausen.»

«Die sind es nicht. Das hier ist etwas anderes. Das hier ist eine Pause, die außer Kontrolle ist. Zeit und Planung zerfallen.»

Wieder ertönte Biehls Stimme, doch er kam nicht dazu, auszureden.

«Eine Durchsage an alle Klassen. Wenn jemand folgende Schüler gesehen hat oder sieht: Peter aus der siebten Klasse, August Joon …»

Er kam nicht dazu, mehr zu sagen. August schlug nur einmal, doch der Schlag ging durch den Stoff und zerbrach das Gitter, das dahinter war. Dann packte er den Rahmen und versetzte ihm einen Kopfstoß, das sprengte die Membran und riß den Lautsprecher los. Dann war ich bei ihm und zog ihn weg. Er blutete, der Lautsprecher hing an den Kabeln, die Verbindung war unterbrochen.

Wir hörten jetzt das Gebäude. Ferne Stimmen, Erschütterungen im Treppenhaus. Wir standen ganz still und lauschten. Wir sahen Katarina an.

Bis jetzt war alles ihr Plan gewesen. Soweit hatten wir es im Materialschuppen besprochen.

«Was jetzt?» sagte August.

In gewisser Weise hatten wir uns auf sie verlassen.

Sie antwortete ihm nicht, sie stand nur da und sah uns an. Und da begriff ich, daß sie keine Antwort wußte.

«Ich weiß, was du gedacht hast», sagte August. «Du hast gedacht, es ergibt sich schon irgendwas.»

Ich hatte ihn umfaßt, doch er war ruhig. Es war, als habe er aufgegeben.

«Du hast gedacht, da gibt's ja die Familie, du hast bestimmt einen Onkel in irgendeinem Ministerium, der die Sache mit Biehl regeln kann, oder wie? Und nach dieser Schule hier gibt's 'ne andere, die, wo deine Cousinen sind, Busses oder die Classenske Legatschule. Aber ich sag dir eins, für uns andere, für mich und für den dummen Peter, für uns gibt es ...»

Er konnte es zunächst nicht sagen, es füllte seinen Körper und verschloß ihn und machte ihn steinhart. Dann erschlaffte er, und dann sagte er es.

«Für uns gibt es nichts», sagte er. «Nur ein Loch.»

Sie änderte nicht den Ausdruck. Es war, als ob ihre Augen dunkel würden, beinah schwarz. Dann begannen die Tränen zu fließen. Keine Veränderung im Gesicht, nur der Strom von Tränen aus den dunklen Löchern der Augen.

Jetzt war die Zeit für mich gekommen, es war an mir, sie zu beschützen.

«Wir gehen nach Hause», sagte ich.

Wir bereiteten uns darauf vor aufzubrechen. Als sie die Papiere zusammensammelte, sah sie es sofort.

«Wo ist Augusts Akte?» sagte sie.

«Ich habe sie zurückgelegt», sagte ich.

Es war nicht möglich, ihr das zu erklären. Für sie war es so wichtig zu wissen. Man würde ihr nie begreiflich machen können, daß es ab und zu eine größere Hilfe sein kann, nicht zu wissen.

Sie sagte nichts. Vielleicht hatte sie trotzdem verstanden.

Wir lauschten an der Tür, bis der letzte Lehrer auf den Flur gegangen war, dann stiegen wir die Südtreppe hinunter. Wir begegneten niemandem, auch der Hof war leer. Es bestand die Gefahr, daß man uns von Andersens Haus aus sah. Doch das Glück war mit uns, wir schafften den ganzen Weg am Hauptgebäude und an der großen Halle entlang und hinaus in den Park, ohne daß jemand nach uns rief.

Es hatte geschneit, jetzt war Nebel, wir gingen in den Nebel und verschwanden.

14

August fiel immer wieder hin, wir nahmen ihn zwischen uns. Meine Socken halfen nichts gegen den Schnee, doch als ich meine Füße nicht mehr spürte, spürte ich auch den schlimmen Fuß nicht mehr, der dicker geworden war.

Wir konnten nichts anderes sehen als das Weiß. Ein paarmal verlor ich die Richtung, dann tauchte Humlum auf, nur ganz flüchtig, so daß wir wußten, wir waren auf dem richtigen Weg.

Von Anfang an war vorherbestimmt, daß es so sein würde. Eine Wanderung durch öde, unfruchtbare Gegenden, doch sie würde leichter zu ertragen sein, weil man mit denen ging, die einem nahestanden, der Frau und dem Kind. Schließlich würde man das Land erreichen, das einem verheißen worden war.

Es trat jetzt hervor aus dem Nebel, es stand «Materialschuppen» daran, doch wir begriffen jetzt, daß dies immer dazu gedient hatte, die Aufmerksamkeit abzulenken. Der Zweck war immer gewesen, daß wir hierherfinden sollten.

Alles war, wie Katarina und ich es verlassen hatten.

Ich schob den Riegel vor und stellte Kisten um den Tisch, um es heimelig zu machen. Die Kälte war ein Problem. Ich dachte daran, Feuer zu machen, aber es gab keinen Abzug, und sie hätten das Licht sehen können, und überall standen Kanister mit Benzin für die Rasenmäher. Doch in den Schränken fand ich alte Nummern von *Welt der Natur*, die stopften wir unter Augusts Unterhemd und in die Strumpfhosen. Es ging ihm schlechter, aber das würde bald vorbeigehen, wenn wir ihn jetzt pflegen konnten.

Wir setzten uns um den Tisch. Sie waren beide müde und nickten ein, bald schliefen sie.

Ich wachte über sie. Ich hatte sie hierhergebracht, jetzt trug ich die Verantwortung. August saß da, in die Ecke gelehnt, Katarina hatte den Kopf auf den Tisch gelegt. Ich konnte ihren Atem hören, der von August ging schnell, ihrer langsamer. Ich wachte über sie, die Frau und das Kind, damit ihnen nichts Böses zustoßen konnte.

Da sah ich Oscar Humlum, er saß etwas weiter hinten.

«Du kannst ruhig schlafen», sagte er, «ich halte Wache.»

Ich machte jetzt kurz die Augen zu, doch etwas weckte mich. Oscar sah mich an.

«Es ist der Hunger», sagte er, «deswegen kannst du nicht schlafen. Er kommt in Wellen. Wenn er kommt, sollst du ihn spüren. Nicht an etwas anderes oder an Essen denken, sondern ihn mit dem Licht der Aufmerksamkeit betrachten.»

Ich versuchte es, und der Hunger kam und verließ mich wieder.

«Woher weißt du das», sagte ich, «das wußtest du damals nicht.»

«Ich bin auch größer geworden», sagte er, «das ist die Chance dabei, wenn die Zeit vergeht und man wächst. Der Schmerz wird nicht kleiner. Man wird nur besser darin, ihm zu begegnen.»

Ich sah jetzt, daß er älter aussah, auch ruhiger.

«Du kannst hier bei uns bleiben», sagte ich, «immer. Es wird nie mehr jemanden geben, der einen wegschickt.»

Er antwortete nicht, er bedeutete mir nur, ich solle schlafen.

Als ich aufwachte, war August zu sich gekommen. Er saß da und las die Anträge und die Akten. Katarina hatte sie auf den Tisch gelegt. Er war unruhig.

Er wollte mich dazu bringen, die Papiere zu nehmen, ich lehnte ab; er reichte sie hinüber zu Katarina.

«Ich habe sie gelesen, während ihr geschlafen habt», sagte sie.

Er begann vorzulesen. «An die Ministerialabteilung für die Volkschule. Biehls Privatschule ersucht hiermit um die Genehmigung der Abteilung zur Durchführung des Versuchs, zu dem vorläufige Pläne auf der Sitzung der Abteilung am 11. November 1969 vorgelegt wurden und der im folgenden näher beschrieben ist.»

Er ließ das Papier sinken.

«Das ist der Beweis», sagte er.

Er blätterte aufs Geratewohl in dem Stapel. Als er las, war es langsam und mühselig, seine Stimme betastete gleichsam die Worte.

«Als Rektor von Biehls Privatschule erlaube ich mir hiermit, einerseits die Genehmigung des Unterrichtsministeriums zu dem im beigefügten Schreiben näher beschriebenen Versuchsprojekt, andererseits einen Zuschuß aus dem Versuchsetat des Ministeriums zur Deckung der Kosten bei der Durchführung des Projekts zu beantragen.»

«Es ist ein Komplott», sagte er. «Alles ist berechnet. Sie haben die Leute gesammelt. Jetzt sollen sie vernichtet werden.»

«Integriert», sagte Katarina. «Sie wollen Kinder aus Fürsorgeheimen und Jugendgefängnissen holen und sie zurück auf die öffentliche Schule führen. Das ist es, das ist der Plan.»

Oscar gab mir ein Zeichen, dann hörte ich es. Es war Andersens Rottweiler. Doch Oscar winkte mir beruhigend zu.

Augusts Stimme fuhr fort, er war jetzt in die Papiere versunken – «... nach Rücksprache mit pädagogischen und psychologischen Sachverständigen wird hiermit zugleich die Deckung der Kosten der Heimschulstiftung im Zusammenhang mit der Einstellung eines Inspektors an der Internatsabteilung beantragt, wobei ...»

Er stockte.

«Das ist Flakkedam», sagte er. «Der Versuch soll hier anfangen. Und sich anschließend ausbreiten. Warum ist er geheim, da steht, er soll geheim sein. Was ist das hier?»

Es waren die gleichen Abschriften wie in seiner Mappe in Biehls Büro.

«Das ist aus dem Erziehungsregister», sagte ich. «Sie müssen die Genehmigung des Justizministeriums bekommen haben, die hier sind geheim.»

«Er schreibt, es sei den Kindern zuliebe», sagte sie. «Damit sie so lange wie möglich Kinder sein können. Und nicht mit der Verantwortung der Erwachsenen belastet werden. Das war immer seine Meinung.»

«Ja», sagte ich. «Das hat er auch gesagt, als er es ablehnte, eine Schülermitverwaltung einzuführen.»

August war jetzt zu unruhig, um zu sitzen. Er war aufgestanden, er hatte die Hände an den Schränken und fühlte sich gewissermaßen an ihnen entlang. Oscar sah nicht mehr mich an, sondern Katarina.

«Er schreibt, der Versuch sei seiner Zeit voraus», sagte sie. «Er gehört in die Zukunft. Er ist der öffentlichen Meinung voraus. Darum ist es besser, ihn in aller Stille durchzuführen. Und ihn erst zu veröffentlichen, wenn man überzeugende Ergebnisse hat.»

August war jetzt hinten im Raum verschwunden, wo man ihn nicht sehen konnte. Man konnte nur hören, wie er im Dunkeln herumstreifte.

«Das ist alles schiefgegangen», sagte sie. «Sie müssen geglaubt haben, sie könnten helfen und die Schule zu einer ‹Werkstatt der Sonne› machen, wie er gesagt hat. Zu einem Laboratorium, das den Unterschied zwischen den Gestörten und den Normalen aufhebt. *Darum* hat man euch aufgenommen. Das erklärt auch Hessen und all die Tests. Darum haben sie Flakkedam eingestellt. Für die Sicherheit.»

Jetzt sah ich seine Augen, im Dunkeln sammelten sie das letzte Licht, wie die eines Raubtiers.

«Aber was ist mit Karin Ærøs Sternen?» sagte ich. «Oder mit den Prügeln, die man gekriegt hat. Oder den Noten und den Zeitplänen. Das ist damit immer noch nicht erklärt.»

«Nein», sagte sie. «Hinter ihrem Plan muß es noch einen anderen geben. Und von dem wissen sie nichts.»

«Wer weiß es dann?» sagte August.

«Etwas, das größer ist als sie.»

Er stand plötzlich vor ihr. Ich wollte etwas tun, erreichte ihn aber nicht. Humlum hatte es ebenso überrascht, auch er war nicht aufgestanden.

«Es gibt nichts über denen», sagte August. «Alles haben sie voraus berechnet. Darum müssen sie weg, irgendwie ...»

Das war seine Strategie. Hassen. Aber der Haß mußte auf jemanden gerichtet sein, nicht nur einfach so in die blaue Luft. Und die, die man haßte, mußten die Verantwortlichen sein. Sonst wären sie ja ohne eigene Schuld.

«Das nützt nichts», sagte sie. «Es gibt etwas Größeres hinter ihnen.»

Sie war sehr aufmerksam. Nicht nur auf ihn, sondern auf etwas anderes, etwas um uns herum. Sie war etwas Entscheidendem nahe.

«Hinter denen ist nichts als ein Loch!»

Er hatte geschrien. Er drehte sich um, und mit der flachen

Hand schlug er die Scheibe im Schrank ein. Dann preßte er die Handfläche gegen den Kranz aus Glas, der übrig war, und fing an, sie im Kreis zu drehen. Erst da erreichte ihn Humlum und schob ihn weg, dann übernahm ich ihn.

Katarina stand aufrecht da, sie hatte sich nicht gerührt. Mit der einen Hand hielt ich ihn, mit der anderen zog ich mir das Hemd aus, riß einen Ärmel ab und band ihn ihm um die Hand. Dann entfernte er sich von mir.

Er ging die Schränke entlang und sah durch die Scheiben hinein, zu den Gegenständen auf den Regalen, den ausgestopften Tieren. Er mußte sich anlehnen, um zu stehen.

«Genau wie zu Hause», sagte er. «Von jedem zwölf, aus der guten alten Zeit. Auch zugeschlossen, daß sie bloß nicht versaut werden. Wer hat was zu rauchen?»

Ich reichte ihm die Schachtel, es war seine eigene, auch die Streichhölzer. Ich hatte sie beiseite gebracht, bevor sie seine Sachen abholen kamen, nachdem man ihn ins Krankenzimmer gelegt hatte.

Er zündete sie noch selber an, doch dann fiel sie ihm aus der Hand, er bückte sich und hob sie auf. Er zog daran und bekam einen Hustenanfall.

«Mann, ist das gut», sagte er.

Er hielt die Zigarette mit dem Verband, er war schon sehr naß. Wenn alles in Ordnung war, würde ich ihm einen richtigen Verband machen und die Wunde reinigen.

«Jetzt muß sie den Bus nehmen», sagte er, «Mutter, mein ich, auch wenn sie es haßt. Dazustehen und sich an Stangen festzuhalten, die andere Leute angefaßt haben. Nicht einmal mit Netzhandschuhen. Wenn ich zurückkomme, kaufe ich ihr ein Auto.»

Er sprach und schlief gewissermaßen gleichzeitig. Katarina holte ihn zurück zum Tisch und setzte ihn hin. Der Schweiß stand ihm auf der Stirn. Mit einer Hand stützte sie ihn im Nacken, mit der anderen flachen Hand wischte sie den Schweiß weg.

«Keiner darf mich anfassen», sagte er.

Doch er ließ es zu.

Wir saßen um den Tisch. August war hinüber zu Katarina gesunken. Sie faßte ihn nicht an. Doch sie rückte näher, damit er bequem sitzen konnte.

Es gab Bewegung draußen im Dunkeln. Ich sah zu Oscar Humlum, er schüttelte den Kopf. «Noch nicht», sagte er.

August und Katarina sahen mich an, alles war in Ordnung. Sie bewerteten mich nicht, verlangten nicht, daß ich mehr leistete. Ich hatte sie hierhergeführt, und es war so, wie es sein sollte.

Ich sah, wie rein sie in gewisser Weise waren, egal, was sie getan hatten. Sie hatten, jeder auf seine Weise, versucht zu sein, wer sie waren. Nicht wie ich, der niemals jemand gewesen war und darum ein Leben lang versucht hatte, ein anderer zu werden. Um endlich innerhalb zu sein.

Ich sah, daß sie auch das verstanden. Daß sie es verstanden und daß es in Ordnung war. Daß ich trotzdem Bedeutung hatte, egal, was geschah.

Dann verschwand auch die Zeit. Ich sah, wie klein August war, wie das Kind, das ich später haben würde, obwohl er älter war. In diesem Augenblick wurden die beiden zu einem, er und das Kind, und von da an war es unmöglich, sie je völlig voneinander zu unterscheiden.

Ich streckte die Hand über den Tisch und streichelte sein Haar, er ließ es zu. Unter meiner Hand wurde es warm und ziemlich glitschig. Bald schlief er. Katarina betrachtete mich.

Ich sah mich um.

«Humlum», sagte sie.

Sie nickte, als ob sie es schon gewußt hätte.

«‹Rette dich›», sagte ich, «das war das letzte, was er sagte. Er wußte, wir konnten nicht beide wegkommen. Das hätte für die Schule sozusagen bedeutet, zuviel Umweltverschmutzung auf einmal zu exportieren. Er stand da, das Seil in den Händen. Dann legte er den Kopf schief und horchte auf den Zug. Er sah nicht so gut. Im Winter, auf der Toilette, hatte er mir erzählt, er sei mit neun bei einer Pflegefamilie am Genforeningspladsen gewesen, die ihn um halb vier Uhr morgens weckte und zu N. L. Dehns Großwäscherei hinüberschickte, wo alle so taten, als sei er vierzehn, damit es keine Kinderarbeit war, und wo er die Sachen von der Reinigungsmaschine zur Bügelfrau fuhr. Der Mann an der chemischen Reinigungsmaschine war von Anfang an betrunken gewesen, und eines Tages war etwas mit einem Hahn. Oscar war Reinigungsflüssigkeit in die Augen gespritzt, und man hatte ihn der Familie weggenommen. Seitdem aber sah er ziemlich schlecht. Statt dessen lokalisierte er den Zug durch das Geräusch, auch jetzt.

«Ich bleibe hier», sagte ich, «wenn du es nicht machst, bleibe ich hier.»

Er lächelte, er hörte mich nicht, er war schon in einer anderen Welt.

Er startete ganz normal, mit dem richtigen Timing. Am Ende des Schwungs blieb er hängen. Diesen letzten Augenblick, den er am Leben war, zog er so lange hin, daß er das Zurückschwingen verzögerte, schließlich aber fing er an, sich zu bewegen, wie ein Pendel, und dann kam der Zug.

Katarina sagte nichts, sie nickte nur.

Ich sah nicht auf zu Oscar, das war nicht notwendig, wir wußten beide, daß es richtig war, es ihr zu offenbaren.

August sagte etwas. Durch das Fieber klang es, als käme es zu uns aus einem fernen Raum.

«Vielleicht kann man bei den falschen Menschen geboren werden», sagte er. «Vielleicht hätte man woanders hinkommen sollen.»

Er war es, der es sagte, aber gedacht hatten wir es alle vier, auch Oscar.

«Darf man es noch mal versuchen?» fragte er.

Es war so friedlich, wie er fragte. Wie ein Kind seine Mutter fragt, und dennoch mehr von gleich zu gleich. So antwortete sie ihm auch.

«Damals», sagte sie, «mit meinen Eltern, da glaubte ich, es würde nie aufhören, weh zu tun. Die Freude würde nie zurückkommen. Aber jetzt ist es besser, jetzt ist sie ab und zu wieder da. So gewissermaßen.»

«Und das, was man jemandem angetan hat?»

Darauf antwortete sie ihm nicht. Irgendwo im Dunkeln bellte der Hund.

«Ich hab Angst vor Hunden», sagte er.

Ich hätte ihnen gern vorgelesen.

An der Brotkantenschule hatten sie uns nichts vorgelesen, es galt als sentimental, ebensowenig am Himmelbjerghaus. Am Diakonissenhaus aber hatten sie es getan.

Nachdem man es erlebt hatte, war es unmöglich gewesen, es zu vergessen. Morgens war es Die Losung des Tages in der unteren Ecke des Kristeligt Dagblad, abends die Bibel, dennoch hatte man sich gefreut. Es war die Vorsteherin, Schwester Ragna, die am Ende des Schlafsaals stand und las. Das hatte das Einschlafen leichter gemacht. Das Schwere war immer, in die Nacht einzutreten. Wenn es hell ist, kann man die Dinge besser von sich fernhalten. Wenn es dunkel wird, brechen sie über einen herein.

Ich wünschte mir, ihnen vorzulesen. Jetzt, jetzt war der schwerste Zeitpunkt des Tages für August. Und es gab keine

Medizin, die wir ihm hätten geben können. Ich wollte seinen Weg in die Dunkelheit gern erleichtern.

Da war *Welt der Natur*, das aber schien unmöglich. Und das einzige, was mir einfiel, war die Bibel. Die ging aber nicht, sie war zu nahe bei den Schwestern und bei Biehl.

Ich entschied mich dafür zu sagen, was mir gerade einfiel.

«Wir nehmen ein Schiff», sagte ich, «es ist groß genug, um darauf zu wohnen. Wir fahren südwärts, wo es wärmer ist. Von einem Schiff kann man nicht weggeschickt werden, man hat immer das Recht zu sein, wo man ist, und man ist immer zusammen. Abends können wir da sitzen und dem Wasser zuhören. Wenn ich einundzwanzig bin, adoptieren wir dich.»

Vielleicht war er nicht wach. Vielleicht schlief er, was die Absicht gewesen war. Katarina aber hörte zu.

Was man sich vorstellt, ist in der Regel nicht wie die Wirklichkeit. In der Regel ist sie schlechter. Dieser Augenblick war ziemlich genau so, wie ich ihn mir gedacht hatte. Ich hatte mir gedacht, eine Familie würde zusammensitzen. Genau auf diese Weise.

«Es tut mir leid, wenn ich euch weh getan habe», sagte sie.

Das solle sie einfach vergessen, sagte ich. Alles hatte ja gut geendet. Aber was war mit ihren Eltern, sagte ich. Und mit dem Experiment?

«Ich habe wohl geglaubt, ich könnte sie wiedersehen», sagte sie. «Aber das geht nicht. Es war Einbildung. Trotzdem ist das Experiment kurz vor dem Abschluß. Jedenfalls der erste Teil.»

Ich wollte mich nicht aufdrängen und fragen, wieso. Doch sie verstand die Frage, obwohl sie nicht gestellt worden war. So, wie es uns jetzt ging, war es nicht nötig, besonders viel zu sagen.

«Die Zeit ist kein Naturgesetz», sagte sie. «Sie ist ein Plan. Wenn man sie aufmerksam ansieht oder anfängt, sie zu berühren, fängt sie an, sich aufzulösen. Das ist das Ergebnis des Versuchs, erster Teil. Das ist nicht Biehls Plan. Dazu ist er zu groß und zu total. Der zweite Teil wird sein, zu untersuchen, was hinter der Zeit steckt. Wir haben gesehen, wie sie anfing zu zerfallen. Das nächste wird sein zu verstehen, was dahintersteckt.»

Man sah es ihr an. Sie brauchte eine Antwort. Das war ein Drang, gegen den sie selber nichts ausrichten konnte. Es gab etwas, das ich ihr sagen wollte, doch es war unmöglich.

August zitterte stark, sie zog ihren Pullover aus und legte ihn ihm um.

«Wenn du dich herüber setzt, können wir die Wärme besser halten», sagte sie.

Sie legte die Arme um August, und ich lehnte mich an sie. Und dann sagte ich es, die Worte kamen von selbst, es war nichts zu machen. Ich sagte, daß ich sie liebte, es war das erste Mal, daß ich das Wort in den Mund nahm.

Ich sah, daß die Worte auch August galten. Daß man zur Frau so etwas nicht sagen konnte, ohne auch das Kind zu meinen.

Sie antwortete nicht. Doch das war auch nicht nötig. Ich hatte gegeben, ohne eine Gegenleistung zu brauchen.

Wir müssen alle drei geschlafen haben. Als er sprach, klang es immer noch wie im Schlaf.

«Wenn es ein zweites Mal gibt», sagte er, «würde man sie mehr quälen. Es ging zu schnell.»

Wir hatten die ganze Zeit gewußt, daß er verloren war.

15

Es war Katarina, die es bemerkte, sie ergriff meinen Arm.

«Er ist weg», sagte sie.

Es war hell draußen, das lag daran, daß der Nebel sich aufgelöst hatte, und an den Sternen und am Schnee. Wir folgten seiner Spur, er hatte unterwegs geblutet, irgendwo fanden wir den Verband.

Alles Licht in der Schule war erloschen, das Gebäude war dunkel, die Fenster waren schwarz, wie ich es in den Nächten gesehen hatte, als ich nicht schlafen konnte. Er war durch den Südhof gegangen, dicht an der Mauer. Er war hineingekommen, indem er eine Scheibe in der Tür eingedrückt hatte, ich hatte es immer für unvorsichtig gehalten, ein Schnappschloß hinter einer Glasscheibe zu haben.

Wir stiegen hinauf in den fünften Stock. Er hatte die Tür offenstehen lassen, und in der Klinik brannte das Licht, aber die Gardinen waren zugezogen. Es waren Verdunklungsgardinen. Bestimmte Tests, wie Ravens progressive Matrizen, bestanden aus Lichtbildern.

Zunächst herrschte Stille, dann hörte man sie auf dem Flur.

Als erstes roch man Biehls Zigarre. Dann gab es eine kurze Pause, und dann kam Biehl selbst. Er suchte nach etwas, er hatte den Kopf ganz unten am Boden. Man hätte nicht gedacht, daß er sich so tief bücken konnte, man hatte ihn nie anders als aufrecht gesehen. Er war im Schlafrock, er hatte den rechten Arm hinter dem Körper ausgestreckt. Seine Hand war das letzte von ihm, das durch die Tür kam. Nach der Hand kam August, er hielt drei Finger umfaßt, sie waren alle gebrochen.

Hinter August kam Biehls Frau Astrid, im Nachthemd. Sie hatte immer wie eine nordische Göttin ausgesehen, aufrecht, graublond und stattlich, auch jetzt.

Das Fieber lag über Augusts Augen wie eine Haut. Man sah, wieviel Angst er hatte. Wie ein kleines Kind. Zugleich aber fest entschlossen. Auch er hatte sich jetzt dem Schmerz zugewandt. Um ihn auszuradieren.

«Gut, daß ihr kommt», sagte er.

Er sagte es, ohne uns zu erkennen. Wir standen drei Meter von ihm entfernt. Er konnte nicht mehr bis zu uns sehen.

Er ließ Biehl ein wenig den Kopf heben.

«Meine Mutter und mein Vater sind gekommen», sagte er. «Um mich abzuholen.»

Biel hatte uns nicht angesehen. Seine ganze Aufmerksamkeit war bei August.

«Du weißt sehr gut, was mit deinem Vater und deiner Mutter passiert ist», sagte er.

Es gab keine sichtbare Bewegung, nur ein elastisches Schnalzen, als einer seiner Finger an einer anderen Stelle brach. Er fiel auf die Knie.

August war nichts anzusehen.

Er hielt die linke Hand gewissermaßen bedeckt. Ich bewegte mich ein Stückchen, um sie zu sehen, er muß es bemerkt haben, denn er streckte sie aus. Sie hielt Biehls Zigarre, die brannte. Außerdem eine Zwei-Liter-Flasche mit Reinigungsbenzin, er hatte sie wohl im Materialschuppen gefunden. Es war ein Stöpsel in der Flasche, zwischen Stöpsel und Glas hatte er ein Stück Stoff von seinem Verband eingeklemmt.

«Das ist wie ein Docht», sagte er. «Halte ich die Zigarre dran und schmeiße die Flasche weg, fliegen wir alle in die Luft.»

Astrid Biehl sah auf meine bloßen Füße, ich hatte die Strümpfe ausgezogen.

«Ich habe mich verletzt», sagte ich, «ich konnte den Fuß nicht in den Schuh kriegen. Es wird nicht wieder vorkommen.»

Sie sagten nichts. Vielleicht, weil aus den Blutergüssen hervorging, daß ich die Wahrheit sagte, vielleicht, weil sie nichts sagen konnten.

«Wir gehen gleich», sagte August zu Biehl. «Wir wollen nach Hause. Aber bevor wir gehen, wirst du gestehen.»

Niemand sagte etwas.

«Ich hätte zu Hause bleiben können», fuhr er fort. «Es ging uns gut, wir hätten abends zusammensitzen können wie vorhin. Nicht zu dicht zusammen, keiner drängt sich dem anderen auf, man muß sich nicht auf die Pelle rücken. Trotzdem ist man zusammen, still und ruhig. Wenn einer Lust kriegt zu zeichnen, kann er einfach Papier und Bleistift nehmen, es wird nichts gesagt deswegen. Keiner redet vom Zeugnisheft. Keiner wird geschlagen. Aber dann wird man hier hereingeschleppt. Nachts ist man festgeschnallt, am Tag sitzt Flakkedam hinter einem. Erzähl der Mutter, wie das passieren kann.»

Weil Biehl kniete, war sein Gesicht auf einer Höhe mit dem von August.

«Wir wollten Gutes tun», sagte er.

Noch ein Finger brach.

Biehls Lippen sahen plötzlich aus wie Sandpapier, grau und mit trockenen Körnern bestreut. Er sah August ins Gesicht.

«Wir wollten helfen», sagte er. «Nicht nur den Kindern

des Lichts. Auch euch andere wollten wir führen. Aus dem Totenhaus ins Land der Lebenden. Wir wollten alle in der dänischen Privatschule versammeln. Auch die, die Schlimmes erleiden und ein Recht auf Licht haben.»

Augusts Körper zitterte jetzt stark, auch das Gesicht war außer Kontrolle, es sah aus, als ob er die ganze Zeit Grimassen schnitt. Nur seine Hand, die Biehls Finger umschloß, bewegte sich nicht. In ihr saß der Rest von Leben, der in ihm war.

«Was ist mit der Dunkelheit in den Menschen?» sagte Katarina.

«Das Licht wird sie zerstreuen», sagte Biehl.

August neigte sein Gesicht hinunter zu Biehls Ohr. Sie sahen aus wie zwei Menschen, die vertraulich miteinander reden.

«Soviel Licht gibt es nicht auf der Welt», flüsterte er.

Er sah Katarina an. Sie stand jetzt einen halben Meter von ihm entfernt, doch es war deutlich, daß ihn seine Augen im Stich ließen. Er streckte die Hand aus und berührte sie. Er tat es mit der linken Hand, das war die, mit der er Flasche und Zigarre hielt. Mit der Außenseite der Hand fuhr er ihr über Hals und Wange, die Glut, der Rauch und die Flasche hingen vor ihren Augen in der Luft. Sie rührte sich nicht.

«Es ist bald vorbei», sagte er. «Dann komme ich zurück zu dir. Dann sitzen wir zusammen wie früher. Auch mit Peter. Ist er jetzt bei dir?»

«Ja», sagte sie.

«Darf ich Papier und Bleistifte behalten?»

«Ja», sagte sie.

Er strich ihr über die Wange.

«Wartet ihr hier auf mich?» sagte er.

Sie konnte ihm nicht antworten.

«Jetzt nimmst du nicht mehr den Bus», sagte er. «Ich hab dir ein Auto gekauft. Es parkt hier unten.»

Er führte Biehl zur Tür.

«August!» sagte sie.

Er hielt inne.

«Sie haben Kinder», sagte sie. «Er ist ein Vater.»

Darauf antwortete er nicht. Er führte nur Biehl zur Tür hinaus, und sie waren weg.

Astrid Biehl drehte sich jetzt um und ging auf den Flur. Eine Tür wurde aufgeschlossen. Wir hörten sie ins Zimmer neben uns gehen. Das, wo die Schuluhr hing. Sie hatten anscheinend das Schloß repariert. Alle Geräusche waren ganz deutlich, ihre bloßen Füße auf dem Boden, das leise Klirren, als sie das Glas eindrückte. Dann ging der Alarm los.

Es war dasselbe Signal wie sonst, verbreitet über alle Lautsprecher. Jetzt aber ging es an und aus, an und aus, das Geräusch war unerträglich. Wir gingen hinaus auf den Flur und weg von dem Ton, hinein ins Lehrerzimmer.

Dort war es dunkel. Das einzige Licht kam von draußen, vom Park und vom Himmel, und weiter weg von Kopenhagen. Wir blieben am Fenster stehen.

Sie kamen ziemlich schnell. Astrid Biehl muß sie in der Einfahrt erwartet haben. Als Scheinwerfer aufleuchteten, sah man sie mehrere Male, noch immer im Nachthemd.

Sie parkten in einem Halbkreis und ließen die Autoscheinwerfer brennen, außerdem zündeten sie Suchscheinwerfer an. Der Materialschuppen lag wie ein schwarzer Brennpunkt in dem weißen Schnee. Es verging einige Zeit, in der nichts passierte. Danach kamen mehrere Wagen. Man sah auch Fredhøj unten im Schnee. Dann herrschte Ruhe und Stille. Sehr grelles Licht, aber sonst nichts. Pause.

Dann kam Biehl. Er kam aus dem Speicher, er war allein, aber immer noch gebeugt. Sein Schlafrock war halb heruntergeglitten, er war teilweise nackt. So lief er auf die Scheinwerfer zu.

Dann kam das Feuer. Eigentlich keine Explosion, nichts Gewaltsames, nur ein sehr schnelles Verbrennen. Zuerst die Stichflamme von Augusts Flasche, danach die Druckwelle, als sich die Kanister mit Benzin für die Rasenmäher entzündeten. Dadurch flogen zunächst Fenster und Tür heraus, dann drückte sie das Dach hoch, so daß Sauerstoff dazukam. Einen Augenblick später war es überstanden.

Wo wir standen, so hoch oben, spürten wie natürlich keine Wärme, hörten auch nicht viel.

Es nützte trotzdem nichts. Obwohl wir einander festhielten und die Augen geschlossen hatten, es nützte nichts. Das Licht ging durch die Augenlider, es war in einem kurzen Augenblick vorbei, aber brannte sich dennoch ins Hirn ein. Es tat auch am Körper weh. Als ob der Brand da unten bis hier heraufgekommen wäre und die äußerste Hautschicht verbrannt hätte, so daß wir zwei Brandwunden waren, zwei verbrannte Föten, die sich aneinanderschmiegten.

Ich wollte nichts sehen. Als ich trotzdem schaute, war es in Katarinas Gesicht. Es war zum Fenster gewandt. Es war zusammengedrückt, wie bei einem Brutkastenkind. Der Schmerz eines verlassenen, neugeborenen Kindes auf einem viel zu alten Gesicht.

Gleichzeitig aber, schon in diesem Augenblick, daran erinnere ich mich jetzt, tief unten, aber deutlich: Aufmerksamkeit. Der Wunsch zu verstehen.

ZWEITER TEIL DRITTER TEIL

1 Sie verlegten mich zunächst ans Lars-Olsen-Gedächtnisheim, Enbaekgård, 2990 Nivå. Dort arbeitete ich den ersten Entwurf zu meinem Bericht aus.

Das Lars-Olsen-Gedächtnisheim hatte die erste Sicherungsverwahrung des Landes für Kinder unter fünfzehn, eine Ringmauer rundherum, keine Türklinke an der Innenseite, ein kleines Fenster mit Gitter, hoch angebracht, Tisch und Bank fest installiert, und man mußte nach der Aufsicht rufen, wenn man auf die Toilette wollte.

Bevor man dort untergebracht werden konnte, brauchten sie die besondere Genehmigung der Minsterialabteilung, und man konnte höchstens zwei Monate sitzen, so war das Gesetz. In meinem Fall wurde jedoch Dispens gegeben, da der Tod eines Mitschülers vorlag. Ich saß sechs Monate und elf Tage in strenger Isolation. Dadurch trug ich unvermeidlich einigen Schaden davon.

Man war damals nicht so zurückhaltend mit der Isolation. Man meinte, sie habe eine starke erzieherische Wirkung, wie die Wartezeit vor Biehls Büro. Der Vertreter der Ministerialabteilung sagte, jetzt bekäme ich reichlich Zeit zur Selbstbesinnung.

Am Himmelbjerghaus und an der Königlichen Erziehungsanstalt war man oft und an verschiedenen Stellen isoliert und eingesperrt worden, meistens in Kellerräumen, doch auch an anderen Stellen. An der Erziehungsanstalt war die übliche Strafe, wenn man dreimal hintereinander zu spät kam, daß man Königswache hielt, und zwar in einem leeren Besenschrank unter einem Bild von König Frederik und Königin Ingrid. Man stand da von acht Uhr morgens bis sechs Uhr abends, doch obwohl man im Dunkeln und mit aufrechter Haltung stand, war es natürlich nichts gegen sechs Monate und elf Tage.

Dennoch hätte man es schaffen können, andere hatten es vor einem geschafft. Aber ich war wohl geschwächt, als sie mich verlegten, durch das, was passiert war, und weil ich mich daran gewöhnt hatte, mit Katarina und August reden zu können.

Wenn die, die zuhören und die man zu Freunden hat, einem doch weggenommen werden, wäre es besser, man hätte sie nie kennengelernt.

Seitdem war da etwas mit geschlossenen Türen und wenn man mit mehreren anderen Menschen in einem Raum ist. Viele Jahre später, nach meiner Adoption und als ich meine Ausbildung beendet und an der Universität studiert hatte, versuchte ich zu arbeiten. Ich unterrichtete am Institut für Sport an der Universität von Odense. Ich war dort anderthalb Jahre, dann war es nicht mehr zu bewältigen. Die ganze Zeit kam und ging die Furcht davor, allein zu sein wie damals. Wenn man gerade zwanzig Menschen gegenüberstand und die Verantwortung auf den eigenen Schultern ruhte, hatte man das Gefühl, jetzt würden sie einen verlassen und die Tür hinter sich abschließen, und dort würde nicht einmal ein Knopf sein, so daß man nach der Aufsicht klingeln konnte. Ich machte mir außerdem Sorgen, zu spät zu kommen, und kam darum um Stunden zu früh, trotzdem war die Angst da. Nach anderthalb Jahren mußte ich aufhören.

Hätte man mir nicht den Weg ins Laboratorium gezeigt, wäre es schwer oder unmöglich gewesen, in der Gesellschaft zurechtzukommen, einen Platz in der Welt außerhalb zu finden.

Auch hier ist die Tür geschlossen. Doch ich habe eine Absprache mit dem Kind. Für uns beide ist es schwer mit den geschlossenen Türen. Die Absprache ist, daß man, wenn es zu hart wird, anklopfen und Bescheid sagen darf. Und dann wird der andere die Tür demjenigen öffnen, dem es schlechtgeht.

Ich saß auf unbestimmte Zeit. Dennoch fand ich einen Ausweg, das waren die Bücher. Ich fand die Bücher, und mit ihrer Hilfe erstellte ich den Bericht, in Form einer Rede. Ich wußte, es würde eine Konfrontation geben.

Eine Konfrontation war ein Verfahren der Ministerialabteilung für die Volksschule. Wenn an einem Heim Gewalt oder Drogenmißbrauch festgestellt wurde oder wenn andere Amtsverfehlungen vermutet wurden und das Wort der Erwachsenen gegen das der Kinder stand, dann arrangierte man eine Konfrontation, das war eine Regel.

Auf diese Weise konnte jeder Zweifel beseitigt werden. Auf diese Weise konnte man die totale und endgültige Wahrheit ermitteln, was passiert war. So daß die Verantwortung zugewiesen und der Schuldige seine Strafe bekommen konnte.

Das vor Augen, arbeitete ich die Rede aus. Ich ging davon aus, daß sie an Biehl und Fredhøj und Karin Ærø gerichtet sein sollte, und an die Vertreter der Ministerialabteilung, und an Katarina.

Ich ging in gewisser Weise auch davon aus, daß August

dabeisein würde. Obwohl das ja ein geisteskranker Gedanke war. Zur Entschuldigung will ich nur darauf hinweisen, wie die Verhältnisse während der Arbeit waren. Ich kannte praktisch nicht mehr den Unterschied zwischen Tag und Nacht.

Jetzt, später, kann man sehen, daß wir tatsächlich das meiste begriffen haben.

Sie hatten einen großartigen Plan gehabt. Den Plan, alle Kinder in der dänischen Volksschule zu versammeln, auch die gestörten und die straffälligen, auch die schwierigen Schüler, alle bis zur Schwachsinnsgrenze. Biehls Privatschule sollte zum Modell für diese Integration werden. Die Schule hätte ein Laboratorium sein sollen, eine Werkstatt, um zu untersuchen, wie diese Vereinigung vor sich gehen sollte. Was an Sicherheitsvorkehrungen erforderlich war, an psychologischer Hilfe, an Nachhilfeunterricht.

Um diesen ersten Versuch sollten die Ordnung und Genauigkeit der Schule den festen und sicheren Rahmen bilden.

In den letzten paar Jahren habe ich nach und nach die meisten der Papiere von damals gefunden. Einige von ihnen befinden sich in der Ministerialabteilung für die Volksschule, einige am Pädagogischen Institut, und an der Dronning-Amalie-Heimschulstiftung und an der Lehrerhochschule am Emdrupvej.

Aus ihnen geht hervor, daß es von 1964 bis 1974 vierundfünfzig größere Versuche mit der Integration vorbelasteter Schüler in die dänische Volksschule gegeben hat. Vierundfünfzig.

Doch selbst von heute aus, aus der Distanz betrachtet, war der Versuch bei Biehl etwas Besonderes.

Wenn ich ihre Anträge von damals lese, auf Geld und Unterstützung für das Projekt, verstehe ich sie nicht.

Sie sind wie Biehls Erinnerungen. So flüssig geschrieben. So gutgemeint. Und doch gewissermaßen ohne Verbindung zu dem, was wirklich geschah. Als hätten sie eine wunderbare, phantastische Theorie von Zeit und Kindern und Gemeinschaft gehabt.

Und völlig isoliert von dieser Theorie waren dann ihre Handlungen.

Es war so überraschend leicht, Zugang zu den Archiven zu bekommen. Man begegnete mir direkt mit Hilfsbereitschaft. Damals, als es passierte, taten sie alles, um es geheimzuhalten. Damals war das Verschweigen, die Diskretion, eines der fundamentalen Prinzipien der Schule. Jetzt scheint es nicht mehr wichtig zu sein, überhaupt irgendwelche Informationen zurückzuhalten.

Vielleicht denken die meisten wie Oscar und August, wenn sie zu mir ins Laboratorium kommen und sagen, ich soll die Arbeit aufgeben, weil die siebziger Jahre so lange her sind, es ist vorbei und zu spät.

Oft habe ich auch so gedacht: vorbei und zu spät.

Wenn diese Gedanken kommen, dann weiß ich, ich denke wie ein Erwachsener. Erwachsenwerden heißt zuerst vergessen und dann verleugnen, was wichtig war, als man ein Kind war. Dagegen habe ich dann Einwände vorgebracht.

Auch wenn es vorbei und zu spät war, und im großen und ganzen recht wenig, war es doch das eigene Leben. Und darum hat sich ja alles seither gedreht.

Doch es war gar nicht wenig. Da wurde ich mir später sicher.

Ihr Plan betraf das ganze Universum, da wurde ich mir sicher. Und über einen solchen Plan kann man nicht hinweggehen.

Sie sprechen in den Anträgen nur davon, den Kriminellen und Minderbegabten und Gestörten zu helfen, das waren die Worte, auch wenn es um die Zusagen der Gelder ging. In ihren Gedanken aber, oder auf dem Grund ihrer Gedanken, als ein fernes Ziel, hatten sie die ganze Welt. «Wir arbeiten für die Herrlichkeit künftiger Zeiten», schrieb Biehl. Sie spürten, die Zeit war auf ihrer Seite, sie arbeiteten an etwas, das sich ausbreiten und zuerst die ganze Volksschule beseelen würde und dann den Rest des Landes. Wenn es ausgesprochen werden mußte, nannten sie nur Gruppen von Kindern. Ihr Ziel aber war das Universum.

Biehl, Fredhøj, Karin Ærø, Baunsbak-Kold, der staatliche Aufsichtsbeamte, der Theologe Aage Hårdup, Hessen, Flakkedam, die Vertreter der Ministerialabteilung. Alle waren sie sicher, daß sie ewige Werte verteidigten. Sie sprachen es nicht direkt aus, vielleicht dachten sie es auch nicht direkt. Aber irgendwo in sich selbst und untereinander waren sie absolut und total sicher, daß sie recht hatten und daß ihre Ideen und Gedanken mit künftigen Generationen von Kindern, die erwachsen wurden, hinaus in die Welt fliegen und sich über das Land verbreiten würden, und darüber hinaus, vielleicht bis zu den Mauren. Daß man eines Tages, in einer nicht zu fernen Zukunft alle dazu bringen könnte, ihre Ideale von Fleiß und Präzision zu respektieren, und dann würden alle Lebewesen im Universum friedlich zusammenleben.

Ich weiß, daß das ihr Ziel gewesen ist. Das kann man nicht alltäglich nennen. So etwas nennt man kolossal.

Von diesem Ziel handelte mein Bericht.

Es war gegen die Gepflogenheiten im Heim und stand auch im Widerspruch zur erzieherischen Wirkung der Isolation, mir Papier und Bleistift zu geben. Was ich zustande brachte, mußte ich darum meinem Gedächtnis anvertrauen.

Doch bekam ich Bücher. Auf ihrer Lektüre baute ich meine Rede auf. Sie war sorgfältig geplant, mit Einleitung, Hauptteil und Schluß. Als der Tag gekommen war, ging ich hinein und hielt sie, mit klarer, deutlicher Stimme. Sie war das letzte Wort, danach gab es nichts mehr zu sagen.

Das ist nicht wahr. Ich sehe, daß ich es geschrieben habe. Aber es ist gelogen. Als die Konfrontation kam, sagte ich nichts von dem, was ich gedacht hatte, nicht ein Wort.

Es gab keine Rede. Als ich ein paar Wochen im Lars-Olsen-Heim gesessen hatte, gab es kein Gedächtnis mehr, in dem ich sie hätte aufbewahren können. Da war nur noch Chaos.

Ich bekam auch Rückfälle und schlug einen Pfleger und auch eine Ärztin, noch dazu eine Frau. Ich habe nichts zu meiner Verteidigung zu sagen. In den letzten Monaten war ich nachts festgeschnallt und bekam Medizin, alles im großen und ganzen so, als wäre ich unter der Schwachsinnsgrenze.

Das ist lange vorbei. Es gibt keinen Grund, dazu noch etwas zu sagen.

Doch bevor das passierte, hatte ich angefangen zu lesen. Das mit den Büchern war wirklich wahr.

Für die Jugendverwahranstalt gab es einen diensthabenden Psychiater. Er war Chefarzt. Er hatte den Zusammenhang zwischen dem Zeitgefühl und der Intelligenz von Kindern untersucht, auch im Ausland. Er erzählte, daß die Kinder in Ghana, wo die Leute Mauren sind, selbst wenn sie wie ich in die sechste oder siebte Klasse gingen, nicht sagen konnten, wie lange eine Busfahrt gedauert hatte, ob zehn Minuten oder sechs Stunden.

Er veranlaßte, daß ich Bücher bekam, obwohl es strenggenommen der Behandlung entgegenwirkte. Was den Ausschlag gab, war, daß ich sagte, ich wollte gern etwas über die Zeit lesen.

Als Katarina erzählt hatte, daß ihre Eltern über die Zeit sprachen, da hatte ich instinktiv verstanden, daß es darüber Bücher geben mußte, daß man darüber schreiben konnte.

Am Lars-Olsen-Gedächtnisheim sah und las ich jetzt zum ersten Mal solche Bücher, der Chefarzt gab sie mir. E. J. Bickermans *Chronologie der Antike*, Whitrows *Naturphilosophie der Zeit* und auch das *Handbuch der Geschichte der Zeitrechnung 1–3.*

Von dem, was ich las, verstand ich damals kein Wort.

Dennoch munterte mich die Lektüre auf. Man kann etwas von Büchern haben, auch wenn man nicht versteht, was man liest.

Das war in den ersten Wochen meines Aufenthaltes. Als ich an der Rede arbeitete und spürte, daß die Arbeit gut voranschritt.

Die Idee, dies zu tun, hatte ich von Katarina. Obwohl sie fort war, war sie dennoch da.

Oft stand sie vor mir, auch ohne daß ich die Augen schloß. Ihre Haut war so weiß, beinahe durchsichtig, ihr Pullover war zu groß und hatte ihrem Vater gehört, der sich aufgehängt hatte, ihr Haar hatte sich im Kragen verfangen. Sie hatte Baunsbak-Kold in die Schule gelockt und ihn dazu gebracht, daß er sich vergaß. Und sie hatte zu ihm gesprochen. Auch zu Biehl und Fredhøj hatte sie unaufgefordert etwas gesagt.

Es ist nicht leicht zu sprechen. Sein ganzes Leben hat man zugehört oder so ausgesehen, als ob man zuhörte. Das lebendige Wort kam zu einem herunter, es war nichts, was man selber in den Mund nahm. Wenn man selbst sprach, dann, nachdem man sich gemeldet hatte und wenn man gefragt worden war, und was man sagte, war das Sichere und Richtige, das, woran kein Zweifel bestand.

Mit meiner Rede war es umgekehrt, sie war voller Unsicherheit, und sie kam ohne Aufforderung.

Nach einigen Wochen mußte ich aufgeben. Ich trug sie auch nie vor. Als die Konfrontation kam, war ich stumm.

Seitdem bin ich still gewesen.

Es war das Kind, das kleine Mädchen, sie machte mich darauf aufmerksam, daß es noch nicht zu spät ist.

Sie wurde im November 1990 geboren. Im August 91 begann ich diese Versuchsreihe im Laboratorium. Jetzt, wo sie sich ihrem vorläufigen Abschluß nähert, haben wir Juli 93.

Sie war also knapp ein Jahr, als es anfing. Jetzt, wo es aufhört, ist sie mehr als zweieinhalb Jahre alt.

Ich begann, ihr das Manuskript vorzulesen, als sie anderthalb Jahre alt war. Vom Rest der Welt hielt ich es streng isoliert. Ihr aber zeigte ich es. Nachmittags, wenn wir allein waren, holte ich die Papiere heraus und las ihr kleine Bruchstücke vor. Zu irgendeinem Zeitpunkt sagte sie dann, ich solle den Bericht schreiben, die unvollendete Rede.

Ich weiß, diese Behauptung wird Mißtrauen gegen mich erregen, man wird betonen, daß sie ja ein kleines Kind ist und daß das, was ich behaupte, beinah geisteskrank ist.

Aber sie war es, sie schlug es vor.

Man kann etwas auf viele Arten vorschlagen, es muß wohl nicht direkt mit Worten sein. Man kann stillsitzen und zuhören und dem anderen auf diese Weise zeigen, daß es in

Ordnung ist, was er sagt. Er wird nicht beurteilt werden. Daß man sein Freund ist, egal, was geschieht.

Eines Tages wies sie darauf hin, daß es nicht zu spät war, sie waren ja alle noch am Leben, der Zug war noch nicht abgefahren.

Ich begriff es sofort. Biehl, Ærø und alle übrigen, die damals dabei waren, es gibt sie noch, es ist noch nicht zu spät, sie zum Sprechen zu bringen.

Bevor sie mir den Weg zeigte, muß ich gedacht haben, es sei vorbei. Von Fredhøj wußte ich ja, daß er einen Schlaganfall gehabt hatte. Doch auch bei den anderen hatte ich aufgegeben. Es schien nicht zu bewältigen, es war zu lange her. Als wir die Möglichkeit hatten, etwas zu tun, etwas zu ihnen zu sagen, hatte nur Katarina den Mut gehabt, und jetzt war es unwiderruflich zu spät. Im Laboratorium brachte ich vielleicht einen schwachen Abklatsch von dem zustande, was damals passiert war. Aber über die zweiundzwanzig Jahre hinweg, die mich von damals trennten, konnte ich nicht sprechen.

Dagegen wandte das Kind ein, daß es sie alle noch gab. Jeden einzelnen der sechzehn Menschen, die bei der Konfrontation der Ministerialabteilung anwesend waren, gibt es noch, ausgenommen Fredhøj, das sagte sie mir.

Daß die Vergangenheit nicht überstanden ist. Sondern daß sie weiterlebt.

Da arbeitete ich das hier aus.

2

In Dänemark gibt es zwei Bibliotheken mit sehr großen Sammlungen von Büchern über Schulverhältnisse, die Bibliotheken an der Lehrerhochschule am Emdrupvej und am Dänischen pädagogischen Institut, dort bin ich etliche Male gewesen.

Ich habe nach Büchern über die Geschichte des Unterrichts gesucht, ich wollte sehen, was darin zum Thema Zeit stand.

Ich fand beinahe nichts. Beinahe nichts. *Die Geschichte der Pädagogik, Education and Society in Modern Europe, Histoire mondiale de l'éducation, Schule und Gesellschaft, Die Schule in Dänemark*, beinahe nichts über Zeit. Und wenn, dann Beispiele für Stundenpläne aus dem vorigen Jahrhundert, als Faksimile, sie sehen aus wie die, die man heute hat, darüber hinaus werden sie nicht kommentiert. In Büchern über die Geschichte der Schule spielt die Zeit keine besondere Rolle, in gewisser Weise ist sie gar nicht da.

1966 wurde in New York eine Gesellschaft für Zeitforschung gegründet, an der Academy of Sciences, man gab ihr den Namen International Society for the Study of Time. Die Gesellschaft hielt ihre erste Sitzung im Mathematischen Forschungsinstitut in Oberwolfach im Schwarzwald, im September 1969. G. J. Whitrow wurde Präsident, J. T. Fraser Sekretär, die meisten berühmten Zeittheoretiker sind Mitglieder.

Bei ihnen ist es ganz klar, daß sie alle innerhalb sind. Sie sind Doktoren und Wissenschaftler, sie hatten keine Probleme in der Schule, sondern sind aufgewachsen und in die Welt hinausgeflogen.

Man kann darüber spekulieren, warum Mitte der sechziger Jahre eine internationale Gesellschaft zum Studium der Zeit gegründet wird. Die ihre erste Sitzung 1969 abhält, in dem Jahr, in dem Biehls erste Anträge an das Unterrichtsministerium geschrieben wurden.

Was man mit Sicherheit wissen kann, ist, daß diese Gesellschaft aus Leuten besteht, die selber immer sehr fleißig und präzise waren.

Ich will niemandem etwas Böses nachsagen. Aber ich bin mir nicht sicher, wieviel diese Menschen von der Zeit wissen können. Oder ob sie von ihr nicht nur einige wenige, bestimmte Dinge wissen.

Man darf schon daran zweifeln, daß zu dieser Gesellschaft jemand gehört, der durch die Zeit krank geworden ist.

Und über die Zeit lernt man vielleicht am meisten, wenn man in sie hineingestoßen wurde. Wenn man krank war und auf der Grenze.

Die Zeittheoretiker sind sich selten einig. Sie sind sich jedoch einig darüber, daß es zwei mögliche Auffassungen vom Lauf der Zeit gibt: Daß sich alles in ununterbrochener, unmerklicher Veränderung befindet. Oder daß alles unverändert bleibt.

Das ist der übergeordnete Gegensatz. Die lineare und die zirkuläre Zeit.

Die lineare Zeit muß man sich als eine unendlich große Messerklinge denken, die über das Universum schabt und es gleichzeitig mit sich zieht. Hinter sich läßt sie einen unendlich breiten Streifen Vergangenheit zurück, vor sich hat sie die Zukunft, auf der Messerschneide liegt das Jetzt, in dem wir leben.

Die zirkuläre Zeittheorie stellt sich vor, daß die Welt mehr oder weniger dieselbe bleibt. Daß die Veränderungen um uns her Wiederholungen sind oder zu solchen führen.

Diese beiden Zeitauffassungen sind nahezu die alleinbestimmenden in der Geschichte, bis zu unserem Jahrhundert. In welchem die Sachverständigen eine modifizierte Version der linearen Zeit für die richtige erklärt haben.

Solange es Schriftsprachen gibt, gibt es beide. Wenn auch die lineare Theorie weit hinten schwach vertreten ist.

Weit hinten finden wir die alten Ägypter. Biehl nahm diese Kultur im Geschichtsunterricht durch, kurz nachdem ich an die Schule gekommen war. Er erklärte, sie sei grausam gewesen, aber imponierend, und wie das Römische Reich und der Stadtstaat Athen sei sie zerfallen, als sie verweichlichte.

Dies galt auch für die mesopotamischen Kulturen, die in Biehls Unterricht die ägyptischen ablösten, jetzt aber auf einer etwas höheren Stufe. So lösten die Kulturen einander ab wie Kinder, die jedes Jahr eine Klasse nach oben versetzt werden.

Aus Biehls Unterricht ging klar hervor, daß diese Kulturen, ebenso wie Buddhismus und Taoismus, Vorstufen unserer eigenen Zeit waren.

Dies meinen die Sachverständigen nach wie vor. Vom *Handbuch zur Geschichte der Zeitrechnung 1–3*, publiziert um die Jahrhundertwende, bis hin zu Whitrows *Die Zeit in der Geschichte* von 1988, ist es ganz klar, daß die Zeitwahrnehmung der modernen Welt weit über der der alten steht.

Daß die Geschichte der Zeitwahrnehmung wie eine Pflanze ist, die langsam gewachsen ist und erst in diesem Jahrhundert blüht. Oder wie eine ansteigende Funktion, die erst jetzt exponentiell wächst.

Die Sachverständigen haben viele verschiedene Auffassungen von der Zeit. Über den Zustand ihres eigenen Fachs aber sind sie sich einig. Es ist ein linearer Triumphzug bis hin zur Gegenwart und der International Society for the Study of Time.

Ich glaube, im großen und ganzen sind alle Bücher, die es über die Zeit gibt, in ihrem tiefsten Inneren sicher, daß sie linear ist. Daß sie vergeht und danach unwiederbringlich vorbei ist.

Selbst Bertrand Russell und Bergson, die so viele andere Arten vorgeschlagen haben, die Zeit zu denken – man spürt, daß sie es nur spielerisch getan haben, wie ein Schachspiel. Sie wollten ihre Kollegen zwingen, so gut wie möglich zu spielen. Sie selbst aber waren nie im Zweifel. Auch Einstein – in seiner krummen Raum-Zeit gibt es nicht nur eine Zeit, sondern eine fließende Mannigfaltigkeit von Zeiten quer durch das Universum – auch er schreibt, lokal sei die Zeit linear.

Vielleicht irren sie sich. Nicht um jemandem etwas Böses nachzusagen, aber vielleicht irren sie sich.

Ich werde versuchen zu erklären, was ich meine. Um das zu sagen, muß ich zuerst näher erklären, was ich mit linearer und zyklischer Zeit meine.

Das Leben jedes Menschen besitzt einen linearen Zug. Alle werden wir geboren und wachsen heran und leben und sterben, indem wir vernichtet werden. Zwar auf unterschiedliche Weise, einige in Erdhöhlen und andere in Kinderheimen oder an der Academy of Sciences in New York. Doch für jeden von uns sind Geburt und Tod und Heranwachsen einmalige Begebenheiten, sie kommen nur ein einziges Mal vor und lassen sich nicht wiederholen, jedenfalls nicht ohne weiteres, ihre Zeit ist linear. Als ob man sich eine gerade Linie entlangbewegte, jeder Punkt, an dem man vorbeikäme, wäre einer, den man nie zuvor passiert hätte, und niemals würde derselbe Punkt wiederkommen.

Gleichzeitig ist das Leben voller Wiederholungen. Jeden Tag setze ich mich ins Laboratorium, das ist die Voraussetzung für das Experiment. Falls es je zum Abschluß gebracht werden soll, muß es an sehr vielen Tagen wiederholt werden. In gewisser Weise ist die Zeit um das Laboratorium zyklisch.

Und wohl auch der Körper. Jeden Augenblick stirbt er ein kleines bißchen und erhält und reproduziert sich gleichzeitig selbst. Jeden Augenblick sichert er die unendliche Regelmäßigkeit des Atems und des Pulsschlags, die sich dennoch gleichzeitig ändern und in Furcht und Panik und Ekstase ansteigen und kulminieren können, um sich danach wieder dem Gleichgewicht zu nähern. Und die manchmal, in der Nähe der Frau und des Kindes oder nach der Arbeit im Laboratorium oder aus anderen Gründen, für kurze Augenblicke zu vollkommen harmonischen Zyklen werden können, einer beständigen, mathematisch gleichmäßigen Schwingung.

Im Leben jedes Menschen, auf allen erdenklichen Ebenen, gibt es ununterbrochen sowohl zyklische als auch lineare Züge, sowohl unterschiedslose Wiederholungen als auch einzigartige, einmalige Begebenheiten.

Da gibt es einen Widerspruch.

Liest man die Bücher über die Geschichte der Zeit, sind sie sich einig darüber, daß mit dem Christentum die lineare Zeit gesiegt hat. Jedenfalls von Augustinus an ist es sicher, daß Christus ein für allemal tot ist. Wir müssen hier und jetzt bereuen, weitere Chancen gibt es nicht, die Zeit ist gerade und unwiederbringlich.

Trotzdem spekuliert als erster Kant darüber, wie die Milchstraße entstanden ist. Und erst 1823 wird ein Artikel, der behauptet, daß das Universum nicht statisch sei, ernstgenommen. Obwohl die lineare Zeit gesiegt hat, scheint die zyklische Zeit zu gelten.

Vielleicht ist der Widerspruch darin begründet, daß Zeithistoriker über andere Zeithistoriker schreiben. In der gelehrten Welt des europäischen Mittelalters, in der die meisten Theorien vom 12. bis zum 17. Jahrhundert unbeachtet und Seite an Seite fortleben, ist die Zeit linear.

Während alle anderen in einer Welt lebten, die im großen und ganzen unveränderlich war.

Danach passierte alles im Laufe von zweihundert Jahren. 1865 schlug Rudolf Clausius das Wort «Entropie» vor, als naturwissenschaftliche Bezeichnung dafür, daß die Zeit linear, unwiederbringlich, irreversibel sei, daß nichts wieder so werden könne, wie es war.

Auch in der Biologie hatte man bis dahin eigentlich nichts anderes gewußt, als daß Lebewesen sich ständig reproduzieren, daß die Natur zyklisch sei. Darwins Buch über den Ursprung der Arten, über das Überleben der am besten Geeigneten, ist der entscheidende Bruch mit der alten Auffassung. Nach ihm ist die Zeit der Biologie linear.

Denn der Darwinismus war es, der die Arten weiterführte, zu immer komplexeren Organismen hin, Mikromutationen, die durch die normale Reproduktion weitergegeben wurden. Was die Welt vorantrieb, waren das Einzigartige, die Ausnahmen, die Mikromutationen.

Das Alltägliche, Kinder kriegen und sie ernähren und aufziehen, das war nur eine Art Durchschnittsautomat, ein Zugtier für die feineren Mutanten.

In vieler Hinsicht ist all das sozusagen zusammengebrochen. Die moderne Biologie mußte die Bedeutung der Lernprozesse berücksichtigen, es wurde unmöglich für sie, alles oder nur das meiste mit den einzelnen Mutationen zu erklären. Und die Physik scheint sozusagen total auseinandergefallen zu sein, keine neue Theorie hält jetzt länger als zwei Jahre. Als ich an der Universität von Odense angestellt wurde, meinten die meisten, die Theorie von den Superstrings könne die definitive Erklärung für das Rätsel des Universums liefern, anderthalb Jahre später, als ich aufhören mußte zu arbeiten, war die Theorie definitiv aus der Mode und schon zu drei Vierteln überholt. Heute schreibt Hawking in *Eine kurze Geschichte der Zeit* darüber als kleine Parenthese in der Geschichte der Physik.

Die Theorien werden also immer kurzlebiger, und die meisten von ihnen sterben, ohne überhaupt die Chance zu haben, heranzuwachsen.

Nicht jedoch die lineare Zeit. Im Laufe von hundertfünfzig Jahren hat sie alles ausgefüllt. Und noch immer, jetzt, wo ich dieses schreibe, scheint es nichts anderes zu geben als sie.

Die Zeit an Biehls Privatschule war absolut linear.

Das ist beinahe unmöglich zu erklären. Denn gleichzeitig war jeder Tag gleich. Ein Schultag war wie der andere, wenn man zurückblickt, kann das Gedächtnis sie nicht unterscheiden.

Ausgenommen die letzten Monate, nachdem ich Katarina und August kennengelernt hatte, und bis wir für immer getrennt wurden, diese Zeit ist unvergeßlich.

Alle anderen Tage glichen einander. Eigentlich waren meine Schultage nicht verschieden von meiner Zeit in der Isolation. Abgesehen davon, daß ich an dem letzteren Ort niemanden gehabt hatte, mit dem ich hätte reden können, und die Wirklichkeit darum auseinanderfiel.

Sonst gab es keinen Unterschied. Die Reihe der Tage war eine endlose Linie, grau. Sie zogen an einem vorbei, die Tage, und man selber wurde dort festgehalten. Ganz still stand man da und sah sie vorbeiziehen, und es war nichts dagegen zu machen.

Irgendwo tief im Innern spürte man vielleicht, daß es wohl anders hätte sein können. Daß es nicht so hart und grau und gleichförmig hätte sein müssen. Doch man sah keinen Ausweg. Bis ich Katarina traf. Aber dann brach ja alles zusammen.

Wenn alle Tage einander glichen, wenn sie sich wiederholten und wiederholten und zehn Jahre im voraus geplant waren, wieso spürte man dann, daß die Zeit verging, daß sie linear war, daß die Schulzeit eine Art Countdown war, daß die Zeit ein Zug war und daß man flink genug sein sollte und mußte, um mitzuhalten?

Ich glaube, der Grund war, daß Leistungen gefordert wurden. Sonst ist es unmöglich zu erklären.

Es war ja nur von außen so, daß die Tage einander glichen. Im tiefsten Innern sollten sie verschieden sein. Es schien ja nur so, als ob dieselben Fächer und dieselben Räume und dieselben Lehrer und dieselben Schüler immer wiederkämen. In Wirklichkeit war gefordert, daß man sich jeden Tag verändern sollte. Jeden Tag sollte man besser sein, man sollte sich entwickelt haben, die vielen Wiederholungen im Schulleben waren nur dazu da, daß man vor demselben Hintergrund zeigen konnte, daß man sich verbessert hatte.

Darum waren die Zahlen wohl so wichtig. Darum nahm es Biehl in seinen Erinnerungen wohl mit den Leistungen so genau, und darum gab es Noten und Stundenpläne und unendliche Akten und Übersichten über Vergangenheit und Leistungsstand der Leute und wie oft sie zu spät gekommen waren. Sie dachten sich die Schule als eine himmlische Veredelungsmaschine. Die Zahlen waren der Beweis und die Gegenprobe dafür, daß sie lief und daß sie funktionierte.

Ich weiß, daß ich keinen Menschen dazu bringen kann, das zu begreifen. Daß unser Leben damals von der Zeit total durchdrungen war. Selbst die, die damals dabei waren, selbst Biehl und Karin Ærø und ihr anderen, an die ich denke, ihr werdet es abstreiten.

Ich glaube, wir waren am äußersten Rand. Ich glaube, wir waren so weit draußen, wie einen die Zeit bringen kann. Wir wurden so streng und fest gehalten, wie man jemanden mit einer Uhr halten kann. Im Grunde wohl so fest, daß man, wenn man keine sehr dicke Schale hatte, ganz oder teilweise zerbrach.

Ich hatte das Gefühl, wir hatten die Zeit in den Adern wie Blut. Und wurde man krank, brach man unter der Zeit zusammen, dann hatte man eine Blutkrankheit.

Manchmal, wenn ich nachts wach liege, wenn ich nur zuhöre, wie die Frau und das Kind atmen, bekomme ich Angst. Dann fürchte ich, daß es sich vielleicht nicht verändert hat, draußen in der Welt, daß der Griff der Zeit sich nicht gelockert hat.

Ich hoffe, ich bin im Irrtum. Das ist mein größter Wunsch. Völlig im Irrtum zu sein.

Es gab ja auch anderswo Schulen, das weiß ich. Doch wohl nirgendwo mit einer Vision wie der von Biehl.

Anderswo, in anderen Ländern, haben sie Kinder im Griff der Zeit festgehalten, eine Zeitlang haben sie sie festgehalten. Die Kinder aber, die es nicht geschafft haben oder deren Eltern nicht die Mittel hatten, die hat man mit der Zeit aufgegeben und fallenlassen.

Biehl aber wollte niemanden aufgeben, das war das Besondere, vielleicht ist es das Besondere an Dänemark. Sie wollten nichts wissen von dem Gedanken, daß einige Schüler unten im Dunkel waren. Sie wollten überhaupt vom Dunkel nichts wissen, alles im Universum sollte hell und licht sein. Mit dem Messer des Lichts wollten sie das Dunkel sauberschaben.

Dieser Gedanke wirkt beinahe geisteskrank.

3 Sie brauchten fast eine Woche bei mir für den Entzug. Es ist viel schwerer, von einer Medizin herunterzukommen, als mit ihr anzufangen. Insgesamt schlief ich in diesen sieben Tagen keine acht Stunden.

Der Vertreter der Ministerialabteilung für die Volksschule, der mich abholte, hatte einen Polizisten und einen Beobachter vom Jugendamt mit. Das war überflüssig, doch sie wußten nicht, was passiert war. Sie fühlten sich unsicher. Ich bekam auch Handschellen.

Es fand in der Schule statt. Das war das normale Vorgehen der Abteilung – so nahe am Tatort wie möglich.

Sie hatten einen Klassenraum zweckentfremden müssen, um Platz zu haben. Außer Biehl, Karin Ærø und Fredhøj und den Vertretern des Unterrichtsministeriums war Stuus als Sprecher des Lehrerkollegiums da, außerdem zwei Vertreter des Elternbeirats, der Theologe Aage Hårdrup, Hessen, Flakkedam, mein Vormund vom Oberpräsidium, Johanna Buhl, der Amtsarzt, Astrid Biehl und eine Frau, die ich noch nie gesehen hatte, die aber vielleicht die Rechtsvertreterin der Kinderfürsorge war. Insgesamt zählte ich sechzehn Personen plus Katarina und mich und den Vertreter vom Jugendamt und den Polizisten. Es wurde gesagt, daß auch der Stadtschulrat von Kopenhagen, Baunsbak-Kold, hätte dasein sollen, doch er hatte sich entschuldigen lassen.

Sie hatten die Tische so aufgestellt, daß auf jeder Seite des Katheders eine Nische war. Katarina und ich standen jeweils in einer, Biehl und Karin Ærø und Fredhøj an der Wand, die

Vertreter der Ministerialabteilung saßen am Fenster, das Licht im Rücken. Einige Zeit, nachdem sie angefangen hatten, kam Humlum ganz still zur Tür herein und setzte sich in die hinterste Reihe.

Meist sprachen die Vertreter der Ministerialabteilung. Sie sagten, dies sei keine Gerichtsverhandlung und auch kein kriminaltechnisches Verhör, nur eine informelle Anhörung, um in einigen Zweifelsfragen Klarheit zu gewinnen.

Danach skizzierten sie die Voraussetzungen, die wir gut kannten, einen Versuch der Integration gestörter Kinder in die Regelschule. Dieser war jetzt, nach dem, was passiert war, aufgegeben worden, doch alle Informationen waren weiterhin vertraulich. Letzteres sagten sie zu Katarina und mir gewandt. Man spürte im Raum eine bittere und gespannte Stimmung, besonders zwischen der Schule und den Vertretern der Ministerialabteilung. Man erfuhr nie, was dem vorausgegangen war. Doch man spürte, es mußte eine Katastrophe gewesen sein, Ragnarök.

Zunächst seien sie, sagten sie, interessiert daran, Näheres über etwas zu hören, das Peter, sie meinten mich, ständig wiederholt habe, als er während seiner Verwahrung befragt worden sei, daß wir ein Experiment durchgeführt hätten. Wie verhielt es sich damit, was hatte ich gemeint?

Ich erinnerte mich nicht, daß ich befragt worden war, bis zum heutigen Tag erinnere ich mich nicht – es muß nach den ersten drei Wochen der Isolation gewesen sein –, also konnte ich ihnen nicht antworten. Ich hatte gleichzeitig Hitzewallungen und Krämpfe, weil die Medizin abgesetzt worden war. Ich hatte die Arme überkreuz, um nicht zu zittern, dennoch wackelte das Pult, an das ich mich lehnte. Ich war auch so viele Menschen nicht gewöhnt, sie sahen es und gaben mich auf.

Sie wandten sich dann an Katarina. Man hätte nicht gedacht, daß sie noch blasser werden konnte, trotzdem war sie es. Es fiel ihr schwer zu sprechen. Wir hatten einander sechs Monate und elf Tage nicht gesehen, aber ich fühlte sie, als hingen wir zusammen, als wären wir verbunden quer durch Zeit und Raum. Als wären wir Zwillinge, zwei ungeborene Zwillinge, die im Leib unserer Mutter zusammenhingen.

Man konnte sehen, sie warf mir nicht vor, daß ich das Experiment vor ihnen erwähnt hatte, sie verstand, daß ich in Isolation gewesen war, hinausgedrängt aus Zeit und Wirklichkeit. Sie hatte nichts Schlechtes über mich zu sagen, wir waren noch immer Freunde. Obwohl sie sechs Monate lang völliges Stillschweigen bewahrt und ich uns in gewisser Weise verraten hatte. All das sah ich ihr an, bevor sie ihnen antwortete.

«Ich hatte entdeckt, daß es verschiedene Arten von Zeit geben muß», sagte sie. «Als mein Vater und meine Mutter starben, entdeckte ich es. Peter hatte es auch gesehen, wir haben die anderen Arten untersucht.»

Es war sehr lange Zeit still, und in der Stille wurde ihnen zur Gewißheit, was sie die ganze Zeit gewußt hatten. Daß wir nicht ganz bei Trost waren, auch sie nicht.

Das spürte sie.

«Bringen wir es hinter uns», sagte sie.

Es war wie eine Erlaubnis. So war sie. Selbst unter diesen Menschen, in diesem Augenblick, konnte sie eine Erlaubnis geben.

Es entstand ein Gefühl der Erleichterung im Raum nach diesen Worten. Es gab keine Unsicherheit mehr. Jetzt war jeder Zweifel verschwunden. Sie hatte ihnen erlaubt, nicht mehr zu zweifeln. Wir waren außer uns gewesen, August, Katarina und ich, das war die Erklärung. Unzurechnungsfähig.

Zweifel war immer das Schlimmste.

«Das Widerlichste», hatte Biehl gesagt, «ist, wenn ein Kind lügt oder etwas verschweigt.»

Also wenn etwas verborgen, ungeklärt ist. Das war das Schlimmste.

Genau das hatte ich Katarina zu erklären versucht, in der Nacht, als wir auf ihrem Bett saßen. Daß die ganze Schule ein Mechanismus zur Beseitigung des Zweifels war.

Auch ihr Versuch. Sie wollten die unverständlichen und dunklen und zweifelhaften Kinder ins Licht emporheben.

Später habe ich herausgefunden, daß es nicht nur Biehl war. Und nicht nur unsere Kindheit, nicht nur die frühen siebziger. Ich glaube, es waren die meisten oder alle von Augustinus bis Newton, die über Zeit geschrieben haben.

Sie verabscheuten den Zweifel.

In seinen *Bekenntnissen* schreibt Augustinus, die Zeit vergehe von selbst, unabhängig vom Menschen, und zugleich sagte er, sie hänge mit dem Auffassungsvermögen des Menschen zusammen. Das ist ein Widerspruch. Er bemüht sich nicht um eine Erklärung. Es scheint, als sei es für Augustinus in Ordnung gewesen, daß hier und da ein wenig Zweifel herrschte.

Zu Anfang der *Mathematischen Prinzipien der Naturphilosophie* schreibt Newton, 1200 Jahre später: «Die absolute, wahre und mathematische Zeit fließt von sich aus und vermöge ihrer eigenen Natur gleichmäßig und ohne Beziehung zu irgend etwas Äußerem.»

Hier gibt es keinen Zweifel. In den ganzen *Mathematischen Prinzipien der Naturphilosophie* gibt es tatsächlich keinen Zweifel, an was auch immer.

Was passiert ist, von Augustinus bis Newton, ist, daß man den Menschen von der Zeit entfernt hat. Sie vergeht jetzt, ob

Menschen sie messen oder nicht, sie ist objektiv geworden. Also befreit von menschlicher Unsicherheit.

Seitdem aber herrscht nahezu Auflösung. Newton ist der letzte, der im Ernst an eine Zeit ohne Verbindung mit dem Menschen glaubte. Ohne Verbindung mit den Dingen. Im Grunde wohl ohne Verbindung mit dem Universum.

Die Messung linearer Zeit entsteht in Europa, sie ist tatsächlich erst dreihundert Jahre alt, alles andere sind Vorläufer. Sie taucht auf, als die Gesellschaft sich so schnell zu verändern beginnt, daß man den neuen Tag nicht mehr wiedererkennen kann, weil er vom gestrigen Tag so verschieden ist. Die Zeitmessung entsteht gleichzeitig damit, daß die Gesellschaft kompliziert wird, sie kommt mit dem Verkehr, mit dem Postwesen, dem Geldwesen, dem Handel, mit den Eisenbahnen. Dafür werden verschiedene Erklärungen gegeben. Man sagt, die Zeit taucht gleichzeitig damit auf, daß sich das Bürgertum zusammen mit der Wissenschaft von der Aristokratie und der Religion befreien will.

So mag es durchaus gewesen sein, es ist sicher ein wichtiger Teil der Erklärung. Was auch immer eine Erklärung ist. Aber da scheint es noch etwas anderes zu geben.

Wenn man Newton liest, nicht so sehr die *Mathematischen Prinzipien der Naturphilosophie*, denn daraus hat er den Menschen so weit entfernt, daß er selber, der Autor, fast nicht mehr da ist – als sei das Buch entstanden, indem eines der objektiven Naturgesetze sich selbst geschrieben habe –, nein, die Briefe, dann denke ich daran, wie sehr er an Biehl erinnert. Ihre Strenge, ihr Wille, jeden Zweifel zu beseitigen, ihre Rücksichtslosigkeit. Als wären sie die gleiche Person, der gleiche Schulmeister über dreihundert Jahre hinweg. Als hätte die Zeit kaum etwas bedeutet.

Da muß es etwas Tieferes geben, und mehr als die historische Erklärung. Es ist, als hätten diese Wissenschaftler und Philosophen und Menschen mit Macht und Wissen innerhalb der abendländischen Kultur etwas gemeinsam.

Als habe keiner von ihnen das Dunkel ertragen können, als hätten sie nichts wissen wollen von Zweifel und Unsicherheit. Es nicht aushalten können, daß es ungelöste Widersprüche gab. Und da haben sie versucht, sie zu eliminieren.

Dann kam es früher oder später zum Zusammenbruch.

Es war uns gesagt worden, daß wir an der Schule Karin Ærø, die unsere Klassenlehrerin war, als unsere Mutter und Biehl als unseren Vater betrachten sollten.

Wahrscheinlich deshalb hatte die Ministerialabteilung Karin Ærø gebeten. Sie hatten sie gebeten, über die Sichtweise der Schule auf den Charakter der Beziehung zwischen Katarina und mir zu referieren. August wurde nicht erwähnt, doch man begriff, worauf sie hinauswollten, sie dachten, daß wir ihn irgendwie dazu getrieben hätten.

Karin Ærø hatte ein Verzeichnis darüber erstellt, was sie wußten; sie hatte eine Liste, wann wir zusammen gesehen worden waren, vom ersten Mal an, wo man uns während der Unterrichtszeit in der Bibliothek angetroffen hatte, bis hin zum Adventsgottesdienst in der Kirche, wo wir versucht hatten, Informationen auszutauschen, die uns nichts angingen, und weiter bis zu der Nacht, in der August starb, wo man uns engumschlungen im Lehrerzimmer gefunden hatte.

Das mit dem engumschlungen kommentierte sie nicht. Doch ihre Stimme veränderte sich, als sie es sagte. Es war klar, daß das gravierend war.

Sie wußten soviel. Wo und wann wir Kontakt miteinander gehabt hatten. Zeit und Ort. Aber von dem, was etwas bedeutete, wußten sie nichts.

Zwei von der Ministerialabteilung waren da, ein Mann und eine Frau. Die Frau fragte, was wir dazu zu sagen hätten. Sie wandte sich an Katarina, ich aber sagte etwas. Ich redete zu Biehl.

«Was ist mit August passiert?» sagte ich.

Sie versuchten, mich aufzuhalten, aber ich sah sie nicht an, ich konnte die Aufmerksamkeit gerade noch auf Biehl richten. Die einzige Art, so viele Menschen zu überleben, war, sich einen Tunnel vorzustellen: ich selbst war an einem Ende, Biehl am anderen, außerhalb davon war nichts.

«Wie bist du rausgekommen?» sagte ich.

Er antwortete etwas, das ich kaum hören konnte. Ich wäre zu ihm gegangen, aber ich hing irgendwo fest, am Polizisten hinter mir, ich hatte ihn vergessen. Ich bedeutete ihm, daß ich die Hände frei haben müßte, um etwas zu zeigen. Ich zeigte in der Luft, wie eine Hand die andere festhält.

«Er hatte dich so im Griff, da kommt man niemals raus», sagte ich.

August hatte ihm die Finger gebrochen, das ist ein zu großer Schmerz, als daß man da herauskommen könnte. Sie verstanden mich nicht, nur Biehl.

«Er hat mich losgelassen», sagte er.

«Wie bist du rausgekommen?»

«Durch die Tür.»

«Die war innen verriegelt.»

Er stockte und sah hinunter auf seine Hände. Es war immer noch etwas komisch mit zwei seiner Finger, er trug seinen Ehering an der anderen Hand. An den Fingergelenken hatten sich Knoten gebildet.

Es schien ihm schwerzufallen, sich zu erinnern. Vielleicht hatte er es nötig gehabt zu vergessen. Die Erinnerung hatte sich sozusagen in die Hände gesetzt. Als er aufsah, war sein Gesicht nackt, wie man es nie zuvor gesehen hatte. Als sei er überrascht und erschüttert über die Frage. Und jetzt auch darüber, daß er mir antworten mußte.

«Er hat sie mir aufgemacht», sagte er. «Er muß es bereut haben.»

Ich hatte ihn nach etwas gefragt, das ihm selbst sehr nahe war, und er hatte geantwortet. Es war das einzige Mal, daß das je geschah.

«Er ist nicht verbrannt», sagte Katarina.

In dem Augenblick, als sie es sagte, dachte ich, sie würde sofort loslegen wie damals mit ihren Eltern. Daß ihre Schale doch nicht dick genug war, und jetzt war sie zerbrochen.

«Ich hab mit dem Arzt gesprochen», sagte sie. «In der Luftröhre waren Blasen.»

Es gab jetzt drei Tunnel. Zwischen ihr und Biehl und mir. Alle anderen waren unbeteiligt.

«Er hätte sie auf dich werfen können», sagte sie zu Biehl, «die Flasche. Aber er hat dich freigelassen und raus. Dann hat er sie in den Speicher geworfen. Und dann ist er selbst ins Feuer gegangen. Hat die Flammen eingeatmet, die Blasen haben seine Luftröhre verschlossen, und er ist erstickt.

Alle waren sehr still. Doch ich glaube nicht, daß sie verstanden.

«Es war so, als ob die Zeit für ihn rückwärts ging. Oder als wäre die Vergangenheit zurückgekommen. Er hätte es wieder tun können. Jemanden totschlagen.»

Sie zeigte auf Biehl.

«Aber er hat es nicht getan. Er ließ dich gehen. Und dann löschte er sich aus. Als hätte er noch eine Chance bekommen.»

4 Jakob von Uexküll, ein schwieriger Name. Doch es ist ein gutes Gefühl, ihn zu schreiben. Ich schreibe mit der Hand, ganz langsam.
Ich habe ein Bild von ihm, aus einer Zeitung. Das Gesicht ist ziemlich grob und sehr ernst, aber doch irgendwie sanft.

Biehl hatte das zweite Staatsexamen in Biologie, dennoch erwähnte er Jakob von Uexküll nie; ich glaubte, er hatte nichts von ihm gehört.

Uexküll war Professor der Biologie in Deutschland. In den zwanziger und dreißiger Jahren schrieb er Bücher und Artikel darüber, wie Lebewesen ihre Umwelt wahrnehmen, besonders über ihre Wahrnehmung von Zeit und Raum.

Was er geschrieben hat, ist nicht schwer zu lesen, nicht im Vergleich zu einigen anderen Büchern, durch die man sich in seinem Leben hindurchgekämpft hat. Immer hat er versucht, sehr klar zu sein. Und er hatte nichts zu verbergen, und war er im Zweifel, dann hat er es direkt ausgesprochen.

Gleichzeitig ist er in gewisser Weise demütig. So demütig, daß er meint, das, was er tue, unterscheide sich nicht sehr von dem, was andere vor ihm getan haben. Im Vorwort zu seinem Buch *Theoretische Biologie* schreibt er, er folge den Geleisen, die Helmholtz und Kant gelegt hätten. Diese haben darauf insistiert, daß man die Wirklichkeit um uns – oder uns selbst – auf keine andere Weise als durch die Sinne erfassen kann. Und die Sinne sind keine passiven Empfänger der Wirklichkeit, sie verarbeiten sie; was wir erfassen, ist stark verarbeitet. Also macht es keinen Sinn, über die wirkliche Wirklichkeit außerhalb von uns zu sprechen, die kennen wir nicht. Wir kennen einen redigierten Abdruck. Die Biologie kann sich darauf konzentrieren, zu untersuchen, wie unser Wahrnehmungsapparat strukturiert ist, wie er redigiert. Und wie das Bewußtsein anderer Lebewesen arbeitet, im Verhältnis zu unserem eigenen.

Als ich das zum ersten Mal las, dachte ich, Uexküll müsse auf das gleiche gestoßen sein wie wir, wie Katarina und August und ich, doch natürlich auf bessere und klügere Weise.

Erst entdeckten wir, es gab einen Plan, dann gelang es uns, ihn zu verstehen, kurz bevor alles zusammenbrach.

Biehls und Fredhøjs Plan, der zwar verborgen, aber doch bewußt war. Sie hatten ihn in ihren Anträgen dargelegt, er ließ sich in Worten ausdrücken. Es war der Plan von der großen Integration, von der Abschaffung des Dunkels.

Dahinter aber stand ein anderes Ziel, größer, von dem sie nichts wußten.

Nach diesem Ziel fragten wir sie nie, nicht einmal Katarina fragte sie. Aber hätten wir sie gefragt, dann hätten sie geantwortet, daß außerhalb der Schule, außerhalb ihrer Plans, die Zeit war. Gott.

Sie meinten, außerhalb der Schule sei die Wirklichkeit.

Das kann nicht richtig sein, und das spürten wir schon damals. Das, was außerhalb der Schule war, außerhalb ihres Plans – vor allem die Zeit, die wir um uns fließen und alles durchdringen fühlten –, das hatte ein Ziel. Und im Zusammenhang dieses größeren Ziels und Plans waren wir alle Mitschuldige. Auf ganz unerklärliche Weise arbeiteten wir alle daran, die Zeit an der Schule zu erschaffen und aufrechtzuerhalten.

Das hat Jakob von Uexküll geschrieben, auf die ihm eigene demütige Weise, mitten in den zwanziger Jahren. Wir sind der Zeit nicht einfach ausgeliefert. Irgendwie ist sie auch etwas, woran wir ununterbrochen beteiligt sind, was wir selber erschaffen.

Wie ein Kunstwerk.

Wenn das wirklich so ist, dann ist es wichtig, daß Menschen ab und zu ins Laboratorium gehen und Fragen anderer Art stellen, als sie sonst gestellt werden. Wenn wir alle die Zeit aufrechterhalten, dann hat man selbst einen Platz, dann hat es Bedeutung, daß man etwas langsam tut. Dann kann sogar ein verschwindendes Experiment wie dieses dazu dienen, die Zeit zu berühren, so daß sie sich verändert.

Wie ist die Zeit zu Stacheldraht geworden? Wenn wir selber dafür mitverantwortlich sind, warum hat sie sich dann um uns geschlossen?

Dafür gibt es keine Erklärung bei Uexküll, und das kann auch kein Mensch verlangen. Er schrieb über das, was er für die einfachsten Bausteine der Zeitwahrnehmung hielt, Takt, Rhythmus und das Verhältnis zwischen Muskelbewegungen und Zeitgefühl. Das zu untersuchen sah er als seine Aufgabe, damit arbeitete er im Laboratorium. Gleich wenn man die ersten Seiten liest, weiß man, er hat sein Bestes getan.

Dennoch kann man ihm nicht in allem folgen. Dafür sind die Menschen in seiner Welt zu allein.

Wenn man entdeckt hat, daß es keine objektive äußere Welt geben kann, daß man nur einen gefilterten und verarbeiteten Abdruck kennt, dann kommt einem leicht der Gedanke, daß dann andere Menschen ja auch nichts weiter als ein verarbeiteter Schatten sind. Dann kann man leicht meinen, daß jede Person in ihren unzuverlässigen Wahrnehmungsapparat gewissermaßen eingesperrt und hinter ihm isoliert ist. Und dann taucht sehr leicht der Gedanke auf, daß der Mensch im Grunde genommen allein ist. Daß die Welt aus getrennten Bewußseinswesen besteht, jedes isoliert in seiner eigenen Wahrnehmungsillusion, fließend in einem Vakuum ohne Eigenschaften.

Er sagt es nicht so direkt, doch der Gedanke ist nicht weit entfernt. Daß der Mensch im Grunde genommen allein ist.

Als ich am Lars-Olsen-Gedächtnisheim drei Wochen lang von anderen Menschen isoliert war, da hörte die Welt auf zu existieren. Schließlich gab es kaum noch eine innere Wirklichkeit. Wird der Mensch total isoliert, dann hört er auf zu existieren.

Also kann man im Grunde genommen nicht allein sein. Im Grunde genommen muß der Mensch mit anderen Menschen zusammensein. Ist ein Mensch ganz, ganz allein, dann ist er verloren.

Der schwedische Professor der Sozialpsychologie Johan Asplund hat in seinem Buch *Zeit, Raum, Individuum, Kollektiv* und auch an vielen anderen Stellen angefangen, die Zeit als etwas zu untersuchen, was Menschen gemeinsam aufrechterhalten. Wie Uexküll versuchte, die grundlegenden Regeln für das Bewußtsein jedes einzelnen Menschen von der Welt zu finden, so arbeitet Asplund daran, die Regeln für das gemeinsame Bewußtsein zu beschreiben, für das Zusammenleben. In einer Weise, wie es nie zuvor jemand getan hat. Und in gewisser Weise sanft und demütig wie Uexküll.

Seine Bücher handeln von der Gemeinschaft. Dennoch stehen auch sie in vieler Hinsicht allein.

Johan Asplund und Jakob von Uexküll. Man liest, was sie geschrieben haben, und das ist so, als ob einem ein Freund die Hand reicht, auch wenn man ihnen nie begegnen wird. Sie wissen etwas Besonderes von der Zeit, vielleicht waren sie selber krank. Sie wissen, daß es Grenzen gibt, wie fest man einen Menschen halten kann, ohne daß er zerbricht.

Uexküll und Asplund: Die Zeit ist nicht etwas, was unabhängig von einzelnen und von der menschlichen Gemeinschaft fließt. Sie wird auch geformt und aufrechterhalten von der Art, wie die Menschen zusammenleben, und sie hat einen Zusammenhang mit dem Wahrnehmungsapparat.

Als es läutete, stand die Frau von der Ministerialabteilung auf und sah auf ihre Uhr.

«Ich glaube, wir sind am Ende des Weges», sagte sie.

Am Ende des Weges. Das war so ernst gesagt. Sie meinte, es war jetzt klar, daß wir, nicht nur August, sondern auch Katarina und ich, nicht zurechnungsfähig gewesen waren. Daß sie nicht weiterkommen würden, indem sie noch mehr Zeit darauf verwandten. Daß sie das Stück Weg gegangen waren, das sie hatten zurücklegen wollen. Daß sie Biehl und die Schule genug bestraft hatten, indem sie das Projekt abgebrochen hatten.

Sie meinte auch, daß es ein guter Zeitpunkt sei, um aufzuhören. Es hatte geläutet. Wie eine Aufforderung, die Konfrontation zu beenden.

Alle standen auf, auch Biehl und Fredhøj und Karin Ærø und all die anderen, auch erwachsene Menschen, die dreißig Jahre lang nicht in die Schule gegangen waren, es war ein Reflex. In dem Augenblick, als es läutete, begann die Zeit zu strömen. Alles wollte sie mit sich aus dem Raum tragen.

Gegen diesen Strom ging jetzt Katarina, vornübergebeugt. Sie versuchten nicht, sie aufzuhalten, sie blieben stehen. Sie kam ganz bis zu mir.

Ich dachte, sie würde etwas über das Experiment sagen, daß es immer weiterging, daß es nie aufhörte, und dann hätte ich genickt.

Das aber war es nicht.

«Ich muß nach Svarrø», sagte sie. «Nur für ein paar Monate. Ich hinterlasse dir eine Adresse.»

Wenn man nirgendwo zu Hause war, und wenn man voneinander getrennt wurde, dann war es so, als ob man aufhörte zu existieren, sogar in einem kleinen Land wie Dänemark, da fand man einander nie mehr wieder, das hatte ich schon so oft gesehen, sie wußte das.

Sie sah zu mir auf, ihr Gesicht war verzerrt. Es war Liebe. Ich konnte es nicht ertragen.

«Ich werde kommen», sagte ich. Ich wußte, es war gelogen, sie wußte es auch.

Wenn nur sie und ich es gewesen wären. Aber wir, das war immer auch August. Jetzt war er ausgelöscht, es war, als hätte man sein eigenes Kind verloren. Ich konnte sie nicht mehr ansehen.

Wenn Menschen einem doch weggenommen werden, wäre es besser, man hätte sie nie liebgewonnen.

«Versuch, das mit dem Schmerz zu behalten», sagte sie. «Und mit dem Licht der Aufmerksamkeit.»

Keiner von ihnen berührte sie. Doch der Zeitstrom ergriff sie und trug sie hinaus und fort.

5 Was heißt das, ein Kind zu verlassen?

In den Jahren, während ich hieran geschrieben habe, hat die Princeton University, wo Einstein angestellt war, mit der Ausgabe seiner Gesammelten Schriften begonnen. Der erste Band enthält den Briefwechsel zwischen ihm und Mileva Marić, seiner ersten Frau.

Im November 1901 bekamen sie eine Tochter, Lieserl, ohne verheiratet zu sein. Acht Monate später ließen sie sie adoptieren, vielleicht von einer Familie in Ungarn. Wahrscheinlich weil sie Einsteins Anstellung und Karriere im Weg stand. Zu diesem Zeitpunkt war Mileva Marić wieder schwanger. Das Ganze wurde geheimgehalten, niemand hat später eine Spur von Lieserl finden können, man weiß von ihrer Existenz nur aus diesen Briefen.

Die meisten von Einsteins Briefen aus dieser Zeit, auch die, in denen er nach seiner Tochter fragt, haben den gleichen Aufbau. Es kommen ein paar Zeilen mit Fragen nach Mutter und Kind, danach geht er sofort dazu über zu erzählen, was ihn wirklich beschäftigt, in diesen Jahren meist thermodynamische Fragen, die ihn kurze Zeit darauf zur Speziellen Relativitätstheorie, veröffentlicht 1905, führen sollten, worin er den ersten Teil seiner Theorie von der Zeit vorlegt.

1919 wird er von Mileva Marić geschieden, sie hatten inzwischen einen Sohn. Der Bruch dauerte bis in die zwanziger Jahre an, danach nahmen sie die Beziehung als freundschaftliche Verbindung wieder auf. Aus den nächsten zwanzig Jahren sind mehrere hundert Briefe von ihnen erhalten.

In diesen wird die adoptierte Tochter nicht einmal erwähnt, auch nicht zwischen den Zeilen.

Was bringt Menschen dazu, ein Kind zu verlassen? Und was wird es später für sie bedeuten, daß sie es getan haben?

Als Einstein weltberühmt geworden ist und Journalisten ihn nach seiner Jugend fragen, bezeichnet er sie selber mehrere Male als «die Leiche meiner Kindheit», *«the corpse of my childhood»*.

Er sagt, er denke dabei an die strenge, einengende Bürgerlichkeit, die ihn umgab.

Es geht aus seinen Briefen an Mileva Marić deutlich hervor, daß sich seine wissenschaftlichen Theorien im Protest gegen diese Bürgerlichkeit entwickeln, die ihm auch an der Eidgenössischen Technischen Hochschule begegnet.

Er selbst hat später gesagt, für ihn sei die Relativitätstheorie und ihre Sicht auf Zeit und Raum auch eine Rebellion gegen Autoritäten, die das Denken behindern. Es wird in seinen Briefen ganz klar, daß seine Kosmologie auch als politische Handlung entwickelt wurde, und als psychologischer Protest.

Als Strategie zum Überleben. Manche aßen Frösche, andere entwickelten, im Laboratorium, eine Theorie vom Universum.

Die Einengung, gegen die er mit seiner Arbeit protestierte, ist zugleich die, die ihn und Mileva Marić dazu bringt, ihre acht Monate alte Tochter wegzugeben.

«The corpse of my childhood».

Zwanzig Jahre lang habe ich es absichtlich vermieden, an Katarina zu denken. Wenn der Gedanke von selbst kam, wandte ich mich von ihm ab. Es war das Kind, das mich aufforderte, damit aufzuhören. Das passierte im Herbst 1991, als ich erst wenige Monate hieran geschrieben hatte. Sie kam zu mir ins Laboratorium: «Du mußt noch Katarina suchen», sagte sie.

Nicht direkt, nicht mit Worten, aber doch unabweisbar.

Sie, das Kind, meine ich, denkt sehr wenig an die Vergangenheit und fast gar nicht an die Zukunft. Ihre Aufmerksamkeit ist bei dem Raum und den Dingen und den Menschen, die in diesem Augenblick um sie sind. Das bringt einen dazu, sich selbst zu betrachten.

Wenn man ebenso lebte und wie sie nie an die Zukunft dächte, dann wäre es schwer zu leisten, was von einem verlangt wird, dann würde es einem schwerfallen, das Praktische zu schaffen. Besonders weil rundherum geplant wird, vielleicht nicht zehn Jahre im voraus, aber doch auf lange Zeit.

Fürchtet man aber die Zukunft zu sehr, oder werden die Gedanken zurückgelenkt zu Katastrophen, die doch schon vorbei sind, dann wird man kraftlos. Wenn das passiert, sitze ich nur da und sehe das Kind an. Aus der Gegenwart ruft sie nach mir, aber ich kann ihr nicht helfen, ich bin zurückgerissen in die Vergangenheit und die Trauer oder nach vorn in die Furcht vor dem, was kommen wird. Ich bin in einer anderen Zeit, und in der bin ich wertlos für sie.

Doch sie hat mir geholfen. Ich habe sie angesehen, sie beobachtet, wenn sie spielt. Ich versuche zu lernen, das zu tun, was sie tut, oder doch etwas in der Richtung.

Sie hat mich darauf aufmerksam gemacht, daß ich noch Katarina suchen mußte. Daß es auf die Dauer zermürbend ist, gegen die Vergangenheit zu kämpfen, um sie fernzuhalten.

Dennoch habe ich ein paar Monate gewartet. Es war Winter, als ich nach Svarrø fuhr. Es war Stacheldraht um das Gebäude und eine Schranke mit einem Wächter. Ich kam nicht hinein. Er telefonierte mit dem Büro. Das gesamte Personal habe seit damals gewechselt, sagte er, es gebe niemanden, der sich an etwas erinnerte.

Als ich gehen wollte, sagte er, der alte Vorsteher wohne unten im Dorf.

Es war ein kleines Haus, dunkel, als ob es im Schatten des Fürsorgeheims läge, obwohl das einen Kilometer entfernt und nicht zu sehen war. Warum waren sie dort wohnen geblieben?

Er saß in einem Sessel und rauchte Pfeife, seine Frau stand schweigend hinter ihm. Ich hatte meine Schuhe in die Diele gestellt. Ich stand auf Strümpfen da, sie fragten nicht, ob ich mich setzen wolle.

«Gehören Sie zur Familie?» sagte er.

«Ich bin mit ihr zur Schule gegangen.»

«Wir haben Schweigepflicht», sagte er.

«Sie hat geerbt. Es gibt einen Finderlohn von 1000 Kronen, vom Nachlaßgericht.»

Sie verständigten sich, ohne etwas zu sagen und ohne daß er sich umdrehte. Dann strengte er sich an, um sich zu erinnern. So viele Jahre und so viele Kinder, ein Jahr und ein Kind kaum anders als das andere. Dennoch versuchte er es. Etwas zu leisten, um sich verdient zu machen.

«Sie wurde 1972 abgemeldet und entlassen, das ist sicher. Wir hatten die geschlossene Abteilung seit drei Monaten. Es war nach einem Unfall. Man hatte uns verpflichtet, auch Jungen aufzunehmen, vorher hatten wir nur Mädchen. Sie wurde vergewaltigt und beinahe erwürgt.»

Ich zählte das Geld hin, auf einen niedrigen Spieltisch mit grünem Filz.

«Wo kam sie hin?»

«Man vergißt mit der Zeit», sagte er, «sie ist wohl rausgekommen.»

«Wohin raus?»

Die Frage verwirrte ihn.

«Raus eben. In die Freiheit.»

Biehl blieb vor mir stehen, auf dem Weg hinaus. Er wollte etwas sagen, doch er konnte es nicht. Er, der als großer Redner weitbekannt war.

Ich glaube, es war das erste Mal, daß er mich wirklich ansah. Bis dahin hatte er mich als einen grauen Schatten gesehen, im Strom der Schüler. In diesem Augenblick sah er mich als Person. Er hatte nicht die gewohnte Herrschaft über sich selbst, sein Gesicht spiegelte wider, was er sah. Einen Elenden, einen vielleicht Geeigneten, einen hartnäckigen Leugner. Und doch einen Menschen.

Ich irre mich wohl. Doch es war so, als wolle er mich um etwas bitten.

Vergebung war an der Schule immer ein wichtiges Wort gewesen. Es war wichtig gewesen für Grundtvig, es war wichtig für Biehl. Wenn Schüler etwas verbrochen hatten, dann bestrafte er sie oder ließ es durchgehen. In beiden Fällen aber war das Ziel ein Zustand der Vergebung.

Immer aber waren sie es gewesen, von denen die Vergebung kam, von Gott zu ihnen und weiter zu uns. Sie selbst spürten ja, daß die Zeit auf ihrer Seite war, daß ihnen selbst nicht nur längst vergeben war, sondern daß sie auch auserwählt waren.

Dennoch war es so, als bitte er mich genau darum, um Vergebung. Aber ich irrte mich wohl.

6 Zwanzig Jahre lang hatte ich es unterlassen, Katarina zu suchen. Als ich es schließlich tat, auf die Aufforderung des Kindes hin, war sie verschwunden, ohne eine Adresse zu hinterlassen.

Doch ich habe nicht aufgegeben. Ich weiß, sie ist irgendwo draußen. Sie wird das hier lesen und es in einem tieferen Sinne verstehen als jeder andere Mensch. Sie wird es lesen, und es wird ihr klar sein, daß ich seit dem, was damals geschah, nie aufgehört habe zu versuchen, die Zeit zu berühren und zu sehen, wie sie sich verändert.

Dann wird sie mich suchen. Sie wird die Frau und das Kind begrüßen und sie mögen. Wenn sie nicht selber eine Familie hat, werden wir ihr sagen, daß sie so lange bleiben kann, wie sie will, hier ist niemand, der jemanden wegschickt, Ragnarök ist vorbei.

Dann werde ich ihr das Laboratorium zeigen.

Ragnarök. Wir lernten, das sei das Ende. Der Weltuntergang, die totale Vernichtung.

Als Erwachsener las ich es selbst. Ich entdeckte, daß sie sich geirrt hatten. Es gab doch ein Leben danach.

Das steht in der Völuspa, Ältere Edda. Da steht, daß die Götter im Gras in der Sonne lagen und ein Spiel spielten, die Spielfiguren waren aus Gold, es war souverän. Dann kam der Krieg zwischen dem Licht und dem Dunkel, die Katastrophe, die totale Vernichtung.

Nachher aber lagen die Götter wieder da wie zuvor, im Licht, und spielten mit den Goldfiguren.

Als seien Tod und Krieg und Niederlage doch nicht das letzte gewesen, sondern einfach ein neuer Anfang. Als sei die Zeit für die Götter eine lange Wiederholung.

Als gebe es nach Ragnarök noch eine Chance.

Noch eine Chance bekommen.

Das Kind ist meine Chance, die dritte. Wenn sie mich ansieht, direkt und lange Zeit und ohne zu urteilen, dann ist es, als sei sie die Erwachsene und ich ein Kind und als versichere sie mir, daß mir nichts Böses zustoßen wird. Oder als sei ich erwachsen und sie ich selbst als Kind, aber ein Kind, das noch von seinen Eltern beschützt wird, wie man es selber nie wurde. Oder nein, es ist unmöglich zu erklären, doch sie ist meine dritte Chance.

Die erste bekam ich, als Karen und Erik Høg mich 1973 fanden und adoptierten, am Sandbjerggård, als ich fünfzehn Jahre alt war, wofür ich ihnen ewig dankbar sein werde, und ohne die es mich nicht mehr gäbe.

Die zweite Chance war die Frau.

Das Laboratorium, hier, das ist die vierte Chance.

Wenn einem noch mal eine Chance gegeben wird, dann geht die Zeit rückwärts, dann kommt die Vergangenheit wieder. Dann geht man noch einmal durch das hindurch, was damals zur Katastrophe geführt hat. Diesmal aber gibt es Hoffnung.

«Ganz weit hinten erinnert man sich an eine Ebene», hatte sie gesagt. «Von damals, bevor die Zeit in unser Leben trat, also hat man ohne Zeit gelebt, wie es kleine Kinder tun.»

Das sagte sie am Telefon, während der totalen Trennung.

Ganz weit hinten erinnere ich mich an das Diakonissenhaus. Den Garten, das Badezimmer, die Lesung der Losung des Tages in der unteren Ecke des Kristeligt Dagblad. Diese

Erinnerungen haben keine Reihenfolge, sie liegen auf der zeitlosen Ebene meiner Kindheit. Von da an sank ich, abwärts, vielleicht war ich geboren zum Sinken, vielleicht war es der verborgene Darwinismus.

Es gab kleinere Bewegungen aufwärts, etwa daß es mir gelang, an die Brotkantenschule zu kommen, und danach zu Biehl. Im großen und ganzen aber sank ich.

Das war so, bis Katarina und August und ich in Zeit und Raum zusammengebracht wurden. Seitdem habe ich nie mehr völlig den Mut verloren.

In der ersten Zeit nach der Konfrontation kam ich ins Lars-Olsen-Gedächtnisheim zurück. Sie machten sich Sorgen. Wenn ich die Kraft dazu gehabt hätte, hätte ich sie beruhigt. Ich überwinterte ja nur, ich hatte einen ruhigen Ort gesucht und gefunden. An der Brotkantenschule legte Oscar Humlum die Frösche, mit denen er sein Geld verdienen wollte, indem er sie aufaß, ganz unten in die Gemüseschublade, wo die Küchenmädchen sie nicht finden würden, unter die Porreestangen, wo es gerade so über null Grad war. Da starben sie nicht, sie verfielen in einen tiefen, bewegungslosen Winterschlaf, sie warteten auf das Licht. Nahm man sie heraus und ließ sie auf seiner Hand liegen, streckten sie sich nach der Wärme und erwachten zum Leben.

Katarina, August und ich sind einander begegnet, danach war es nie mehr möglich, total aufzugeben. Ich habe darüber nachgedacht, warum.

Ich glaube, es war Liebe. Ist man ihr einmal begegnet, dann will man nicht mehr sinken. Dann sehnt man sich für immer nach dem Licht und der Oberfläche.

Zweimal habe ich Biehl auf der Straße gesehen, größer ist Kopenhagen nicht.

Er ist grau geworden, wie Stein. Er geht noch immer flink und zielbewußt, doch wirkt es so, als ob er schlecht sehe.

Es kommt einem der Gedanke, daß er gealtert ist wie ein Zerrbild von Uexkülls Theorie: ein einsamer Mensch hinter einem unzuverlässigen Wahrnehmungsapparat in einer unwirklichen Welt.

Wenn das hier fertig ist, werde ich es ihm geben. Ich werde ihn finden, vor ihm stehen und es ihm geben.

«Damals habe ich kein Wort gesagt. Jetzt habe ich es gesagt.»

Es gibt eine so lange Zeitspanne, daß die Naturwissenschaft sich nichts Größeres vorstellen kann, nämlich 2×10^{17} Sekunden. Die Zeit, die ein Lichtstrahl brauchen würde, um den vermuteten Radius des Universums zu durchqueren, man nennt ihn *das kosmische Chronon.*

Es gibt einen so kleinen Zeitraum, daß es nicht möglich ist, einen kleineren zu berechnen. Er bildet die untere Grenze, bis zu der man gesetzmäßige Prozesse konstatieren kann, nämlich 10^{-23} Sekunden. Man nennt ihn *das atomare Chronon.*

Man nimmt an, daß es auch ein oberes und unteres *mentales Chronon* gibt, eine Grenze dafür, wie klein oder wie groß der Zeitraum sein darf, den das Bewußtsein erfassen kann.

Ist man gesund, dann ist das nicht von großem Interesse, dann teilt man problemlos die Zeit mit anderen Menschen.

Geht es einem aber schlecht und beginnt die Zeit zu fliehen, dann gerät man in das mentale Chronon.

Wenn Biehl jemanden geschlagen hatte, hart und berechnend und besinnungslos zugleich, dann kam eine ganz kurze Pause. Sie war zu kurz, um sie zu bemerken, sie war kleiner als ein mentales Chronon, sie war da, und dann war sie vorbei, und nur Spuren waren übrig. Eine vage Furcht, die man nicht verstand.

War man aber krank, dann bemerkte man diesen Augenblick. Was wir hatten, war ja eben eine krankhaft erhöhte Empfindlichkeit für ganz kleine Zeiträume, und dann sah man die unendlich vielen und komplizierten Machtausübungen des Augenblicks, und man sah, wie allen, die anwesend waren, ein feines, ewiges Mal der Angst eingedrückt wurde und daß das etwas zu tun hatte mit dem Lernen der Zeit.

7 Uexküll hat gesagt, der Mensch sei im großen und ganzen nicht besser als eine Spinne.
Eine Spinne sieht und hört schlecht, und ihr Geruchssinn ist auch nicht so gut, ihre Umwelt ist also begrenzt durch ihren Wahrnehmungsapparat. Doch sie hat ihr Netz, damit hat sie ihre Wahrnehmung weit über sich hinaus ausgedehnt. Ihr Tastsinn ist sehr entwickelt, bei jeder Bewegung des Netzes kann sie einschätzen, wie weit weg und wie groß.

Morgens, am Diakonissenhaus, wenn man sich in den Garten hinausschlich, bevor die anderen wach waren, auch die Schwestern, dann waren Spinnweben zwischen den Büschen. In den Fäden hingen Tautropfen, sie fingen die Sonne ein. Berührte man dann das Netz, selbst wenn man ganz vorsichtig war, kam die Spinne nicht. Man hatte sie hervorlocken wollen, doch ihre Empfindlichkeit war soviel größer als die eigene, sie wußte, man war zu groß und zu stark. Obwohl man ziemlich klein war.

Besser als die Spinne ist der Mensch, so gesehen, nicht, sagt Uexküll.

Der Durchmesser der größten Spinnennetze betrug vielleicht 75 Zentimeter. Plus die Fäden zu den Baumstämmen, wo sie befestigt waren. Wir hatten beschlossen, die Netze nicht zu zerreißen, das war eine Regel unter den Kindern. Das Netz war so groß und die Spinne so klein, man wußte, wie sie geschuftet haben mußte, um es zu bauen.

Schwester Ragna, die für den Garten zuständig war, fegte sie mit einem Besen herunter. Es wurde immer still, wenn sie es tat, so totenstill, daß sie jedesmal innehielt und sich umsah. Sie verstand es nicht, die vielen Kinder, die plötzlich völlig bewegungslos dastanden.

In diesen Augenblicken war sie in akuter Lebensgefahr. Nur ein paar Details, der Unterschied zwischen ihrem Körpergewicht und unserem, die Tatsache, daß man aus dem Büro im ersten Stock einen direkten Blick in den Garten hatte, hinderten uns daran, sie auszulöschen.

Die Netze waren so vollendet. So regelmäßig und dennoch unregelmäßig. Ganz gleich und immer verschieden. Bis ins Unendliche.

Und fast nie größer als 75 Zentimeter.

Mit ihrem Netz nahm die Spinne nicht die ganze Welt wahr, sie nahm nur den Teil davon wahr, den das Netz einfangen konnte. Richtung, Abstand, vielleicht das ungefähre Gewicht der Beute, vielleicht ihren Umfang. Aber sicher nicht viel mehr. So ist es auch mit der Naturwissenschaft und ihrem Zwilling, der industriellen Technologie. Die Physik breitet ihr Netz ins Universum oder in die Materie aus und meint, immer größere Teile der Wirklichkeit zu entdecken.

Man mag befürchten, daß das ein Fehlschluß ist, Uexküll war nahe daran, das zu meinen. Wenn die Spinne ihr Netz weiter ausbreitete, über die 75 Zentimeter hinaus, würde sie nach wie vor nur das wahrnehmen, was wahrzunehmen in ihrer und der Natur ihres Netzes liegt. Sie würde keine neue Wirklichkeit finden. Sie würde mehr von dem entdecken, was sie schon vorher kannte. In bezug auf das, was außerhalb liegt, Farben, Vögel, Gerüche, Maulwürfe, Menschen, Schwestern, Gott, die trigonometrischen Funktionen, das Messen von Zeit, die Zeit selbst, würde sie nach wie vor in absoluter Unwissenheit schweben.

Das ist das eine, was ich sagen wollte.

Das zweite ist dies: vielleicht kann man es stärker ausdrükken als Uexküll. Vielleicht waren die Spinnen im Garten des Diakonissenhauses klüger als der Mensch. Denn sie breiteten das Netz nie über eine gewisse Grenze hinaus aus.

Was wäre passiert, wenn sie es getan hätten? Wenn das Spinnennetz ausgebreitet würde bis ins Unendliche, so weit über und unter die Schwellen des menschlichen Wahrnehmungsapparates, wie die Technologie ihre Sensoren ausbreitet?

Dann wäre folgendes passiert: Die Spinne wäre recht bald physisch nicht mehr in der Lage, all das aufzusuchen, was im Netz gefangen wurde. Und wenn das Netz sich noch mehr ausbreitete, weiter und weiter weg, dann würde die Spinne anfangen, Signale aus Gegenden mit anderen Insekten und einem anderen Klima als ihrem eigenen zu empfangen. Und sie würde weit mehr Signale empfangen, als sie verarbeiten könnte. Dann würde das abnorm große Netz und das, was es zur Folge hätte, in Konflikt mit dem Wesen der Spinne kommen, mit ihrer Natur.

Und gleichzeitig würde das Netz anfangen, die Welt um sich zu verändern. Vielleicht würde es zu schwer werden, vielleicht würde es schließlich zur Erde fallen und im Fallen große Bäume mit sich reißen. Vielleicht würde es die Spinne mit sich ins Verderben stürzen.

Das ist das zweite, was ich sagen wollte: Die Erforschung der Welt durch den Menschen, sein Netz, verändert auch diese Welt. Wenn ich nachts wach liege, wenn ich nicht schlafen kann und mich aufsetze und die Frau und das Kind ansehe, dann fürchte ich, dann weiß ich, daß das Netz zu weit entfernt vom Wahrnehmungsapparat ausgebreitet worden ist. Es reicht jetzt bis zu Schwarzen Löchern und Sternnebeln hinaus und zu immer kleiner werdenden Elementarteilchen hinunter, es entdeckt Gegebenheiten, die auf den Alltag zurückwirken, die zu Kühlschränken, Schulbüchern, Cäsiumuhren, U-Booten, Computern, Automotoren, Atombomben werden und die Geschwindigkeit des Daseins ständig vergrößern.

1873, als Sandford Fleming von der Canadian Pacific Railway auf der Meridian-Konferenz eine «universale Weltzeit» für den ganzen Erdball vorschlug, gab es in Amerika einundsiebzig verschiedene Zeitsysteme. 1893 wurde die amerikanische Version von Flemings Initiative in Deutschland zum Gesetz erhoben. Kurz nach der Jahrhundertwende schlossen sich große Teile Europas der Greenwich Mean Time an.

Über die ganze Welt breitete man als Instrument die Zeit aus. Und bis in die Erziehung der Kinder hinein breitete die Schule das Netz von Präzision und Genauigkeit aus. So weit, daß die Grenze dessen erreicht wurde, was Menschen ertragen können. Die Grenze, an der das Netz anfängt, seinem eigenen Gewicht nachzugeben. Und die Spinne im Fallen mit sich zu reißen. Wir zerrissen und zerstörten nie ein Netz am Diakonissenhaus. Man sah es an und begriff, daß es eine Balance ausdrückte. Die Spinne hatte getan, was sie konnte. Das Netz war gut, wie es war.

Kannte die Spinne die Zeit?

Wenn Schwester Ragna das Netz weggefegt hatte, wurde an derselben Stelle lange Zeit kein neues gebaut. Es war so, als ob sich die Spinnen die Vergangenheit merkten. Das tun Tiere wohl. Sie erinnern sich wohl ungefähr, was passiert ist, und lassen sich belehren. Und sie können damit rechnen, was einen Augenblick später kommen wird. Sie wissen, daß Begebenheiten aufeinanderfolgen. Sie müssen ein Bewußtsein von Abläufen haben.

Das aber ist wohl nicht Zeit, oder? Zeit ist, zu merken, daß es hinter den Veränderungen, die Ausdruck der Zeit sind, etwas Gemeinsames gibt.

Wir sagen «Zeit», wenn wir mindestens zwei Dinge meinen. Wir meinen Veränderungen. Und wir meinen etwas Unveränderliches. Wir meinen etwas, was sich bewegt. Aber vor einem bewegungslosen Hintergrund. Und umgekehrt.

Tiere können Veränderungen bemerken. Zeitbewußtsein aber besteht aus dem doppelten Gefühl von Unveränderlichkeit und Veränderung. Es kann nur denen zugeschrieben werden, die es auch ausdrücken können. Und das ist nur möglich in Verbindung mit der Sprache, und nur der Mensch hat Sprache.

Zeitgefühl und Sprache gehören untrennbar zusammen.

Sagen wir, «die Zeit ist vergangen», dann muß sich irgend etwas verändert haben, und wäre es nur die Stellung der Uhrzeiger, sonst wüßten wir nicht, daß etwas vergangen ist. Gleichzeitig muß auch etwas gleichgeblieben sein, und wäre es nur die Zeit selbst, sonst könnten wir die neue Situation nicht als etwas erkennen, was aus der Ausgangsposition hervorgegangen ist. Im Wort «Zeit» liegt eine Einheit von Bewegung und Unveränderlichkeit.

Im Leben jedes Menschen gibt es etwas, was wichtig ist. Egal, wie schlecht man geeignet ist. Das Wichtige ist die Natur des Menschen; gegen sie kann man einige Gewalt ausüben, doch wird es zuviel, dann geht man zugrunde.

Die Naturwissenschaft scheint das Gefühl gehabt zu haben, daß die Natur des Menschen etwas sei, worin man eingesperrt ist. Wie mit einem roten Schein in Sicherheitsverwahrung. Und da haben sie versucht, dagegen anzugehen, gewissermaßen um auszubrechen. Und dann ging alles schief.

Bei Biehl sollte man fünf bis sechs Stunden am Tag dasitzen, das obligatorische Schulaufgabenmachen nicht eingerechnet, fünf Tage in der Woche plus Sonntag für die Internatsschüler, über vierzig Wochen im Jahr, zehn Jahre lang. Wobei man sich ununterbrochen bemühen sollte, präzise und genau zu sein, um sich zu verbessern.

Ich glaube, das war gegen die Natur von Kindern.

Manchmal gab es morgens einen Nebelschleier am Kinderheim, einen weißen Dunst, der von der Erde aufstieg. Wo er auf die Sonne vom Himmel traf, hingen die Tautropfen in den Spinnennetzen, mit krummen, umgekehrten Spiegelbildern der weißen Bäume und des feuchten Grases und des eigenen Gesichts. Als würden bei der Begegnung zwischen dem Wasser von der Erde und dem Feuer vom Himmel kleine, kugelförmige Universen geboren. Und irgendwo in der wortlosen Schönheit dieser krummen Spiegelwelten konnte man sich wegen des Bürstenschnitts wiedererkennen.

Das Netz, das Licht, der Tau, all das muß ein Teil der Umwelt und Natur der Spinne gewesen sein. Doch nicht als Begrenzung, nicht als Isolation. Wir haben es damals nicht so gesehen, und ich habe es auch später nie so sehen können. Natur ist keine Zwangsjacke, die gesprengt werden muß. Natur ist eine Gnade, eine Chance zum Wachsen, die allem Lebendigen geschenkt ist.

Wie eine Leitlinie im Leben.

Für Platon war Gott Mathematiker, auch für Kepler, auch für Biehl und Fredhøj. Ich glaube, es war kein Zufall, daß ihre wichtigsten Fächer Biologie und Mathematik waren.

Das Ziel, das hinter diesen Fächern stand, das Ziel, das sie und die Schule leitete, hatte sie dazu gebracht, ihr eigenes Schicksal so weit wie möglich Gott zu nähern.

Die Mathematik ist eine Art Sprache. Die einzige im Universum, die von Grenzen nichts wissen will.

Notgedrungen haben Psychologie und Biologie anerkannt, daß es eine Grenze dafür gibt, welchen Lebensbedingungen man Lebewesen unterwerfen kann. Daß es eine Grenze dafür gibt, wie streng die Disziplin, wie hart die Arbeit, wie fest der Rahmen sein darf, den Kinder ertragen können.

Selbst die Physik hat Grenzen. Das kosmische und das atomare Chronon. Die obere und die untere Grenze.

Die Mathematik aber ist grenzenlos. Für sie gibt es keine unteren und oberen Grenzen, nur Unendlichkeit. Vielleicht ist sie, wie man sagt, an sich weder böse noch gut. Da aber, wo wir ihr begegnet sind, als Erscheinungsform der Zeit, als Ziffern, mit denen man Leistungen und Verbesserungen maß, als Argument dafür, daß das Absolute möglich sei, da war sie nicht menschlich. Da war sie unnatürlich.

Fredhøj und Biehl sprachen es nie direkt aus, aber ich weiß jetzt mit Sicherheit, was sie gedacht haben. Oder vielleicht nicht gedacht, sondern empfunden. Welche Kosmologie es war, auf der all ihre Handlungen ruhten. Sie waren der Meinung, am Anfang habe Gott den Himmel und die Erde als Rohmaterial geschaffen, wie eine Gruppe Schüler, die in die erste Klasse kommt, zur Verarbeitung und Veredelung berechnet und bestimmt. Und als geraden Weg, an dem entlang die Veredelung vor sich gehen sollte, schuf er die lineare Zeit. Und als Instrumente, um zu messen, wie weit der Veredelungsprozeß fortgeschritten war, schuf er die Mathematik und die Physik.

Ich habe folgendes gedacht: Wenn nun Gott gar nicht Mathematiker war? Wenn er nun gearbeitet hätte wie Katarina und August und ich, ohne die Fragen und die Antworten eigentlich definiert zu haben? Und wenn sein Resultat nun nicht total war, sondern ungefähr? Vielleicht eine ungefähre Balance. Nichts, das verbessert und bearbeitet werden sollte, sondern etwas, das schon einigermaßen fertig und im Gleichgewicht war. So wie zwei Bäume und die Sonne und die Feuchtigkeit von der Erde, zwischen denen man nichts weiter tun mußte als sein Netz spinnen, so gut man es vermochte, und das wäre ausreichend gewesen, mehr würde nicht verlangt. Und falls eine Entwicklung eintreten sollte, so würde sie teilweise von selbst eintreten, man müßte nicht das Extreme leisten, man könnte einfach seiner Natur treu bleiben, und sie würde eintreten. Wenn es nun das war, wenn das das Ziel war?

August und Oscar Humlum und Katarina haben mich besucht.

Man kann auf viele andere Arten anwesend sein und gehört werden, als selber aufzutauchen.

Jetzt will ich es sagen. Was ich selbst von der Zeit denke:

Um die Zeit wahrzunehmen und von ihr zu sprechen, muß man merken, daß sich etwas verändert hat. Und man muß merken, daß es in oder hinter dieser Veränderung etwas gibt, was auch vorher da war. Die Zeitwahrnehmung ist die unerklärliche Vereinigung von Verwandlung und Unveränderlichkeit innerhalb des Bewußtseins.

Im Leben von Menschen, in deinem und in meinem, gibt es lineare Zeitabläufe, mit und ohne Anfang und Ende. Zustände und Epochen, die auftauchen, mit oder ohne Vorwarnung, und danach vorbei sind und nie mehr wiederkommen.

Und es gibt Wiederholungen, Zyklen: schlechte und gute Zeiten, Hoffnung und Verzweiflung, Liebe und Ablehnung. Sie türmen sich immer wieder auf und sterben ab und kehren zurück.

Und es gibt Blackouts, das vorübergehende Aufhören von Zeit. Und es gibt Zeitbeschleunigungen. Und plötzliche Zeitverzögerungen.

Es gibt eine überwältigend starke Tendenz dazu, wenn Menschen zusammen sind, eine gemeinsame Zeit zu bilden.

Und es gibt alle erdenklichen Kombinationen, Mischformen und Übergangszustände zwischen all diesen.

Und es gibt aufblitzende Erlebnisse von Ewigkeit.

Wenn ich lange Zeit isoliert war oder aufgehört hatte zu sprechen oder mich vom Zug streifen ließ oder dalag und auf Valsang wartete oder nahe bei Katarina saß oder Augusts Hand hielt, dann verklang die Zeit, wie ein Ton, der schwächer wurde. Wenn ich auf dem Weg weg von der Welt war oder in mich selbst oder in den Tod oder ins Aufgeben oder in die Ekstase oder in die Stille des Laboratoriums, dann wich die Zeit von mir. Dann näherte sich die Ewigkeit.

Zeit ist untrennbar an die Sprache geknüpft, an den Wahrnehmungsapparat und an die menschliche Gemeinschaft. Zeit entsteht, wenn das Bewußtsein der Welt begegnet, in einem normalen Leben.

Ohne jemandem zu widersprechen, will ich Einspruch gegen Newton erheben, der meinte, daß die Zeit im Universum unabhängig vom Menschen vergehe, und Kant, der meinte, die Zeit sei etwas, das dem Bewußtsein angeboren sei. Ich glaube, Zeit ist eine Möglichkeit aller Menschen zu allen Zeiten, doch sie erfordert einen Lernprozeß, um sich zu entfalten, und welche Gestalt sie jeweils annimmt, hängt vom Charakter des Lernprozesses und der Umgebung ab.

Zeit ist ein Feld aus Sprache, Farben, Gerüchen, Körperreizen und Geräuschen, ein Feld, in dem man mit der Welt zusammenlebt, ein Instrument, um die Welt zu ordnen und zu begreifen, eine der Ursachen dafür, daß man überleben kann.

Wird die Zeit aber zu straff, dann wird sie zu einer Ursache, sich selbst zu vernichten.

Die Zeit ist keine Illusion. Sie ist auch nicht die einzige Realität. Sie ist eine mögliche und weitverbreitete Form der Begegnung zwischen Bewußtsein und Umwelt. Doch nicht die einzig mögliche. Ist man von Neugier getrieben oder ist man krank und kann auf andere Weise nicht überleben, dann kann man ins Laboratorium gehen und die Zeit berühren. Und dann wird sie sich verändern.

Man konnte vor einem Tautropfen ins Nachdenken verfallen, und die Zeit blieb stehen. Man konnte darauf warten, daß einem der Kopf in die Toilette gesteckt wurde, und die Zeit verging schnell und gleichzeitig nicht schnell genug. Man konnte sich an Dinge aus den letzten Jahren erinnern, als wäre es jetzt, und man konnte sich vor etwas von morgen fürchten, als wäre es ebenfalls jetzt. Und man konnte mit Oscar Humlum übers Wochenende ins Erholungslager in Høve gefahren sein, weil sie nicht wußten, was sie mit uns anfangen sollten, und da waren nur er und ich, keiner beaufsichtigte uns, wir badeten, plötzlich waren zwei Tage vorbei, und wo waren sie geblieben?

Das Problem entsteht erst, wenn Sprache und Gesellschaft und Entwicklung und Naturwissenschaft und Schule und wir selbst eine Entscheidung verlangen, eine Wahrheit.

Die Entwicklung der letzten dreihundert Jahre erforderte die lineare Zeit.

Die lineare Zeit ist unausweichlich, sie ist eine der Methoden, die Vergangenheit festzuhalten, wie Punkte auf einer Linie: die Schlacht bei Poitiers, den Schwarzen Tod 1347, Kolumbus entdeckt Amerika, Luther in Wittenberg, Struensees Enthauptung 1772. Auch das, was ich hier schreibe, dieser Teil meines Lebens, wird auf diese Weise erinnert.

Doch dies ist nicht die einzige Weise. Das Bewußtsein erinnert sich auch an Felder, fließende Übergänge, Zusammenhänge, die das, was früher passiert ist, mit dem verbinden, was jetzt passiert, ohne Rücksicht auf den Lauf der Zeit. Und ganz weit hinten erinnert sich das Bewußtsein an eine Ebene ohne Zeit.

Wenn man in einer Welt aufwächst, die nur eine Form der Erinnerung erlaubt und belohnt, dann wird Zwang gegen die eigene Natur ausgeübt. Dann wird man still und leise an den Rand des Abgrunds gedrängt.

Zeit, das sind viele verschiedene Bewußtseinsformen, viele Symbole im menschlichen Leben.

Das bedeutet, daß die Zeit auch ein Gebiet innerhalb der Sprache ist, wie eine Landschaft, durch die man sich bewegt, wenn man versucht, insbesondere die Teile der Welt zu begreifen, die mit deren Veränderung zu tun haben.

Wie alle Sprachlandschaften besteht die Zeit nicht nur aus Wörtern und sprachlicher Bedeutung. Sondern auch aus Farben, Klängen, Rhythmen, Berührungen, Spannungen, Entspannungen und Düften.

In ihrer einfachsten Form ist sie die unbeschreibliche Vereinigung von Wiedererkennen und Überraschung, die sich ergibt, wenn das Bewußtsein die Bewegung der Welt erfaßt.

Sie ist die Erkenntnis, daß in jeder Veränderung etwas nie zuvor Gesehenes, Einmaliges und Irreversibles ist, und etwas, das immer dasselbe bleibt.

Die Zeit läßt sich nicht vereinfachen und reduzieren. Man kann nicht sagen, sie finde sich nur im Bewußtsein oder nur im Universum, sie habe nur eine Richtung oder alle erdenklichen. Sie sei nur das biologische Fundament oder nur eine historische gesellschaftliche Konvention. Sie sei nur individuell oder nur kollektiv, nur zyklisch, nur linear, relativ, absolut, determiniert, universal, nur lokal, nur unbestimmt, illusorisch, total wahr, unmeßbar, meßbar, erklärlich oder unmöglich zu beschreiben. Sie ist all das.

Für einen selbst ist das Leben ja wirklich unwiederbringlich. Als die Probleme so groß waren, daß sie sich auftürmten und man schließlich nur noch sich selbst sah oder nicht einmal das, da lief einem das Leben weg, durch die Finger, wie Sand.

Doch wenn man von sich selbst Abstand nimmt, zum Beispiel, weil das Kind einem dazu verholfen hat, dann sieht man die Wiederholung: Dann beginnt man zu sehen, daß man nur ein verschwindend kleines Glied in Ketten von allmächtigen Kreisläufen ist, daß man doch nicht wichtig war – nicht weil man wertlos wäre, das war man nicht, man war klein, aber dennoch wichtig –, sondern weil die großen Wiederholungen soviel größer und wichtiger sind.

Wenn ein Bewußtsein nur sich selbst wahrnimmt, dann sieht es nur die unwiederbringliche Zeit. Sieht es aber die Familie und die Verwandten und die Kinder und die Geburten und das Zusammensein mit anderen Menschen, dann sieht es die Wiederholungen, dann ist die Zeit eher ein Feld – eine Ebene, ein Kontinent, auf dem man reisen könnte –, als ein Stundenglas, das läuft und verrinnt.

Ich bin in der Nacht aufgewacht, das Kind hat die Bettdecke weggestrampelt, ich weiß nicht, ob ihr zu warm war oder ob sie sich fürchtete, darin eingesperrt zu sein. Ich habe ihr die Bettdecke nur über die Beine gelegt, so friert sie jedenfalls nicht, und wenn sie in Panik geräte, kann sie sich augenblicklich befreien. Danach konnte ich nicht mehr schlafen, im Dunkeln habe ich dagesessen und beide angesehen, die Frau und das Kind. Und dann wurde das Gefühl zu stark. Nicht Trauer oder Freude, sondern die Last und der Druck, daß man in ihr Leben gebracht worden war und daß man wußte, wenn man von ihnen getrennt würde, wäre es der eigene Untergang.

Dann habe ich gebetet. Nicht zu jemandem, Gott und Jesus sind für immer zu dicht bei Biehl, sondern hinaus ins Universum, dorthin, wo die großen Pläne gemacht werden, auch die, die vor und über Biehls und unserer Zeit liegen. Ich habe um unser Überleben gebetet. Oder jedenfalls um das des Kindes und der Frau.

Ich glaube, Biehls Privatschule war der letzte mögliche Punkt einer naturwissenschaftlichen Entwicklung von dreihundert Jahren. An diesem Ort war nur die lineare Zeit zugelassen, Leben und Unterricht an der Schule waren in völliger Übereinstimmung damit organisiert. Die Schulgebäude, die Umgebung, die Lehrer, die Schüler, die Küchen, die Pflanzen, das Inventar und der Alltag waren eine bewegliche Maschine, ein Symbol der linearen Zeit.

Wir standen am Rand, wir hatten die Grenze erreicht. Die Grenze dessen, wie weit man mit dem Instrument der Zeit die menschliche Natur drängen kann.

Und danach mußte es ja schiefgehen.

8 Sie fuhren mich von der Konfrontation zurück ins Lars-Olsen-Gedächtnisheim. Ich saß dort 14 Tage, doch nicht in Isolation. Am fünfzehnten Tag kam mein Vormund vom Oberpräsidium.

Sie erzählte, die Schule und die Polizei hätten ein Ermittlungsverfahren einleiten wollen, wegen Teilnahme an Gewalttaten und weil ich einen oder vielleicht mehrere Mitschüler in den Selbstmord getrieben hätte. Sie hatten auch das mit Humlum herausgefunden. Sie und das Jugendamt seien dagegen gewesen, sie hätten auf mein Alter hingewiesen, und auf Paragraph 15 des Strafgesetzes von 1930. Unabhängig vom Ergebnis des Ermittlungsverfahrens würde ich bei der Fürsorge enden, darauf hatte sie sie aufmerksam gemacht.

Wir waren allein, während wir redeten, sie hatte die Aufsicht weggeschickt, sie hatte nie Angst vor mir gehabt. Sie sah müde aus, sie war Vormund bei 280 Kindern, das hatte sie mir erzählt.

Das Schlimmste hatte sie bis zum Schluß für sich behalten, erst in der Tür brachte sie es über sich, es zu sagen.

«Du kommst zum Sandbjerggård», sagte sie.

«Was ist mit Katarina?»

Zunächst begriff sie nicht.

«Das Mädchen? Wir haben sie auch freigekriegt. Obwohl sie über fünfzehn ist. «Anklage unter Auflagen zurückgezogen.» Strafprozeßordnung Paragraphen 723 und 723 a.

Das staatliche Jugendheim Sandbjerggård, vorzugsweise für minderbegabte und spätentwickelte Kinder, lag bei Ravnsborg. August war dort kurze Zeit gewesen, bevor er zu Biehl kam. Dorthin schickte man die, die man aufgegeben hatte, oder die zu jung waren, um in ein richtiges Gefängnis zu kommen oder in die Sicherungsanstalt für ungewöhnlich gefährliche geisteskranke Personen am Staatshospital in Nykøbing, Seeland. Das Heim hatte 60 Bewohner und den gleichen Sicherheitsgrad wie das Gefängnis von Herstedvester: Wachposten, Türme, eine sieben Meter hohe Doppelumzäunung mit Stacheldraht. Dennoch gab es öfter jemanden, der abhaute, allein oder zu zweit, aber nie geplant wie am Himmelbjerghaus. Unkoordiniert. Sie schafften es draußen höchstens zwei Tage. Als es zum zweiten Mal passierte, während ich dort war, hatten sie mehrere Vergewaltigungen begangen. Es gab vor dem Tor eine Demonstration von Leuten aus der Gegend. Sie hatten Schrotflinten und Hakken mit. Wir lagen versteckt im Gras und sahen zu ihnen hinaus. Sie hatten Transparente gemalt, auf einem stand, man solle die Todesstrafe wiedereinführen.

Es gab Werkstattunterricht in schweren Industriearbeiten, besonders Metall. Niemand nahm das richtig ernst, auch nicht die Lehrer. Keiner rechnete damit, daß die Leute je dazu kommen würden, sich draußen auf vernünftige Weise durchzuschlagen. Über die Hälfte war in obligatorischer psychiatrischer Behandlung, viele bekamen jede Woche Kontrollbesuche vom Jugendamt und von der Sittenpolizei.

Man kann nicht besser sein als das, was einen umgibt, nicht auf die Dauer. Wenn man bei Menschen ist, die auf sich selbst herabsehen, als wären sie Tiere, dann wird man selber wie ein Tier. Oder schlechter, denn Tiere hassen sich nicht.

Wir schnitten Stahlplatten aus. Sie kamen vorgefertigt, zweimal anderthalb Meter und fünfundzwanzig Millimeter dick, wir schnitten sie mit einer großen Schleifscheibe am Winkeltrennschleifer, so daß die Schutzkappe nicht daraufsein konnte, über den Armen stand ein Funkenregen. Eines Tages hatte ich meine Handschuhe ausgezogen und die Ärmel des Blaumanns hochgekrempelt und angefangen, mit nackten Armen zu schneiden. Die Eisenfeilspäne brannten eine schwarze Schlange bis hinauf zum Ellenbogen, das verbrannte Fleisch stank, ich spürte zunächst nichts. Ich wußte nichts von mir selbst, eine andere Person in mir hatte die Oberhand gewonnen. Um mich die Gefühllosigkeit spüren zu lassen, die sich über mich gelegt hatte.

An diesem Abend setzte ich mich nicht in den Fernsehraum, ich setzte mich auf die Toilette und schrieb einen Brief an meinen Vormund, daß ich sie dringend sehen müsse und ob sie kommen würde, sobald es ihr möglich sei.

Sie kam in der Woche darauf. Es gab kein weibliches Personal am Sandbjerggård. Als sie über den Hof ging, hingen die Leute in den Fenstern und machten ihre Hosen auf und riefen ihr nach.

Es gab einen Besucherraum, sie schickte den Wächter hinaus.

«Ich möchte adoptiert werden», sagte ich.

Sie war zunächst völlig stumm.

«Du bist vierzehn», sagte sie.

Wenn Waisenkinder nicht als Säuglinge adoptiert wurden, weil sie zu häßlich waren oder den Eindruck machten, einen Hirnschaden zu haben, oder aus anderen Gründen, war von Adoption später nicht mehr die Rede. Und man selbst erwähnte es nie.

Man fürchtete wohl eigentlich die Familie. Man wußte, daß man nicht geeignet war.

Doch jetzt war ich August und Katarina begegnet. Ich hätte es Johanna Buhl nie erklären können. Wenn man einmal gespürt hat, daß jemand einen mag, dann will man nicht mehr sinken.

«Ich möchte es», sagte ich, «was sind die Bedingungen?»

«Es läuft über das Institut für Mütterberatung», sagte sie, «die haben ein Adoptionsbüro in Kopenhagen. Auf Vorschlag vom Ausschuß für Kinderfürsorge und der Mütterberatung selbst hin ist eingeführt worden, daß man die Verhältnisse des Kindes, der leiblichen Eltern und der Adoptivkandidaten untersucht. In einem Fall wie deinem, wo sie sagen werden, daß Zweifel an der psychischen Gesundheit des Kindes herrschen, wirst du von einem Facharzt untersucht, ebenso wird ein Attest vom Erbbiologischen Institut eingeholt, um zu sehen, ob du eine Prädisposition für erbliche Krankheiten hast, das alles steht im Gutachten Nummer 262 von 1960. Und wir haben noch nicht über die Schwierigkeit gesprochen, Leute zu finden, die dich nehmen wollen. Die Mütterberatung hat eine wöchentliche Konferenz, an der ein Psychiater, ein Psychologe, ein Kinderarzt, ein Jurist und ein Sozialarbeiter teilnehmen. Sie werden auch Gutachten von den Heimen einholen, an denen du untergebracht warst. Besonders das Gutachten vom letzten, Biehls Privatschule, wäre ganz entscheidend. Also, vielleicht solltest du das Ganze einfach wieder vergessen.»

Man konnte am Sandbjerggård nicht nach draußen telefonieren. Es gab einige Insassen, die kleine Mädchen mißbraucht und gequält hatten, und nachdem sie in Verwahrung gekommen waren, hatten sie weiterhin dauernd bei den Mädchen angerufen. Danach waren alle Telefone gesperrt worden, man konnte jetzt nur aus einer abgeschlossenen Zelle telefonieren, während ein Wächter mithörte.

Ich rief Biehls Privatschule an, die Sekretärin hob ab. Als ich meinen Namen sagte, wurde sie ganz stumm.

Ich entschuldigte mich für meinen Anruf, aber es gebe ein paar Sachen in meinem Zimmer, die ich nicht mitbekommen hätte und die ich sehr vermißte. Sie sagte, sie werde sie nachschicken. Ja, sagte ich, aber es gebe auch noch etwas, was ich über das, was passiert war, gern sagen wollte, ob ich wohl mit einem der Verantwortlichen sprechen könnte.

Es war Fredhøj, der kam. Er parkte seinen Rover auf dem Hof, keiner rief ihm nach.

Im Besucherraum war er sehr kurz angebunden, für ihn hatte ich aufgehört zu existieren.

Während ich in der Isolation saß, hatte man mir meine eigenen Sachen ausgehändigt: zwei Hosen, zwei Cordhemden, Unterwäsche, Socken, einen Pullover, einen Regenmantel. Was Fredhøj brachte, waren persönliche Gegenstände, die in meinem Schrank gewesen waren: Hausschuhe, Gummistiefel, Turnzeug, Schultasche und Federmäppchen. Es hätten auch ein paar Comics und ein Stiga-Tischtennisschläger dabei sein sollen, sie waren aber nicht dabei. Ich sagte nichts davon, sie mußten einen Tag, nachdem ich weggebracht worden war, gestohlen worden sein, auch der Inhalt des Federmäppchens – es war völlig leer. Ich sagte auch nichts dazu, daß die Naht der Schultasche aufgeschlitzt war, wer es auch gewesen war, sie hatten versucht, es zu reparieren, wenn auch ungeschickt, darum sagte ich nichts.

Außerdem brachte mir Fredhøj drei Bücher, die einzigen Bücher, die man als Schüler selber anschaffen mußte und deswegen besaß. Mir hatte sie die Verwaltung bezahlt, die sie gebraucht gekauft hatte. Es waren *Biologie für die Volksschule* und *Die kleine Flora* und *Das Volkshochschulgesangbuch*.

Öfter als man sich erinnern konnte, hatte einen Fredhøj vorne an der Tafel abgehört. Oder man hatte dagesessen und zugehört, wenn er von den großen Verbrechern vorlas. Ich war auch in der Stunde anwesend gewesen, als Anne-Dorthe Feldslev Axel in der Kartenkiste fand. Dennoch war es jetzt schlimm genug, wie er mich ansah.

Das war nicht Gleichgültigkeit. Es war Abneigung.

«Ich möchte adoptiert werden», sagte ich. «Ich kann hier nicht bleiben, ich werde geisteskrank. Könnte ich vielleicht eine Stellungnahme von der Schule bekommen, daß ich dazu geeignet bin, bei einer Familie zu sein?»

Er öffnete die Tür, der Wächter kam herein und unterschrieb für mich eine Quittung über den Erhalt der Sachen und der Bücher. In der Fürsorge konnte man nicht selber unterschreiben, bevor man sechzehn war. Erst als er gegangen war und die Tür geschlossen hatte, antwortete Fredhøj.

«Niemand meint, du hättest einen schlechten Charakter», sagte er. «Man wünscht nichts anderes, als zu sehen, daß du dich besserst. An der Schule hat man darüber gesprochen. Es besteht Einigkeit darüber, auch mit deinem Vormund und dem Jugendamt und der Polizei, daß dies der beste Ort für dich ist.»

Das war so feinsinnig gesagt. Als ob er selbst nicht daran beteiligt wäre, sondern nur geschickt worden sei, die Nachricht zu überbringen.

«Persönlich verstehe ich dich gut», sagte er, «aber nach dem, was passiert ist, halte ich es für undenkbar, daß wir einen an der Schule dazu bringen könnten zu empfehlen, daß du von hier wegkommst.»

Ich wartete, bis es Nacht war, tagsüber gab es eigentlich keinen Ort, um allein zu sein. Man lag in Dreibettzimmern, als die beiden anderen schliefen, ging ich hinaus auf die Toilette.

Die Toiletten waren wie an der Brotkantenschule, es gab eine Heizung, und das Licht brannte die ganze Nacht. Man konnte die Tür nicht abschließen, aber alles war still.

Ich schnitt den Rücken des *Volkshochschulgesangbuchs* auf. Aus der Werkstatt hatte ich eine neue Klinge für ein Stanley-Messer genommen, selbst damit ging es langsam, man merkte, daß der Einband dafür gemacht war, zehn oder zwanzig Jahre zu halten. Vorn hatten die früheren Besitzer ihre Namen und die Jahreszahl hineingeschrieben, der erste war von 1960. Innen, neben den Seiten mit den Chorälen steckten die Papiere, die ich vor langer Zeit aus Biehls verschlossener Schublade genommen hatte, noch immer festgeklebt und intakt.

In der nächsten Nacht schrieb ich an meinen Vormund. Es dauerte die halbe Nacht. Ich schrieb ihr ausführlich, daß ich das Bedürfnis hätte herauszukommen, nur ein paar Stunden an einem Nachmittag, um zu sehen, wo August begraben war, ob sich das wohl machen ließe.

Ich bekam keine Antwort. Als eine Woche vergangen war, rief ich sie in ihrem Büro an, schon an ihrer Stimme konnte man hören, daß das ausgeschlossen war.

«Er liegt im Grab der Unbekannten auf dem Bispebjerg-Friedhof», sagte sie, «das hat die Familie entschieden, es ist nichts zu sehen.»

«Ich muß trotzdem hin», sagte ich.

Der Wächter stand da und sah mich an. Ausgangsgenehmigungen gab es selten, und nur mit Zustimmung des Vormunds und der Fürsorge und in Begleitung eines Wächters.

«Du begreifst einfach deine Situation nicht», sagte sie. «Frühestens in einem halben Jahr.»

Am nächsten Tag schickte ich ihr noch einen Brief. Ich schrieb, ob sie drei Fotokopien von beigelegtem Bogen machen könne, dann wäre ich ihr ewig Dank schuldig, und ob sie so freundlich wäre, sie mir in einem Umschlag des Oberpräsidiums zu schicken?

Der Brief von ihr kam zwei Tage später, vielleicht wollte sie wiedergutmachen, daß sie mir keinen Ausgang verschaffen konnte, ich glaube schon, im kleinen wollte sie um Verzeihung bitten.

Alle private Post wurde sonst geöffnet und auf Drogen überprüft, bevor sie einem ausgehändigt wurde. Doch weil sie einen offiziellen Umschlag geschickt hatte, erhielt ich sie ungeöffnet.

Am nächsten Abend verließ ich das Heim für kurze Zeit.

Es war Freitag, es gab ein Fest und eine Band. Sie hatten das Ravnsborg Sonderschulheim für junge Mädchen eingeladen. Fünfzehn Mädchen und an die zwanzig weibliche Pädagogen und Assistenten waren gekommen. Zum ersten Mal in der Geschichte des Heims kamen Mädchen, das war ein Bestandteil der neuen Pädagogik in dieser Zeit.

Ihre ganze Aufmerksamkeit war auf den Festsaal gerichtet, wo die Musik spielte, und darauf, ob irgend jemand trank oder gegen andere Regeln verstieß. Es wäre ihnen nicht in den Sinn gekommen, daß sich zu diesem Zeitpunkt jemand von der Schule entfernen könnte.

Die Pforte war besetzt, aber das war kein Problem. Normalerweise war der Zaun beleuchtet, doch sie hatten die Scheinwerfer für die Bühne gebraucht. Alles lag im Dunkeln, ich hatte die Zeit, die ich brauchte.

Es gab eine Tür in der äußeren wie in der inneren Umzäunung, beide mit einem gewöhnlichen Vorhängeschloß versehen und mit einer Kette gesichert. Um ganz sicherzugehen, hatte ich mir in der Werkstatt eine kleine Bohrmaschine geliehen und bohrte sie auf.

Vom Heim aus ging ich zur Autobahn nach Kalundborg und fuhr per Anhalter. Es wäre ein zu großes Risiko gewesen, den Bus zu nehmen, denn das Heim hatte eine Absprache mit Westseelands Verkehrsverbund, alle zu melden, die wie Heimbewohner aussahen und die in der Nähe von Ravnsborg standen.

Ich bekam eine gute Mitfahrgelegenheit und ein schlechte. Als er mich anfaßte, sagte ich nur: «Ich steck mir den Finger in den Hals und kotze dein Auto voll.» Das ließ ihn zurückweichen, das tut es in der Regel. Ich wurde am Ålekistevej abgesetzt, von da aus ging ich den Rest des Weges am Damhussøen entlang.

Es war nicht kalt, eher lau. Es war lange hell gewesen, und obwohl es jetzt dunkel war, war das Licht nicht verschwunden, sondern gleichsam eingehüllt in die Nacht. So dachte ich. Es hat wohl im Leben immer helle Nächte gegeben, doch einmal kommt das erste Mal, wo man es sich selbst sagt. Für mich kam es in dieser Nacht.

Das Tor zum Park war verschlossen, aber nicht die kleine Pforte. Ich kam am Materialschuppen vorbei. Er war wiederaufgebaut und frisch gestrichen; die nächststehenden Bäume waren noch verbrannt, sonst war nichts zu sehen.

Im Annex war alles Licht erloschen, auch in Flakkedams Zimmer und dem der neuen Inspektorin. Im Hauptgebäude brannte noch ein einzelnes Licht, ganz oben, in Biehls Wohnung.

Die Tür unter dem Rundbogen hatte ein neues Schloß.

Ich probierte es mit meiner Dünnblechkopie. Sie paßte nicht, darum bohrte ich das Schloß auf, zwischen Zuhaltungen und Zylindergehäuse, es dauerte keine fünf Minuten. Auf dem Weg die Treppe hinauf prüfte ich ein paar von den Türen zu den Fluren – das ganze Schlüsselsystem war umgestellt worden.

Natürlich, nach dem, was mit uns passiert war. Sie hatten es umgestellt, um uns gewissermaßen besser vergessen und wieder von vorn anfangen zu können.

Ich stieg in den fünften Stock hinauf, öffnete mir mit der Bohrmaschine den Zugang in den Flur, dann in die Aula. Ich kam an Dellingur vorbei, der das Tor des Morgens aufschließt, und von da aus durch die kleine Tür in Biehls Büro, die, durch die er morgens kam und das Rednerpult bestieg.

Der Raum war so, wie ich ihn in Erinnerung hatte. Die Holztruhe aber hatte jetzt einen Schlüssel. Ich prüfte nach, sie war leer. Sie stand jetzt nur noch zur Zierde da, die Papiere waren an einen sichereren Ort gebracht worden. Das war klug, ich hatte nie verstanden, warum man sie so exponiert aufbewahrt hatte.

Ich setzte mich an seinen Schreibtisch, nicht in seinen Stuhl, sondern in den, der erwachsenen Besuchern angeboten wurde, er hatte Armlehnen und Bezug. Die Papiere hatte ich im Schuh gehabt, zwischen Innensohle und Schuhboden, ich nahm sie heraus und legte sie auf den Schreibtisch. Es kam genug Licht von draußen, um sie zu lesen. Vom Mond und von den Sternen und dem in die Nacht eingehüllten Schimmer des Tages.

Es waren zwei DinA4-Bögen, dicht beschrieben und zu drei Vierteln bedeckt mit schwarzer Tinte. Es war Biehls Handschrift, er schrieb immer mit Füllfederhalter und schwarzer Tinte.

Das Papier war aus reinen Hadern.

Das konnte man nicht merken, es fühlte sich an wie gewöhnliches Papier, nur dicker, man hatte es uns erzählt. Biehl hatte gesagt, es sei eines der Zeichen für den Niedergang unserer Zeit, daß die Qualität des Papiers immer mehr abnahm. Für besonders wichtige Dokumente, Abschlußzeugnisse, Jahreszeugnisse, Empfehlungen und Gutachten über Schüler und Lehrer verwendete die Schule Papier aus reinen Hadern und mit Wasserzeichen, sowohl für das Original als auch für die Kopien, die auf Anordnung des Unterrichtsministeriums mindestens zehn Jahre archiviert werden sollten, nachdem der Betreffende die Schule verlassen hatte. Denn es verbleicht nicht, hatte Biehl gesagt.

Wenn man den Bogen gegen die Fensterscheibe hielt, konnte man das Wasserzeichen sehen: Odins Raben, Hugin und Munin.

Über die Raben flossen die schwarzen geschriebenen Linien. Es waren Zahlen, Buchstaben und Symbole, auf dem ganzen Bogen war nicht ein Wort. Die Zahlen waren offensichtlich Daten. Bei jedem Datum standen mehrere Buchstaben und ein Symbol, ein Schrägstrich oder ein Kreuz, oder ganz selten mal ein Kreis. Das erste Datum war der 4. August 1970.

Zu einem anderen Zeitpunkt im Leben hätte man diese Liste nicht begriffen, man hätte sie gesehen und nichts verstanden und sie anschließend vergessen. Es war offensichtlich, daß sie etwas mit den letzten beiden Schuljahren zu tun hatte, das erste Datum lag weniger als eine Woche nach dem ersten Schultag im vorigen Jahr. Ohne das hätte sie keinen Sinn ergeben. Dennoch hatte ich sie in dem Augenblick begriffen, als ich sie zum ersten Mal sah, unter den unbeschriebenen Bögen des Hadernpapiers der Schule, während August halb schlafend auf dem Stuhl saß, als er noch am Leben war.

Es lag daran, daß ich sie zu einem Zeitpunkt in die Hand bekommen hatte, wo ich die ganze Zeit an die Zeit dachte. Wo ich mich an all die Daten erinnerte: wann ich zu spät gekommen war oder zu spät abgegeben hatte, und wann ich Katarina auf dem Hof gesehen hatte, und wann August an die Schule gekommen war und anfing, sich unerfreulich bemerkbar zu machen.

Ich hatte versucht, mir all das zu merken, denn das ist es, was man tut, wenn die Zeit droht, einen hinter sich zurückzulassen. Man versucht, sich alles zu merken, um sie festzuhalten. In der Verzweiflung hatte ich mehr und mehr Daten im Kopf, und einige von ihnen waren dort geblieben. Auf Biehls Papier sah ich meine eigenen Anfangsbuchstaben. Ich erkannte sie, weil sie bei den beiden Daten standen, an denen ich in sein Büro gerufen worden war. Auch Augusts und Katarinas Anfangsbuchstaben sah ich, und die Male, die sie in seinem Büro gewesen waren – die beiden Male, die Katarina hatte benutzen wollen, um Biehl zu begreifen und nachzusehen, wo die Telefonvermittlung war, und sich auszurechnen, wo die Uhr sein konnte.

Bei ihrem und Augusts und meinem Namen war jedesmal ein Schrägstrich, ausgenommen einmal, am 9. September, wo bei mir ein Kreuz war. Da hatte mich Biehl zum ersten und einzigen Mal geschlagen. Über mich war vermerkt, daß ich in zwanzig Schultagen sechsmal zu spät gekommen war.

Hinter jeder Gruppe von Anfangsbuchstaben hatte er notiert, aus welcher Klasse der Schüler kam. Ich stieß auf C. S. für Carsten Sutton. Er stand dort sehr viele Male, anscheinend der Rekord. Jedesmal war bei ihm ein Kreis. Man wußte, er war nie ins Büro hinaufgerufen worden, um nicht mindestens eins auf den Schädel zu kriegen.

Er war Anfang November 1970 von der Schule verwiesen worden, wegen der Sache mit dem Zelluloseverdünner und dem, was darauf folgte. Am Tag zuvor hatte ich ihn aus Biehls Büro kommen sehen. Es war das erste Mal, daß ich ihn weinen sah, man hätte nicht geglaubt, daß er das konnte. Biehl hatte einen kleinen Zeigestock aus Glasfiber, den er mitnahm, wenn er auf den Weltkarten etwas zeigen mußte. Er hatte einen Korkgriff wie eine Angelrute. Er zog ihn den steifen Holzstäben vor, die in den Klassen auslagen. Jemand sagte, er habe den Fiberstab bei Sutton eingesetzt.

An dem Tag war neben Suttons Anfangsbuchstaben C. S. und 2. Real für die Klasse, in die er ging, ein Kreis.

Als ich an die Schule kam, wurde davon gesprochen, daß vom Unterrichtsministerium die Aufforderung ergangen war, es solle an der Schule Sexualunterricht geben. Nach dieser Aufforderung, darüber waren sich die Lehrer einig geworden, würde man sich nicht richten, das hatte Biehl direkt gesagt. Statt dessen wäre es Sache jedes einzelnen Lehrers, das Thema aufzugreifen, wenn er meinte, daß es seinen natürlichen Platz im Unterricht habe.

Das bedeutete, daß es niemals direkt aufgegriffen wurde. Es gab jedoch Andeutungen – in Biehls Unterricht der griechischen Mythologie, wenn er von Zeus und von denen erzählte, die er vergewaltigt hatte, und besonders bei Fredhøj, wenn er zum Beispiel von Frauenmördern vorlas. Auch hatte Fredhøj von den Onaniezeichen in H. C. Andersens Tagebüchern erzählt.

Es waren geheime Symbole. Jedesmal, wenn sich H. C. Andersen einen runtergeholt hatte, hatte er in seinem Tagebuch ein Zeichen gemacht.

In gewisser Weise wie die Zeichen, die Madvig gemacht hatte.

Stuus, der Lateinlehrer der Schule, hatte ebenso wie Biehl an der Universität studiert und war also fast überqualifiziert. Das war ein Beweis für das Niveau der Schule, daß sie einen Lehrer hatte wie ihn. Er unterrichtete nur in der Realabteilung, auch in Französisch, doch ab und zu hatte man ihn als Vertretung. Er konnte sich bei keinem einzigen der Schüler an den Namen erinnern oder in was für einer Klasse er sich befand, trotzdem spürte man, wenn man ihn in Frieden ließ, wollte er einem nichts Böses.

Er hatte uns von Madvig erzählt. Madvig war ein dänischer Philologe und Schulpolitiker im vorigen Jahrhundert. Seine Arbeiten in Griechisch und Latein hatten Dänemarks Namen in die ganze Welt hinausgetragen. Stuus sagte, Madvig sei nie in Griechenland gewesen und nur einmal in Italien, es hätten ihn anscheinend nicht so sehr das Land oder die Menschen interessiert, als vielmehr die ausgestorbenen Sprachen. Er hatte ein großes griechisches Wörterbuch gehabt, das war erhalten, darin hatte er einen blauen Punkt an ein Wort gemacht, das er zum ersten Mal nachschlug, und einen roten Punkt, wenn er ein zweites Mal nachschlagen mußte. Im ganzen Wörterbuch waren nur sehr wenige rote Punkte.

H. C. Andersen und Madvig, beide hatten sie diskret Buch geführt. Man versteht sie sofort, dennoch ist es schwer, genau zu sagen, was sie registrieren wollten. Es muß etwas mit Scham und Liebe und Zeit und Kontrolle und Erinnerung gewesen sein. Und vielleicht eine gewisse Lust, seine Schwäche, seine Krankheit dokumentieren zu können. Eine geheime Freude beim einsamen Begehren und bei der einsamen Vergeßlichkeit und Erinnerung.

Biehls Liebste war eine geheime Buchführung darüber, welche Schüler er bestraft hatte. Mit Angabe des Datums und der Art der Strafe. Es gab drei Möglichkeiten, das Papier hatte drei Formen registriert: Die mündliche Zurechtweisung. Den gewöhnlichen Schlag. Und etwas Außergewöhnliches: Prügel, einen Kreis.

Als von Biehl eine Erklärung verlangt wurde, weil Jes Jessen Schmerzen im rechten Ohr bekommen und sein Arzt gesagt hatte, es sehe so aus, als sei dies eine Folge davon, daß das äußere Ohr beschädigt worden war, und warum man sechs Wochen gewartet hätte, bis man ihn an die Unfallstation brachte, da hatte Biehl erklärt, es wäre spontan geschehen. Wenn ein Schüler eine Ohrfeige bekam, passierte das plötzlich, ohne Berechnung. Vielleicht sei das nicht die beste Lösung, das wolle er zugeben, danach aber sei die Luft wieder rein, hatte er gesagt, und fragte man die Kinder, würden diese sagen, daß sie dies längerfristigen Maßnahmen vorzogen.

Dennoch hatte er Buch geführt. In seinem Innersten hatte er das Bedürfnis gehabt, sich einen Überblick zu verschaffen, einen sichtbaren Beweis dafür zu haben, wie Zeit und Strafe in seinem eigenen Leben zusammenhingen. Vielleicht, um sich dagegen zu versichern, daß er zu oft schlug, oder vielleicht, um besser zu wissen, welche Schüler es wiederholt verdient hatten, oder vielleicht einfach aus einem Ordnungsbedürfnis heraus oder vielleicht aus einer gewissen Lust oder vielleicht aus all diesen Gründen auf einmal.

H. C. Andersens Zeichen, Madvigs Punkte, Biehls Symbole. Etwas, was mit Zeit, Verbesserung, Kontrolle, Erinnerung zu tun hat. Und mit Lust.

Als ob ein Teil ihrer Natur versucht hätte, einen anderen im Zaum zu halten. Eine Art Aufsicht zu führen.

Sie sind mit ihren Zeichen ein gewisses Risiko eingegangen, besonders Biehl. Als ob ein Teil von ihm sich die Entdeckung gewünscht hätte.

Als ob diese Entdeckung ein Teil des Plans gewesen wäre.

Es ist in der dänischen Volksschule verboten, Schüler zu schlagen. Es war auch damals verboten, es war verboten seit dem Erlaß des Unterrichtsministeriums hinsichtlich der Maßnahmen zur Förderung der guten Ordnung an den Schulen, vom 14. Juni 1967, der den Erlaß hinsichtlich der körperlichen Berührung von 1929 (erweitert 1945) ablöste, welcher festschrieb, daß die Lehrer die Schüler so wenig wie möglich berühren sollten, um nicht mißverstanden zu werden, am besten nur in Verbindung damit, daß sie ihnen ordentlich eins auf den Schädel gaben.

Die dänischen Privatschulen waren der allgemeinen dänischen Schulgesetzgebung unterstellt, sie erhielten über achtzig Prozent ihrer Betriebskosten als Zuschuß vom Staat. Indem man die Schüler trotzdem nach wie vor körperlich züchtigte, waren die Schule und besonders Biehl ein Risiko eingegangen, das muß er gewußt haben. Den Schülern war das nicht klar, auch nicht den Eltern. Die Schule hatte sich von der Umwelt abgekapselt, was in ihrem Inneren vorging, wußten im Ernst nur wir, die wir sie besuchten. Und selbst wir schwebten in einer gewissen Unwissenheit. Was in Biehls Büro und in Fredhøjs Büro und in Karin Ærøs Stunden passierte, darüber sprach man nicht, das war eine Sache zwischen Lehrer und Schüler.

Trotzdem, obwohl so wenige Bescheid wußten, müssen sie gewußt haben, daß sie sehr nahe an der Grenze waren.

Ich rief ihn über die Sprechanlage.

Es war ein grauer Kasten, man hatte ihn schon gesehen, ohne ihn wirklich zu beachten, er war nicht viel größer als ein Telefon. Er hatte Rillen zum Sprechen und Hören und numerierte Knöpfe, es waren dreiundsechzig, ziemlich klein. Auf dem Tisch lag eine maschinengeschriebene Liste, die jede Nummer einem Raum zuordnete, es sah aus, als gebe es Knöpfe für alle Räume der Schule.

Es kamen drei Leitungen aus dem Apparat, die eine ging zu einer Steckdose, die war für den Strom, die zweite ging zu einem Kasten an der Wand und mußte die Verbindung zu den Lautsprechern in allen Schulräumen sein. Die dritte lief über den Boden und die Täfelung entlang, die Tür hinauf und hinaus durch die Wand. Draußen auf dem Flur mußte sie in die Decken gehen, quer hinüber, durch die Wand und hinein zu Bürks Pendeluhr, von wo der Impuls ausgehen würde, wenn zu Beginn oder Ende der Stunden geläutet werden sollte.

Als die Lautsprecher installiert wurden, hatte Biehl nur einen einzigen Satz gesagt, und zwar bei der Morgenandacht. Er hatte gesagt, das elektronische Läuten habe einen angenehmeren Ton.

Bei Nummer 23 auf der Liste stand «Privatwohnung». Ich drückte darauf, der Knopf blieb drinnen, aber nichts geschah. Ganz oben waren zwei Schalter, ein dunkler und ein hellerer. Als ich den hellen drückte, kam ich in Biehls Wohnung.

Zunächst war da fast nichts, nur ein Rauschen, dennoch wußte ich, ich war bei ihm.

Man konnte sich nicht vorstellen, wie es dort aussah, niemand war je dort oben gewesen. Was ich spürte, waren die großen Räume und das Licht. Das Gefühl, daß dort ein Zuhause war, selbst jetzt, nachdem seine Kinder groß waren, dieses Gefühl war immer noch da. Er hatte drei Kinder, alle drei waren Lehrer. Sie waren an der Schule angestellt gewesen, bleich und still, als hätten sie nicht genug Licht bekommen. Aber doch seine Kinder. Ich lauschte und war bei einer Familie.

Dann wurde Porzellan auf Porzellan gestellt, eine Tasse auf eine Untertasse, sein Tee, ganz dicht bei meinem Ohr. Dann räusperte er sich. Er war allein, das konnte ich hören. Er hatte keine Ahnung, daß ich lauschte. So war die Anlage konstruiert, man konnte mithören, ohne selbst gehört zu werden. So muß er selber dagesessen und gelauscht haben, in die Klassen hinein.

Ich drückte auf den dunklen Knopf, und unter den Rillen ging ein kleines grünes Licht an.

«Verzeihung», sagte ich.

Zunächst kam kein Laut. Dann merkte ich, daß er jetzt dicht am Mikrofon war.

«Peter», sagte er.

Er war so souverän. Es kam beinahe keine Reaktion, ganz ruhig hatte er den Kopf geneigt und die Schwierigkeit auf sich genommen.

«Ich hoffe, ich störe nicht», sagte ich.

«Du bist allein?»

Auf diese Frage antwortete ich nicht.

«Ich habe ein Papier, das ich gern vorlegen würde», sagte ich.

Er kam einen Augenblick später, er war allein, in Hosenträgern. Die gleichen grauen Hosen wie immer, ein weißes Hemd, aber kein Jackett. Er hatte seine Uhr vom Jackett in die Hose gesteckt, man sah die Kette.

Er blieb draußen stehen. Es war wohl noch nie vorgekommen, daß er es war, der durch die Tür trat, und ein anderer, der auf ihn wartete.

Er machte Licht, seine Augen fanden das Papier sofort, er hatte die ganze Zeit gewußt, das würde es sein.

«Gib es mir», sagte er.

Ich reichte ihm die Liste. Er faltete sie und riß, faltete und riß und faltete und riß und steckte sich die Fetzen in die Tasche.

«Hast du meine Tasche aufgeschlitzt?» sagte ich. Er antwortete nicht, das war Antwort genug.

Ich gab ihm die Liste noch einmal. «Das sind Kopien», sagte ich, «Fotokopien, das Original habe ich gleich zurück in den Schuh gelegt, zu Hause habe ich noch mehr Kopien.»

Er wartete, sehr aufmerksam.

«Wenn das Oberpräsidium die sieht», sagte ich, «mit einer beigefügten Erklärung, werden die mit dem Unterrichtsministerium reden. Die werden mit dir reden und mit dem Schulausschuß und mit dem Elternbeirat. Und dann werden sie anfangen, alle Schüler zu verhören, die auf der Liste stehen, und sie werden Carsten Sutton finden und zurückgehen bis zu Jes Jessen, und auch ich werde verhört werden, es wird eine lange Reihe von Konfrontationen geben, es gibt eine Katastrophe. Was kann man tun, um das zu vermeiden?»

Es war beinahe unerträglich. Sein ganzes Leben hatte er für diese Schule gearbeitet und gekämpft, das wußte man ja aus seinen Erinnerungen, und sich im Pakt mit der Zeit und den ewigen Werten gefühlt. Für sich selbst hatte er gewußt, daß er das Gute wollte. Dennoch endete er jetzt hier.

Es war schwer zu sagen, wessen Schuld es war, selbst bis heute weiß ich es nicht, selbst für die Ministerialabteilung wäre es fast unmöglich gewesen, die Fäden zu entwirren und die Schuld zuzuweisen.

Er sah verhärmt aus. Er hatte oft von Gott gesprochen. Aber ich glaube nicht, daß er vor diesem Augenblick so deutlich gespürt hatte, daß er einer Absicht, einem Ziel und einem Plan folgte, die größer waren als er selbst.

Er wurde mit dem konfrontiert, wovon er immer gesagt

hatte, es sei das Widerlichste von allem, Verschweigen und Zweifel. Es war unerträglich, ihn zu sehen. Er hatte geglaubt, sein ganzes Leben für das Gute zu kämpfen. Und nun trotzdem das.

«Ich möchte adoptiert werden», sagte ich. «Die Mütterberatung wird die Schule hier um ein Gutachten ersuchen. Ich bitte darum, daß es nicht schlechter wird als nötig.»

Er erwiderte kein Wort. Er drehte sich um und ging und ließ mich allein zurück. Ich blieb nur noch einen Augenblick, saß da und sah zum Himmel hinaus. Dann ging ich, es war ja sein Büro, man hatte kein Recht, dort zu sein.

Peter Høeg, geboren am 7. Mai 1957 in Kopenhagen, studierte Literaturwissenschaft und trat als Tänzer und Schauspieler an dänischen und schwedischen Bühnen auf. Er schrieb Theaterstücke, Romane und einen Band Erzählungen. Peter Høeg lebt in Brumleby auf Østerbro (Dänemark). Von ihm erschienen außerdem im Rowohlt Taschenbuch Verlag der Roman «Vorstellung vom zwanzigsten Jahrhundert» (Nr. 13348), der Bestseller «Fräulein Smillas Gespür für Schnee» (Nr. 13599), die Romane «Plan von der Abschaffung des Dunkels» (Nr. 13790), «Die Frau und der Affe» (Nr. 22315) sowie «Von der Liebe und ihren Bedingungen in der Nacht des 19. März 1929» (Nr. 22314).

rororo

Als er an Biehls Privatschule kommt, hat Peter schon sieben Waisenhäuser und Kinderheime hinter sich. Eigentlich gilt er als minderbegabt und unfähig zu stabilen Gefühlsbeziehungen, doch dem kleinen, verhaltensgestörten August gegenüber übernimmt er die Beschützerrolle. Und einem zwei Jahre älteren Mädchen, Katarina, steckt er heimlich Briefe zu. «Augenblicke, die werden wie die Ewigkeit», steht darauf. Katarina stellt seltsame Fragen: Warum hat die Schule August überhaupt aufgenommen? Warum haben alle Lehrer ihre Kinder von der Schule entfernt? Und was hat Augusts Aufnahme mit den übrigen Veränderungen zu tun – mit den verschärften Sicherheitsmaßnahmen und den psychologischen Tests? Dahinter scheint ein geheimer Plan zu stecken …

«Ein Buch für die Ewigkeit!» («Stern»)

Informationen über den Autor finden Sie am Ende des Textes.